魯迅と日本文学

漱石・鷗外から清張・春樹まで

藤井省三

東京大学出版会

Lu Xun and Japanese Literature:
From Soseki and Ogai to Seicho and Haruki
Shozo FUJII
University of Tokyo Press, 2015
ISBN978-4-13-083066-9

まえがき

魯迅《ろじん》（ルーシュン、本名は周樹人、一八八一〜一九三六）は現代中国文学の父として、現在も中国に計り知れぬ影響を与えており、魯迅を抜きにして、現代中国を語ることはできない。また魯迅は明治の日本に留学し、七年もの長き青春の日々を過ごして、文学修行を積んだ。そして作家デビュー後には日本の文化界でも注目を集め、現在では完訳の邦訳全集が刊行され、中学国語の全教科書にその作品が収録され、各種文庫本の魯迅作品は毎年のように増刷を重ねている。日本人は魯迅をほとんど国民作家として受け入れてきたといえよう。

そして韓国・台湾・香港・東南アジアでも魯迅文学は熱心に読み継がれてきた。魯迅は東アジア共通の文化遺産であり、モダン・クラシックなのである。

魯迅は一九〇二〜〇九年まで明治末の七年間を日本で留学生として過ごした際、夏目漱石（一八六七〜一九一六）や森鷗外（一八六二〜一九二二）らの影響を受けたと、後年、自ら回顧している。そして北京で一九一八年に本格的な創作活動を始める際には、芥川龍之介（一八九二〜一九二七）、佐藤春夫（一八九二〜一九六四）ら同時代の日本文学を注視し続けた。

漱石との影響関係をめぐっては、私は三〇年前の著書『ロシアの影——夏目漱石と魯迅』で、ロシア作家アンドレーエフの漱石・魯迅各々における受容を比較研究したが、本書第1章ではさらに論を進めて漱石『坊つちゃん』の魯迅「阿Q正伝」（一九二二）への影響を中心に論じたい。第2章は森鷗外との影響関係をめぐり、「舞姫」の受容を通じて魯迅が「愛と死（原題：傷逝）」という悲恋小説を創造していく過程を論じる。そして芥川龍之介をめぐっては芥川短篇小説「毛利先生」の魯迅「孔乙己《コンイーチー》」に対する構造的影響関係、および芥川・魯迅両者における「さまよえるユダヤ人伝説」受容の差異について、二章にわたって考察したい。以上が本書前半の四章の概要である。

このように一九二〇年代までの魯迅は、専ら漱石・鷗外・芥川ら日本作家に学んで、自らの文学を創作し、中国近代文学制度の創出に努めていたが、三〇年代に入ると逆に魯迅が日本作家に影響を与え始めている。そしてこの魯迅・日本文壇両者の関係の転換期において、重要な役割を果たすのが第5章で紹介する佐藤春夫であった。魯迅は一九二三年に中国語訳の名アンソロジー『現代日本小説集』を刊行した際に佐藤の短篇四作を収録し、その後もこの実験的あるいは個性的な小説に学んで創作に励んでいた。それから十年ほどが経過すると、逆に佐藤の尽力により『改造』『中央公論』という当時日本の二大総合雑誌に魯迅が大きく取り上げられ、やがて一九三五年の佐藤・増田渉共訳による岩波文庫『魯迅選集』刊行が実現するのである。三六年に魯迅が逝去すると、その翌年には中国に先駆けて、改造社より日本語訳『大魯迅全集』全七巻が刊行され、日本の読書界でも魯迅は忘るべからざる名となった。

こうして始まった日本文壇における魯迅受容の最初期の大きな果実が、太宰治（一九〇九〜四八）による魯迅伝記小説『惜別』（一九四五）である。『惜別』が日本における魯迅受容の記念碑的作品でありながら、戦時中に独断的魯迅論でデビューした竹内好の偏見により排除されていく過程は、第6章で述べた。

いっぽう太宰治と同世代でありながら、地主階級出身のエリート文学者という魯迅像に強く反発したのが、第7章で論じる松本清張（一九〇九〜九二）である。清張は尋常高等小学校卒業後、下層労働者として働き続けたのち、一九五一年に歴史小説「西郷札」でデビュー、翌年の「或る「小倉日記」伝」が在野の森鷗外伝記研究者の不遇の生涯を描いて芥川賞受賞作となるなど、私小説・歴史小説作家として活躍した。その後、文芸誌に反魯迅の私小説「父系の指」を発表するのは一九五五年九月のことであった。同作は魯迅の珠玉の短篇で地主の息子を語り手とする「故郷」の構造を逆転し、貧しい農民である閏土《ルントウ》の息子水生《シュイション》に相当する人物の視点に立って、「故郷」の語り手およびその甥宏児《ホンアル》に相当する富者を批判している。そのテーマは、故郷の裕福な親戚に対し、異郷の貧者の屈折した愛憎の情念であった。アンチ魯迅、反「故郷」のテーマはまもなく、貧者は異郷の大都会で犯罪を犯したのち、いかなる情念を抱いて帰郷するのかという物語へと展開し、清張最初の推理小説「張込み」（『小説新潮』一九五五年一二月号）に結実するのであった。その後、清張は推理小説作家へと転じ、東アジア推理小説の元祖となるが、その原点は自らの反魯迅体験にあったのである。

魯迅の系譜に属する作家に自らを位置付けているのが、大江健三郎（一九三五〜）である。彼は一九四七年、四国の山の村にできた新制中学に入ったとき、熱心な魯迅愛読者であった母親から佐藤春夫訳の岩波文庫『魯迅選集』を贈られており、それ以来、魯迅を愛読しているという（大江『定義集』『朝日新聞』二〇〇六年一〇月一七日朝刊）。彼のデビュー作「奇妙な仕事」（一九五七）執筆前に書いた詩の一行「大きな希望をふくんだ恐怖の悲鳴」とは、「魯迅から引用したはずですが、確かめられません」とも語っている（『定義集』同前二〇〇八年八月一九日朝刊）。この一句は、科挙万年落第生の異常心理をアンドレーエフの手法で描いた、いわば「孔乙己」の兄弟作品である「白光」末尾からの引用である。また一九五〇年代の出口なき青春群像を描いた『われらの時代』（一九五九）の主人公で、アメリカ人相手の娼婦から「私の天使」と呼ばれている「南靖男」は大江版「阿Q」といえよう。大江健三郎は最近でも小説『晩年様式集』（二〇一三）の最後を「否定性の確立とは、／なまなかの希望に対してはもとより、／いかなる絶望にも／同調せぬことだ……」という詩で締め括っているが、これは魯迅の言葉「絶望の虚妄なることは、まさに希望に相同じい」に対する返歌なのであろう。

その他、最近の作品としては、魯迅「祝福」との影響関係が顕著な山田宗樹『嫌われ松子の一生』（二〇〇三）などが挙げられるが、[1]本書第8章では村上春樹（一九四九〜）の『1Q84』（二〇〇九〜一〇）を取り上げたい。拙著『村上春樹のなかの中国』（二〇〇七）で詳述したように、村上春樹は高校時代から魯迅を愛読しているようすで、たとえば文芸批評『若い読者のための短編小説案内』（一九九七）でも魯迅の代表作「阿Q正伝」をめぐり、「作者が自分とまったく違う阿Qという人間の姿をぴったりと描ききることによって、そこに魯迅自身の苦しみや哀しみが浮かび上がってくるという構図」を指摘している。魯迅は辛亥革命（一九一一）期という近代中国への転換期を背景として、自らの屈辱と敗北をさらなる弱者に転嫁して自己満足する阿Qの「精神的勝利法」をペーソスたっぷりに描き、鋭い国民性批判を行った。そして村上自身も一九八〇年代ポストモダン到来という日本の転換期を舞台に、短篇「駄目になった王国」の「Q氏」など、多くの阿Q的人物を描いてきた。

村上の『1Q84』BOOK1、BOOK2ではヒロイン青豆の物語が奇数章を、ヒーロー天吾の物語が偶数章を構成している。ところがＢＯＯＫ３に至ると作品構造は大きく変化し、悪徳元弁護士の牛河利治を主人公とした第三の物語が加わり、第三、六、九……章が牛河の物語となっている。牛河は実はその名が阿Ｑに由来し、誰からも嫌われる上に「福助」頭という、大いに阿Ｑを連想させる人物なのである。魯迅は「阿Ｑ正伝」冒頭で「阿Ｑのために正伝を書こう」とする語り手に「頭の中にお化けでもいるかのよう」と告白させているが、牛河も無名性など様々な阿Ｑ的特徴により阿Ｑ像の系譜に位置して、『１Ｑ８４』第三の主人公として、物語を大きく展開していくのである。

以上全八章により、本書は日中両国文学における漱石―魯迅―村上春樹という「「阿Ｑ」像の系譜」、魯迅―松本清張という「故郷」の系譜、そして森鷗外・芥川龍之介・佐藤春夫・太宰治と魯迅との色濃い影響関係を提示している。このような万華鏡の如き魯迅像が、この百余年の複雑にして転変激しき日中関係を繙くための一つの方法たり得ることを、私は希望している。

凡例

1　以下の著作については次の略記を使用している。
『〇五版魯迅全集』――『魯迅全集』全一八巻、北京・人民文学出版社、二〇〇五年。

『学研版魯迅全集』――『魯迅全集』全二〇巻、東京・学習研究社、一九八四～八六年。

2　本文中に引用する魯迅作品については拙訳を用いる。

魯迅と日本文学——目　次

I——日本作家から魯迅へ

第1章——夏目漱石と魯迅
『坊っちゃん』「阿Q正伝」の国民性批判の系譜

1　漱石と近代中国

夏目漱石（一八六七〜一九一六）が漢学の教養に富み、中国の古典文化に深い憧憬を抱いていたことは、漱石研究でもしばしば言及されている。だが一般に漱石研究は、漱石と同時代中国との関わりに深い興味を示すことは少なく、たとえば漱石の上海・香港体験への考察はほとんどなされたことがない。古典的漱石研究書である江藤淳『漱石とその時代』は、漱石のロンドン留学体験の序章とも言うべき彼の上海・香港での見聞に興味を示すことはなく、漱石日記から二都をめぐる風景描写を引用するばかりである(1)。おそらく上海・香港そして近代中国は江藤淳の視野には入っていなかったのであろう。だが漱石はこの二都を窓口として同時代中国を深く観察していたのである。

一九〇〇年イギリス留学に向かう漱石を乗せたドイツ船プロイセン号は、横浜を出航後に相次いで上海・香港に停泊している。夜明けの五時上海北方の外港呉淞《ウーソン》到着後、九時小蒸気船に乗り換えて黄浦江を遡り、午前一一時にたどり着いた上海の印象を、漱石は九月一三日の日記に次のように記している。

小蒸気ニテ濁流ヲ遡リ二時間ノ後上海ニ着ス、満目皆支那人ノ車夫ナリ。家屋宏壮、横浜抔《など》ノ比ニアラズ……南京町ノ繁華ナル所ヲ見ル、頗ル希有ナリ。(2)

その六日後の九月一九日、香港到着に際してプロイセン号は九龍側に停泊した。

午後四時頃香港着、九龍ト云フ処ニ横着ニナル。是ヨリ香港迄ハ絶エズ小蒸気アリテ往復ス。馬関門司ノ如シ。山巓《さんてん》ニ層楼ノ聳《そび》ユル様、海岸ニ傑閣《けっかく》ノ竝《なら》ブ様、非常ナル景気ナリ……Qeen's Road ヲ見テ帰船ス。船ヨリ香港ヲ望メバ、万灯《ばんとう》水ヲ照シ空ニ映ズル様、綺羅星《きらぼし》ノ如クト云ハンヨリ、満山ニ宝石ヲ鏤《は》メタルガ如シ。diamond 及ビ ruby ノ頸飾《くびかざ》リヲ、満山満港満辺ナクナシタルガ如シ。時ニ午後九時。(3)

初めて見るヨーロッパ風の街並みに漱石も些か興奮気味である。上海では「家屋宏壮」たるバンドのありさま、「南京町」(南京路の誤り)の「頗ル希有」な繁華ぶりが、香港では「傑閣ノ竝ブ」香港島北岸の目抜き通り Qeen's Road(皇后大道)のようす、「満山ニ宝石ヲ鏤メタル」かのようなビクトリア・ピークの夜景が短い文章ながら活写され、当時二都の繁栄ぶりが偲ばれる。だが二都、とりわけ上海は単にヨーロッパ風の街並みで漱石を魅了したばかりではなかった。一九〇〇年といえば北京では義和団事件が勃発しており、上海は北京と並ぶ中国政局の中心として世界の注目を浴びていたのだ。

漱石はロンドン到着後の一九〇一年四月に、肺結核で病床に伏せていた親友の正岡子規のため、「倫敦消息」という留学暮らしのレポートを三通書いている。その中で漱石は「吾輩は例の通り「スタンダード」新聞を読む……吾輩は先第一に支那事件の処を読むのだ」「支那は天子蒙塵の辱を受けつゝある」と繰り返し「支那事件」に言及していた(4)。留学先のロンドンやイギリス、さらには母国の日本に関する記事を差し置いて、義和団事件(一九〇〇)後の中国報道に真っ先に目を通していたという漱石の言葉からも、彼の同時代中国の行方に対する深い気遣いがうかがわれよう。

ロンドン留学中の一九〇一年三月一五日の日記には、義和団事件により更なる苦境に追い込まれた中国に対し、次のような同情の思いを記してもいる。

日本人ヲ観テ支那人ト云ハレルト厭ガルノハ如何、支那人ハ日本人ヨリモ遥カニ名誉アル国民ナリ、只不幸ニシテ目下不振ノ有様ニ沈淪セルナリ、心アル人ハ日本人ト呼バルヽヨリモ支那人ト云ハルヽヲ名誉トスベキナリ

アヘン戦争から日清戦争まで欧米そして日本との戦争に敗れ続け、ついには義和団事件で八カ国連合軍に北京を占領されるに至った清朝中国——イギリス人の中にはこの国を見下すいっぽう、近代化＝欧化に邁進し一九〇二年には日英同盟を結ぶに至る日本人に向かっては、「支那人ハ嫌ダガ日本人ハ好ダ」とお世辞を言う者もいたのだろう。これをうれしがるロンドンの日本人に対し、漱石は「世話ニナツタ隣ノ悪口ヲ面白イト思ツテ自分方ガ景気ガヨイト云フ御世辞ヲ有難ガル軽薄ナ根性ナリ(5)」と苦言を呈し

ているのだ。そればかりか「僕の趣味は頗る東洋的発句的だから倫敦抔《など》にはむかない支那へでも洋行してフカの鰭か何かをどうも乙だ抔《など》と言ひながら賞翫《しょうがん》して見度い」と寺田寅彦宛の手紙で語ってもいる(6)(一九〇一年九月一二日)。

一九〇三年一月にイギリス留学から帰国した漱石は、東京帝国大学文科大学講師となるいっぽう、第一高等学校英語嘱託となって一高生にも英語を教えていた。漱石のクラスには中国人学生もいたもようで、同年六月一四日に当時南京三江師範学堂で教えていた友人の菅虎雄に次のように書き送っている。「僕ガ教ヘル生徒ニ支那人ノ何トカ云フノガアル僕ハスキナ男ダヨ朝鮮人モ居ル是モスキダ(7)」。

2　元北京特派員、牧巻次郎の講演「満州問題」

上海・香港寄港から九年後には、漱石は満州を三週間あまり旅してもいる。一九〇九年九月二日に東京を出発した漱石は、六日に大連に到着後、満鉄（南満州鉄道株式会社）沿線を講演しながら移動し、九月二八日に鴨緑江を渡って朝鮮の平壌へと移動したのである。この旅行に漱石を招いたのは南満州鉄道株式会社総裁の中村是公《これきみ》（一八六七～一九二七）で、広島県出身の彼は漱石と同年、大学予備門時代に漱石と知り合い、狭い下宿で机を並べた親友同士であった。中村はボートが趣味のスポーツ青年で文学にはそれほど関心が無く、帝大では法科に進み、一八九三年の卒業後は大蔵省に入省、その後日本の台湾領有にともない台湾総督府に転出、後藤新平民政長官の右腕として、植民地統治機構の整備に尽力した。一九〇六年に満鉄が創立され、台湾植民地行政の手腕が買われた後藤が初代総裁に就任すると、中村も副総裁となって満鉄経営の実質的責任者となったのである。二年後には後藤の逓信大臣転出を受けて総裁に昇任している。中村が満鉄の激務のため左目を失明したのはこの年のことであった。

満州とは清朝を建てた満州族の名称で、この満州族の故地である中国東北部を日本では満州と呼び、欧米でもManchuriaと称した。現在の中国東北部は遼寧・吉林・黒竜江三省（約八〇万平方キロ）から成る。清朝は漢族の満州入植を禁止していたが、ロシア帝国の侵略に備え清末には入植が認められ、上記三省が置かれたのである。しかしロシアの南下を武力で食い止めたのは清朝ではなく、明治維新後三〇余年の短期間に急速な欧化を実現し、まがりなりにも国民国家形成を終えていた日本であった。

日露戦争（一九〇四〜〇五）で朝鮮と満州に対する支配をロシアと争った明治日本は、兵員一〇〇万を動員し戦死者一〇万の犠牲を払う総力戦を戦い、辛勝した。ロシアは日清戦争後に清国から遼東半島の旅順・大連を含む関東州の租借権を獲得し、満州北部を横断してシベリア鉄道とウラジオストックを結ぶ東清鉄道およびその中継地点ハルピンから旅順まで南下する同支線を建設していたが、ポーツマス条約により関東州租借権と長春以南の支線を日本に割譲した。これを受けて日本は資本金二億円という当時最大の半官半民の国策会社満鉄こと南満州鉄道株式会社を設立した。同社は主に大豆・石炭の輸送と鉱工業を経営して、やがて〝満鉄王国〟と称されていく。このような満州から帰国した漱石は、同じく一九〇九年一〇月二一日から一二月三〇日まで旅行記『満韓ところ〴〵』を『東京朝日新聞』に連載している。

満鉄総裁の中村が漱石を招聘したのは、職業作家にして朝日新聞社社員の「新聞屋」(8)でもあった漱石に、満州を世間に広く紹介して欲しかったからであろう。そして『朝日』連載小説の『それから』（一九〇九年五月三一日～八月一四日執筆、同年六月二七日～一〇月一四日連載）の執筆疲れで急性胃カタルを起こしていた漱石が、胃痛を堪えながら満州に出かけて行ったのは、九年前に一瞥したイギリス支配下の上海・香港と、新たに日本の勢力下に入った満州とを比べてみたかったからではあるまいか。

満州旅行から二年後の一九一一年八月、漱石は大阪朝日新聞社主催の夏期講演会に参加し、明石・和歌山で「道楽と職業」「現代日本の開化」など重要な講演を行っている。その際に漱石とともに演壇に立ち、あるいは司会を務めたのが、朝日の通信課長牧巻次郎（一八六八～一九一五、号は放浪）である。(9)牧は義和団事件から日露戦争まで五年間の中国情勢を北京特派員として観察しており、その講演「満州問題」は「近来になりまして益〔ママ〕複雑なる、外交問題となりつつある」満州をめぐって争うロシア、日本、アメリカと中国との関係を解説するものであった。

> 日本は露西亜に比べますると、地理上の関係から申しましても、寧ろ露国よりも恐しいといふやうな感じが、清国人を通じて一般に認め得らるゝのであります。其処で満州に於ける露人の跋扈時代に、日本の声援に頼つて露国を、満州から、駆遂しやうと思つたと同じ感じを、戦後の日本に対しても懐きつつあるのである〔。〕其の国は何処かと申しますれば、英国でもなければ、仏蘭西でもない、独逸でもない、北米合衆国なのです。米国は従来清国に対して、少しも悪感情を与《あた》へたとか、不利益を感ぜしめたとかいふやうな、外交政策を執つたことは殆んどない、正理公道に由つてのみ動くもののやうに〔ママ〕、支那人に了解されて居りました際に、満州撤兵問題に就ても、日本及び英国と共に声援を清国に与へ、日露戦争後に至りましても、満州に於ける日露の政策に対し同一

方針を執ること、なつて居ります、米国は今日迄他国の事には、手を出さない、嘴を容れないとい
ふ、所謂モンロー主義を執つて居たのであります、が、近来は此のモンロー主義を抛《ほう》つて、布哇
〔ハワイ〕を合併し、玖馬〔キューバ〕を合併し、比律賓〔フィリピン〕を合併し、追々東洋問題にま
でも発言権を、要求すること、なつて居る、ローズベルト氏でも、タフト氏でも、支那問題といふ
ことに就ては、特に力瘤を入れること、なつて、清国人の歓心を買ふことに就ては、孜孜汲々〔マ
マ〕惟《こ》れ日も足らずである、清国人の眼には満州に於ける日露牽制に就いては、米国に信頼するよ
り外に取る可き途はないとやうに〔ママ〕感じて居る、何事も米国々々といふことになつて居りま
す、丁度日露戦争前に、日本が支那の尻押をして、満州から露国を駆逐したと同じで、今日は、亜
米利加が支那の尻押をして、満州から日露の勢力駆遂を試みつ、あるのです。

そして「帝国主義といふことは、二〇世紀の流行思想」であり、一九世紀までモンロー主義を掲げて
いたアメリカさえも帝国主義の道を歩み始めており、「日本の如き新興国が、此の帝国主義を採つて新
領土を海外に開くといふこと」は「自然の勢かも知れない」と認めつつ、「併し盲目滅法に他国の領土
を占領するとか侵略するとかいふ、無法なことは勿論為し得可きこと」ではなく、「満州問題の為に、
清国全体の利益を失ふといふやうな事があつてはなりませぬ〔中略〕清国は勿論能ふだけ列国の嫌疑を
避けて、東洋の平和保障といふことに根本方針を措いて、清国の領土保全、機会均等主義は、何処まで
も尊重して行かなければならない」と自らの考えを述べている(10)。

牧巻次郎に続けて演壇に登った漱石は、「唯今は牧君の満州問題——満州の過去と満州の未来といふ

やうな問題に就いて、大変条理の明かな、さうして秩序のよい演説がありました。そこで牧君の披露に依ると、其のあとへ出る私は一段と面白い話をするといふやうになつて居るが、なか〳〵牧君のやうに旨く出来ませぬ。殊に秩序が無からうと思ふ」[11]と前置きしてから、自らの講演「道楽と職業」を始めている。牧が諄々と説く被侵略国家の清朝と、満州を争うロシア・日本およびアメリカという帝国主義諸国とをめぐる複雑な国際関係論を聞きながら、漱石は帝国主義的侵略により可能となった国家の独立と、その国家を背景として可能となった個人の独立との危うい関係に思いを巡らしていたことであろう。

この講演から二カ月と経たぬうちに中国では辛亥革命が勃発し、清朝が倒れて中華民国が誕生している。その際に漱石は日記に辛亥革命をめぐって「痛快といふよりも寧ろ恐ろしい」という心境を記している。そしてその「恐ろし」さの一端を、漱石は同時代のアンドレーエフ文学における赤い狂気に見出していたのである。

3 明治末期のアンドレーエフ受容

レオニド・アンドレーエフ（一八七一〜一九一九）は一九〇〇年のロシア文壇登場以来、母国の帝制末期の絶望的状況を直視し続け、第一革命（一九〇五）の高揚とその後の反動を同時代人として生きた知識人であった。二〇世紀初頭から三〇年代にかけて、彼は本国ロシアばかりでなく、欧米、日本、中国において争って読まれ論じられていた。戦前アメリカにおいてロシア文学を研究していたA・S・カウン（一八八九〜一九四四）は、その著『レオニド・アンドレーエフ――その批評と研究』（一九二四）の冒頭において、アンドレーエフが世界文学に対して強い影響力を有していた理由を「二〇世紀の標準的知識人の叫び——不安にして、問い続け、より良きものを求め、心底から失意と非難とに倦みつつも探求そのもののために絶ず求め探し続けている」からだと述べている。[12]初期アンドレーエフの短篇小説「沈黙」は、次のような作品である。後述のとおり魯迅による同作の中国語訳が一九〇九年に東京で刊行されている。

教父イグナチウスの反対を押し切ってペテルブルグに出かけた娘ヴェラは、帰宅後、黙して語ることがなくなり、ある日突然鉄道自殺する。その原因を夫の傲慢で欲張りな性格に求めていた母も、娘の死後無言の人となってしまう。教父の邸は沈黙に支配され、一人取り残された教父は狂気へと導かれていく——同作はアンドレーエフ文学の本質である恐怖をよく表しており、事件の経過、人物の運命といった自然主義小説のテーマはいっさい描かず、沈黙そのものを読者に提示しているかのようである。アンドレーエフは沈黙という抽象的感覚を、いったん擬人化したうえで写実的に微細に描いており、鳥籠や寝台に横たわる老妻といった教父イグナチウスの触目の景が、彼の心に作用して生ぜしめる感覚こそが沈黙であり、その微細なる描写はイグナチウスの病的な心理を裏返したものであった。

もう一人の同時代アメリカのロシア文学者W・L・フェルプスは『ロシア作家論』（一九一一）において、アンドレーエフに一章を割き、当時とくにドイツなどで彼が描く恐怖がE・A・ポーのそれと比較されていたのに対し「ポーの恐怖は、ほとんどすべて非現実的な空想であり、夢の中の影像のようにぼんやりと私たちの心にとりつくものである。アンドレーエフは、彼の先達や同輩と同様にリアリストであり、〔中略〕彼の文体は常に具象的で正確であり、常に現実感にあふれている」と批評した。[13]確かにアンドレーエフの文学は当時のロシア的状況から生じる知識人の不安を、心理の写実的描写によって示すものであったと言えよう。一九〇五年ロシア「血の日曜日」事件後のストルイピン政権は戒厳令を発令、これに対しエスエル戦闘団の若きテロリスト群は一九〇八年二月に時の司法大臣暗殺計画を進めていた。しかし二重スパイ、アゼーフの密告によりテロリスト団は事前に逮捕され、十日後にはその内の七名の青年男女が、ペテルブルグ郊外で絞首刑に処せられている。一九〇八年に執筆された『七死刑囚物語』（以下『七刑囚』と略す）はこの事件を題材として、事前に計画を通報された大臣の不安、そして捕縛後から絞首刑台に登るまでの死刑囚の心理を描いたものである。先に引用したカウンのアンドレーエフ論は、警官隊との銃撃戦で撃ち殺されたウクライナの農民反乱グループの指揮者のポケットから一冊の『七刑囚』が発見された、というエピソードを紹介している。アンドレーエフは当時すでに顕著となっていた革命理論の混乱、とりわけ知識人と革命運動との関係の変質、そして第一革命の高揚とその後の反動といった不安定なロシアの状況を、まさに同時代人として生きていたのである。

日本にアンドレーエフが初めて紹介されたのは日露戦争直後の一九〇六年であろう。この年に上田敏が短篇「旅行」を訳したのを皮切りに、その後数年間に『血笑記』をはじめとして「嘘」「心」「深淵」「歯痛」など多数の作品が、二葉亭四迷、森鷗外らによって翻訳され、いずれも文壇内外の話題をさらった。[14] 当時東京帝大国文科に留学していたロシア人学生エリセイエフや彼の影響を受けた小宮豊隆らの若き文学研究者たちは一様にアンドレーエフの描く「希望の崩壊に対する絶望の叫び」に驚いていた。[15] 絶望の心持を象徴主義的手法で表現したという小宮流のアンドレーエフ論を共有する昇曙夢「気分の文学と事実の文学」（『早稲田文学』一九一一年六月号）は、現代ロシア芸術が新旧交替の過渡期にあり、新派を代表するアンドレーエフ文学の特徴は、気分と事実の結合であり、「気分は外界から生じて居るのでなく、却て気分自身が現実性を受けて、それを更に気分の中に体現して居」り、これを可能とする表現方法が象徴・印象・写実の三主義を巧みに編み込んだアンドレーエフの手法であり、「象徴主義は文芸の極致であり、進歩の極致である」と論じている。しかし小宮ら多くの批評家は、アンドレーエフの恐怖と絶望とをロシア的状況に一度還元するだけの世界認識は持ち合わせておらず、日露戦後における急激な資本主義の発達によって小宮自身を含めた日本の市民階級が、ヨーロッパにおける精神的苦悶を同時代的に共感する事態に至っていたことを、十分には自覚していなかったものと思われる。日本でアンドレーエフが政治状況の観点から読まれるようになるのは、大逆事件以後のことであった。

社会主義者の大杉栄と荒畑寒村は赤旗事件（一九〇八）で入獄していたため、大逆事件（一九一〇年六月）によるフレームアップを免れえた。出獄後、いっさいの政治運動を禁じられ冬の時代を迎えた二人は、一九一二年一〇月に雑誌『近代思想』を創刊、翌年三月、大杉がアンドレーエフの短篇小説「石垣」の翻訳を雑誌『三田文学』に発表すると、荒畑は翌月号の『近代思想』で「こういふ物は神聖なる恋愛以外眼中何物も無き日本の文士諸先生は到底お書きにならないし、又文芸評論家といふ先生方にも一寸お解りになるまい（中略）此の一篇は一九世紀中葉に起つた露国の革命運動、及び革命家の絶望をシムボライズした物である」と解説した。「単調な苦痛な舞踏を休む間も無くくり返して居る」人民から、厭がられ憎まれつつも「漠然とした然し熱烈な信念をもつて、その腐つた悪臭の発する手足から濁血を流しつゝ、幾度か石垣を超へんとしては失敗する」人々にナロードニキの絶望と共に日本の社会主義者自身の状況を重ねあわせたからこそ、「古今を通じて革命家の歩むべき道は一、曰く孤独である」

という結びの言葉を語り得たのであろう。
荒畑は『近代思想』同年七月号にも『七刑囚』の書評を発表し、「原著書〔ママ〕が本書を著はした目的は、死刑は如何なる条件の下でも恐ろしく且つ不公平だといふ事を示さんとするに在るのだといふが、僕は正直なる人間は、必ず此の物語に拠て、何故に此の「恐ろしく不公平なる」組織が存在せねばならぬかといふ事を考へさせられる」と思う、とロシアのツァーリ専制体制に触れているが、その「組織」とは日本の天皇専制政府をも示唆していたのであろう。この日本初訳の『七刑囚』は相馬御風によるもので、大逆事件被告の幸徳秋水ら一二名が絞首刑に処されたのは一九一一年一月の早朝であり、この直後に相馬は『早稲田文学』四月号に『七刑囚』の邦訳を発表し、二年後に海外文芸社より海外文芸叢書の一篇として単行本を出版していた。相馬は単行本の序文で「もし此の書が単に作者自身の目的とした死刑問題だけしか書いてないものであつたら、私はおそらく翻訳するやうな骨折はしなかつた〔中略〕日本の現代作家の当面の社会問題、生活問題等についてあまりに冷淡である」と述べている。[16]
大杉、荒畑、相馬ら一群の知識人は、アンドレーエフ文学をロシア的状況における苦悩する魂の告発と読み解いていたのである。そこには、小宮、昇らの文芸評論家、あるいは「当面の社会問題」に対して「あまりに冷淡」であった「文士諸先生」とは一線を画する文学的自覚が存在しており、アンドレーエフ文学は単なる欧米渡来の最新手法ではなく、ロシア知識人の苦悩を代弁し「冬の時代」を生きる日本の知識人の影であったのだ。

4　漱石とアンドレーエフ

一九一一年八月、漱石は講演旅行先の大阪で胃病を患い入院、帰京後には痔の切開もしており、日記の筆を執ったのは三カ月後の一一月一一日のことである。中国では一カ月ほど前に辛亥革命が勃発しており、この日の日記は病院で知り合った中国人留学生と交わした革命をめぐる噂話を記したのち、次のような感想を述べている。

革命の勢がかう早く方々へ飛火しやうとは思はなかつた。一カ月立つか立たないのに北京の朝廷は殆んど亡びたも同然になつた様子である。痛快といふよりも寧ろ恐ろしい。仏蘭西の革命を対岸で見た〔ママ、「見て」の誤記か〕ゐた英吉利と同じ教訓を吾々は受くる運命になつたのだらうか。

一七八九年のフランス革命は、産業革命のまっただ中にあったイギリス民衆に大きな衝撃を与え、急進主義運動を引き起こしており、これに脅威を覚えたイギリス政府は、徹底した弾圧をもってこれに応えた。コールリッジ、ワーズワース、バイロン、シェリーらのロマン派詩人はフランス革命からナポレオン戦争にいたるまでの大陸の動向に大きく影響を受けている(17)。英文学者であった漱石が辛亥革命勃発時に日本の受けるべき運命をフランス革命時のイギリスに喩えたとき、彼は民衆と文学者の急進化やこれに対する政府側の反動政策を想起していたことだろう。

そもそも漱石はイギリス留学中に構想し、帰国後の一九〇三年東大で講義した『文学論』の大要を一六項目にわたって記した『「文学論」ノート』において、「日本目下ノ状況ニ於テ日本ノ進路ヲ助クベキ文芸ハ如何ナル者ナラザル可ラザルカ・V・西洋[18]」と記しているのだ。漱石は文学とは「V・西洋」すなわち西洋と対比しつつ「日本ノ進路ヲ助クベキ」ものとして考えており、「文明の革命[19]」こそ終生、漱石が追求したテーマではなかったか。

前述のとおり日露戦争後の日本はアンドレーエフ・ブームに席捲されており、その主要な紹介者の多くが、東大英文科時代の同僚上田敏、朝日新聞社入社後に同僚となった二葉亭四迷など漱石にとって身近な人々であり、漱石が彼らの訳業を丹念に読んでいたことは想像に難くない。一九〇九年三月からは未訳の作品にも手を出すべく、門下生の小宮豊隆とともにドイツ語訳によりアンドレーエフを集中的に読みはじめてもいる[20]。漱石は小宮宛書信（三月一三日）で、「アンドレーフをならひてより急に独乙語趣味が出た様なれば此機に乗じて次の仕事に取りかゝる迄大いに勉強仕度、どうぞ日数を御ふやし下さい」と頼んでおり、これに対し小宮は、次の週からは三日ずつアンドレーエフの講読をしましょう、と返事したという[21]。小宮が前述の「レオニド・アンドレイエフ論」を執筆したのはこの時期で、同作の『ホトトギス』掲載後の四月四日に漱石にその出来ばえは「どうだつたでせうかと、恐る恐る訊いて見た」ところ、「あんなものだらう、あれ以上と言へば書きやうはあるまい、取扱方を変へなければ別に書き様はない」というのが漱石の答であったという[22]。漱石は小宮とのアンドレーエフ読書会で『七刑囚』をテキストとしており、大逆事件以前において逸早くアンドレーエフ文学の背景にロシアの政治状況を鋭敏に察知していたのであろう。「取扱方を変へなければ……」という漱石の言葉は、政治的恐怖により深く注目するという「取扱方」の変更を示唆するものであったろう。

そして二カ月足らずのちの五月三一日、漱石は『朝日新聞』連載のため長篇小説『それから』を起稿し、八月一四日まで書き続けている。『それから』は、大学卒業後も就職せず、政商の実家の援助で「高等遊民」として審美的生活を送っていた代助が、三年ぶりに再会した旧友の妻三千代との愛を「道義」の絶頂にいたる道として貫き通そうとすることにより、自らの生活基盤を喪失する不安を描いた作品である。漱石にとって同作の執筆とは、日露戦後の状況下における個人と国家の不安を執拗なまでに見据えていく過程であり、小宮風の市民社会の日常における不安と、荒畑風の革命時代の恐怖という二種のアンドレーエフ的「気分」を、政商の息子の代助による不倫事件において結合するものであった。

柴田勝二『漱石のなかの〈帝国〉――「国民作家」と近代日本』は、漱石が「個人と国家を緊密に連携させる着想のなかに生きていた」という視点に立ち、「作品内の人間関係に、同時代の日本をめぐる国際情勢の文脈を挿入」して漱石文学を解き明かそうとする研究である。同書第四章は「日露戦争終結時から明治四二年にかけての日本と韓国の関わりは、『それから』の前史や作中の展開として語られる、代助と三千代との関係に強く符合している」点を指摘する。そして「代助の三千代に向かう感情が、基本的に自己を顧慮する形でしか生み出されていない」点を、三千代が「帝国主義的な領土としての〈韓国〉を表象する存在」であるためと解釈し、代助の自己救済のための求愛は、「韓国を〈自分のもの〉にする日本の動きも、表面的には韓国を「保護」するという目的を出しながら、あくまでも自国を利する目的で推し進められた」という日本の帝国主義的野心と重ねられている、と分析する。(23)

柴田勝二のこの指摘は示唆に富むが、『それから』「十七」章で「代助を取り囲む「赤」の色彩」を

「三千代という〈領土〉を自分のもの〔ママ、「と」を欠落か〕する情念のなかを動き始めた代助——近代日本——の〈血〉が流れることを辞さない激しさを暗示するもの[24]」という解釈に限定する点は、私には共感し難い。むしろ「赤」の色彩とは、帝国主義の「生活欲」と隣国の独立への援助という「道義欲」との相剋から生じる代助の不安を描写するもの、と考えたい。『それから』末尾の一場面を引用しよう。親友で三千代の夫でもある平岡からの通知で、代助と三千代の恋を知った父は、兄を代理で代助のもとに送り、勘当を申し渡す。これにより経済的基盤を全く失った代助は、自宅の書生に「門野さん。僕は一寸職業を探して来る」と言い残して日盛りの表へと飛び出す。

「あ、動く。世の中が動く」と傍の人に聞える様に云つた。彼の頭は電車の速力を以て回転し出した。回転するに従つて火の様に焙つて来た。是で半日乗り続けたら焼き尽す事が出来るだらうと思つた。忽ち赤い郵便筒が眼に付いた。すると其赤い色が忽ち代助の頭の中に飛び込んで、くる〳〵と回転し始めた。〔中略〕小包郵便を載せた赤い車がはつと電車と摺れ違ふとき、又代助の頭の中に吸ひ込まれた。煙草屋の暖簾が赤かつた。売出しの旗も赤かつた。電柱が赤かつた。赤ペンキの看板がそれから、それへと続いた。仕舞《しまひ》には世の中が真赤になつた。さうして、代助の頭を中心としてくる〳〵と燄《ほのほ》の息を吹いて回転した。代助は自分の頭が焼け尽きる迄電車に乗つて行かうと決心した。[25]

小平武は『それから』の不安の描法に対するアンドレーエフの影響について、「〔代助の〕不安がほとんど肉体や生理の状態として、あるいは幻覚として描かれていることに注目しなければなりません。同時にそれはまた、不安の予兆、ないしは現実化のしるしとして、赤い色彩の点綴、象嵌を伴っています」と指摘する。そして夕暮れなど『それから』にしばしば登場する「赤い風景」をアンドレーエフの『血笑記』と比べるいっぽう、椿の花、停留所の赤い柱、赤い切手など『それから』における不安のしるしとしての赤の点綴《てんてい》を、アンドレーエフの短篇「県知事」、長篇『血笑記』とも対照させている。(26)『血笑記』は漱石の『それから』執筆に先立つこと約一年前、二葉亭四迷が翻訳しており、日露戦争に従軍した兄が、流血の凄惨さを目のあたりにして発狂していくまでを彼の手記を通して描いたものである。二葉亭はその狂気を次のように訳した。

志願兵が何か言はうとして口元を動かした時、不思議な、奇怪な、何とも合点の行かぬ事が起つた。右の頬へふわりと生温い風が吹付けて、私はガクッとなつた――唯其丈だつたが、眼前には今迄蒼褪めた面の在つた処に、何だかプツリと丈の蹙《つま》つた、真紅な物が見えて、其処から鮮血が栓を抜いた壜の口からでも出るやうに、ドク〳〵と流れてゐる所は、拙い絵看板に能く有る図だ。で、そのプツリと切れた真紅な物から血がドク〳〵と流れる処に、歯の無い顔でニタリと笑つて赤い笑の名残が見える。〔中略〕其処らの手が捥げ、足が千切れ、微塵になつた、奇怪な人体の上に浮いて見える物を何かと思つたら、是だつた、赤い笑だつた。空にも其が見える。太陽にも見える。今に此赤い笑が地球全体に拡がるだらう。
皆もう平気で瞭然と狂人のやうに……(27)

日露戦後の文芸に、「インデペンデント」「オリヂナルなもの」を力説していた漱石は、単に「気持を描く」描写のモデルとしてアンドレーエフを見ていたのではあるまい。ロシア帝国専制体制という政治的要因に基づく絶望と恐怖を描いたアンドレーエフの手法を借りて、漱石は「頭が普通以上に鋭どくつて、しかも其鋭さが、日本現代の社会状況のために幻像《イリュージョン》打破の方面に向つて」費されている代助が、彼自身と大日本帝国とが政治経済そして道義において全面的滅亡へと雪崩れ込んでいくようすを予見し、赤い狂気に犯されていくようすを描き出したのではあるまいか。[28]

『それから』は中国問題に直接触れてはいないが、漱石が日中関係に深い関心を寄せていたことは、すでに述べた通りであり、『それから』執筆後も『門』(一九一〇)、『彼岸過迄』(一九一二)、『明暗』(一九一六)と作品の中に満州問題をちりばめつつ、日中関係を考え続けていくのであった。柴田勝二が指摘する朝鮮併合問題はさておくとして、中国問題をめぐる漱石の憂慮は自らを「神経衰弱」に追い込むほどに深刻なものであった。これは次節で述べる「夜の支那人」事件からも覗えるのである。

5　漱石の「追跡狂」と「夜の支那人」事件

漱石は『それから』起稿からひと月余り後、新聞連載開始から六日後の日記に、「夜支那人来る」と不気味な中国人来訪事件を記している。それは漱石が『それから』執筆に苦心していた最中の一九〇九年七月三日土曜日のことであったという。

朝六時頃地震あり。夜支那人来る。格子の前に立つて此処を開けろといふ。どこの誰で何しに来たかと問へば、私あなたのうちの事みんな聞いた。御嬢さん八人下女三人、三圓といふ。まるで気狂なり。返れといふに帰らず、ぐづゝゝするといつたら巡査に引渡すぞといつたら私欽差ありますと云つて出て行つた。怪しからぬ奴也。[29]

朝六時頃の地震とは、翌七月四日の新聞報道によれば「震源は上總東岸」「午前五時五十四分四十二秒に発せる地震〔中略〕神田一ツ橋外に於る地震観測に依るに同所の最大震動は三十二ミリメートル〔中略〕茲《ここ》に強震と称するは稍強き非破壊的地震にして大地震の謂に非ざるなり」という。[30]あるいは漱石は『それから』の主人公代助の如く「地震が嫌」で、「瞬間の動揺でも胸に波が打つ」たのであろうか。[31]

この七月三日の日記によれば、漱石自身が格子戸越しに「まるで気狂」の中国人の相手をして、お引き取り願ったかのように読めるのだが、自宅に書生や「下女」を置きながら、主人の漱石が不意の来客に対し直接応対するというのも奇妙な話である。たとえば芥川龍之介はエッセー「漱石山房の秋」で、漱石家訪問時に辿った門から格子戸の玄関までの道を次のように記している。

夜寒の細い往来を爪先上りに上つて行くと、古ぼけた板屋根の門の前へ出る。〔中略〕砂利と落葉とを踏んで玄関へ来ると、これも亦古ぼけた格子戸の外は、壁と云はず壁板《したみ》と云はず、悉く蔦に蔽はれてゐる。だから案内を請はうと思つたら、まづその蔦の枯葉をがさつかせて、呼鈴の鈕《ボタン》を探さねばならぬ。それでもやつと呼鈴《ベル》を押すと、明りのさしてゐる障子が開いて、束髪に結つた女

中が一人、すぐに格子戸の掛け金を外してくれる。玄関の東側には廊下があり〔以下略〕(32)

芥川が「漱石山房」と称している漱石家は、新宿区早稲田南町七番地にあり、漱石は一九〇七年九月二九日に本郷区西片町から転居してきた。転居に先だち、漱石は一九〇六年一〇月より毎週木曜日に小宮豊隆ら学生たちを中心とする集まりを始めており、これを木曜会と称していた。この木曜会に芥川は一九一五年一一月一八日に初めて参加したのだ。芥川が回想するように、格子戸の玄関で客を迎えるのは「束髪に結つた女中」の仕事である。実際に「夜の支那人」事件の翌日七月四日の漱石日記を読むと、事件当夜に中国人客に対応したのは漱石ではなく、夏目家の書生あるいは女中のようでもあるのだ。

西村を警察へやる。夕べの支那人は四人にて下女を前後より擁し自分等の聞く事を答へないとひどい目に逢はす抔《など》と威嚇したる由。且つ其前に下宿をさせて呉れと云つて来て、待つてゐる時に蝙蝠傘で御房さんの臂をつつきたる由。言語道断なり(33)。

警察に行ったという西村誠三郎（号は濤蔭《とういん》）(34)は『夏目漱石事典』の項目「西村濤蔭」によれば、生没年未詳にして一八八五年頃の生れ、『ホトトギス』に小説や写生文を発表しており、一九〇七年四月号掲載の「仏様」には「社会主義も此四畳半には一向に必要がなさ相に見える」とか、「殖民政策だと云うて隣国を侵略したり、野蛮人を泣かせて面白がつて笑つたり」などの表現があり、執筆者の橋川俊樹は「思想傾向の一端を示している」と述べている。西村は同年八月に自作の小説原稿への批評を漱石に乞うたことがきっかけで、漱石宅を訪れ始め、「夜の支那人」事件の一カ月前の一九〇九年六月から漱石宅の書生になり、同年一一月漱石の斡旋で就職のため大連に出発[35]、その後は『満州日日新聞』記者や満州宣伝協会長をつとめ、満州国紹介の二二〇頁ほどの『満州物語』（一九四二）を書いている。さらに『夏目漱石事典』は、「濤蔭には社会主義的な反抗心もあったらしいので、ロシア好きの森田草平と併せ、『明暗』の小林に生かされた可能性もある」と記している[36]。西村はあたかも「夜の支那人」事件に導かれるように中国に渡って行ったのだ。但し短篇小説「仏様」は、仏師の紺絣と日露戦争から復員すると養子先から追い出されてしまい仏師の家に居候している櫛巻との惚けた対話を軸に、櫛巻の親族らの間で展開する遺産相続の暗闘を描いた作品で、『吾輩は猫である』を彷彿させるが、特に中国に関する記述は見当たらない。

そして「御房さん」こと山田房子は当時二一歳、漱石夫人の夏目鏡子の従妹で、鏡子によれば「小さいうちに家が零落して、親子共私の父が面倒を見て居りましたのですが、其うちに叔母は死に、兄は奉公に出て、そのお房さん一人が私の母の元に居りました[37]」というからには、漱石家では「下女」というよりは家族に近い女性であったといえよう。房子は漱石家で一八歳から二二歳まで家事手伝いをしており、同時期には書生の西村の妹のお梅さんが「もう一人手助けに居た」もようである[38]。漱石の日記によれば、前夜の「怪しからぬ」中国人は総勢四人もいて、この「下女」の房子にセクハラをしたというのだ。しかもそれを漱石が知ったのは事件翌日のことともいう。

実はこの時期の漱石は『それから』執筆が思うように進まず苦しんでおり、事件前日七月二日金曜日の日記には、鈴木三重吉が「卒然として至」り、おそらくアンドレーエフ読書会のために来宅していた小宮豊隆と「しきりに何か論じて」おり、そのためであろうか、「今日も妨害にて小説をかゝず。夜に入りて漸く一回書く」と記されているのだ[39]。東大時代の教え子が前日の木曜会に参加せず、読書会の日に押し掛けてきたことを、漱石が「妨害」と記したのは、遅々として進まぬ小説執筆に焦燥していたためであろう。

そして「下女」の山田房子が後年の談話で「旦那様といふ方は、あれですわまあ神経衰弱が高じたとでも申しますかね、時々気が変になって、奥様のお留守中に女中さんを二人まで追い出しておしまいになった」と語っているのは興味深い[40]。漱石の妻の夏目鏡子によれば「洋行からかへつて来て千駄木にゐたころ〔中略〕全くお話にならない乱暴を家のもの、ことに私にしますので〔中略〕精神病学の呉さんから診て貰ひましたところ、それは追跡狂という精神病の一種だろうと申して居られました」「あゝいふ病気は一生なほり切るといふことがないものだ。なほつたと思ふのは実は一時沈静してゐるばかりで、後できまつて出て来ると申されて、それから病気の説明をいろ〳〵詳しく聞かして下さいました[41]」。鏡子は漱石の「精神病」が家庭内暴力に留まらず、幻聴幻覚にも発展していたとして、次のように回想してもいる。

どういふわけか勿論自分の頭の中でいろ〳〵なことを創作して、私などが言はない言葉が耳に聞こえて、それが古いこと新らしいことといろ〳〵に連絡して、幻となつて眼の前に現はれるものらしく、それにどう備へていゝのか此方には見当が付きません[42]。

事件当夜から翌日にかけても、漱石は「神経衰弱が高じ」て「追跡狂」を発病し、「夜の支那人」襲来を妄想していたのではあるまいか。漱石日記は「夜支那人来」たりて「蝙蝠傘で御房さんの臀をつつ」いたと記すが、むしろ妻に「全くお話にならない乱暴」をしたり、「女中さんを二人まで追い出して」いたのは漱石自身であったのだ。

「夜の支那人」事件の五日前、六月二八日の漱石家では、門下生で作家の「満洲より帰りて来る」中村古峡（一八八一～一九五二）を迎えており、漱石は彼の満州旅行の土産話を聞いて、日記に「ハルピン迄行つた由。露語不通色々失敗」と記している。[43] ちなみに中村古峡は心理学に関心を抱き、その後東京医専で心理学を学び、『変態心理の研究』（一九一九）等を書いてもいる。[44] そして「夜の支那人」事件二日後の七月五日の漱石日記には「雨。昨夢に中村是公佐藤友熊に逢う。又青楼に上がりたる夢を見る」[45]とも記されている。青楼とは売春宿のこと。そもそも漱石が執筆中の『それから』とは「公娼制度を軸とした買売春の問題に焦点」をあてた小説でもあるのだ。[46] 中村の中国旅行の土産話と、『それから』で主人公の代助らが通う妓楼の物語とが渾然として、漱石の頭の中で「夜の支那人」事件が妄想されたかとも想像されるが、妄想の原因はさらに根深いもののようだ。

そもそも事件の渦中で、漱石が「巡査に引渡すぞ」と警告したのに対し、中国人が「私欽差あります」と答えている点は意味深長だ。欽差とは皇帝の命で派遣される使臣のことで、明治日本にとって最もなじみ深いのは日清戦争の下関条約（一八九五）や義和団事件の対外賠償議定書（辛丑条約、一九〇一）締結に際し全権を勤めた李鴻章であろう。一九世紀末以来、中国は日本や欧米の軍隊に本土を占領された際に、欽差大臣を送り出していたのだ。「欽差」とは列強による侵略戦争の敗戦処理をしていた大臣なのである。ちなみに漱石は小説『道草』の中で「過去の亡霊」である養父島田に突然「李鴻章の書は好きですか」と質問させて、主人公健三を困惑させている。そして『坊っちゃん』に描かれる「うらなり君」送別会で、画学の教師にして「赤シャツ」の従者格の「野だいこ」が芸者たちを前に、「丸裸の越中褌一つになって、棕梠箒を小脇に抱い込んで、日清談判破裂して……と座敷中練りある」[47]く姿とは、日清戦争後に李鴻章を相手に結ばれた下関条約に浮かれる「大日本帝國」の戯画なのであろう。

それにしても漱石日記が中国人ら四人が「御嬢さん八人下女三人、三圓」と要求し、「蝙蝠傘で御房さんの臀をつつ」くというセクハラを働いた、と記しているのはなぜだろうか。漱石と妻鏡子との間には一八九九年生まれで当時一〇歳の筆子を筆頭に、恒子、栄子、愛子、純一、伸六と四人の娘と二人の息子がおり[48]、漱石家の「下女」は「御房さん」のほか、前述の書生の西村濤蔭の妹しん[49]（呼び名は、梅）がおり、梅は一九一一年五月、「漱石夫妻の援助と媒酌により結婚した」という[50]。この四人の「支那人」が数え上げた合計一一人の女性とは、実際の夏目家の女性数とは食い違ってはいるのだが、これらの女性に対する「三圓」という対価らしき値段を提示したのは、一体なぜだろうか。青楼の夢と関係があるのだろうか。

中国人多数による暴行と欽差大臣の登場——漱石日記中の事件からは、義和団事件（一九〇〇）を連想させられよう。義和団事件とは、アヘン戦争から日清戦争後の三国干渉（一八九五）後のフランス、ドイツ、ロシア、イギリスによる租借事件に至るまで激化してきた欧米・日本の侵略に対する、中国民衆の抵抗であった。一九〇〇年のイギリス留学のための船旅で上海に立ち寄った際、北京の義和団事件が南方の上海にも大きな影響を与えていることを知ったためであろう、漱石はロンドン滞在中もこの事件に深い関心を寄せている。これらの点を考えると、「夜の支那人」の「御嬢さん八人下女三人、三圓」という言葉は、侵略戦争における欧米・日本による中国人女性への性的侵害に対する中国人側の報復を示唆するものではないだろうか。この「夜の支那人」事件という記述とは、「神経衰弱」気味の漱石が妄想した中国人による報復と、この自らの妄想に対する漱石の恐怖に由来すると考えられよう。

もっとも「夜の支那人」事件当時、漱石の自宅に押し掛けないまでも、せめて漱石の旧居に住みたいと願っていた熱烈な中国人の漱石ファンがいたのは事実であった。それは魯迅である。

6　魯迅の日本留学

近代中国における海外留学は、容閎《ようこう》（ロン・ホン、一八二八〜一九一二）らが一八四七年に渡米したのが最初であった。さらに七二年から七六年までに清朝政府は一二〇人の少年をアメリカに派遣したが、八〇年代以後は留学生派遣事業を見合わせていた。しかし日清戦争以後に再び海外留学が提唱され、派遣先は欧米から日本へと変化したのである。その主唱者は変法派や張之洞《ちょうしどう》（チャン・チートン、一八三七〜一九〇九）など洋務派官僚で、九六年には一三名の官費留学生が初めて送り出されている。その後、戊戌政変後の反動政治を経て一九〇一（明治三四）年以降は以前にもまして日本留学政策を推進したため、日本滞在中の中国人留学生の総数は急増し、魯迅来日の年に六〇八名であったのが、日露戦争と科挙制度廃止（一九〇五）後の一九〇五年には八〇〇〇名、そして一九〇六年には一二〇〇〇名とピークに達した。(51)

一九〇二年一月鉱務鉄路学堂を三番の成績で卒業した魯迅は、三月には五名の同期生らとともに南京を出発して日本留学の旅に出た。上海で日本郵船の神戸丸に乗り換え、四月四日に横浜上陸、三〇年前に開通していた鉄道でその日の内に東京に到着している[52]。その後魯迅は一九〇九年八月の帰国まで、七年半の歳月を日本で過ごしており、その間二度の帰省（一九〇三年七月と〇六年七月）および仙台医学専門学校在籍期間（一九〇四年九月〜〇六年三月）を除いて、東京の空気を吸いながら二〇歳から二八歳までの多感な青春期を過ごしたのである。一年半の仙台医専在学中にも、春夏冬の長期休暇中には東京に戻っている。

魯迅の東京時代を天皇の年号で言えば、明治三五年から四二年となる。それは日露戦争を挟んで、日本が近代的国民国家としての骨格を形成し、東京が新興帝国の首都として著しい変貌を遂げつつあった時代でもある。東京市の人口は約一六二万人（一九〇七）に達しており、現在の東京都地域の人口は一九〇四年に二三二万人、魯迅が留学を終えて帰国する〇九年には二七七万人へと急増し続けた。そしてこの二〇世紀初頭の若き「帝都」においては、文学という制度が新たに勃興していたのである。

新橋—横浜間と大阪—神戸間が鉄道で結ばれたのはそれぞれ明治維新後間もない一八七二年と七四年のこと。八三年以後には幹線建設が本格化し、六年後には新橋—神戸間六〇〇余キロが開通した。かつて徒歩では東京—大阪間は一四〜一六日の日数と宿泊費その他一一円三六銭を要したが、鉄道はこれを到達時間二二時間に短縮し、経費（三等運賃）を三円六七銭に節減したのである。一八九二年には政府は鉄道敷設法を公布して建設の主導権を確立し、幹線網を急速に整備していく。こうして魯迅来日の翌年には、鉄道営業キロ数は約八〇〇〇キロに達し、幹線網の中心に位置していたのが「帝都」東京であった。[53] ちなみにこの年の中国の鉄道営業キロ数は四五三〇キロに過ぎず、八〇〇〇キロ台に達するのは一九一〇年のことである。

東京市の路面電車開業は一九〇三年のこと。東京では市街交通機関としてすでに一八八二年には馬車鉄道が開通し、一九〇二年には総延長三六キロとなっていたが、馬糞で大通りを汚すなどの問題もあり、より効率的な都市交通機関として、当時欧米で実用の域に達していた路面電車が導入されたのである。市議会政党間の対立のため、東京開業は京都より八年遅れたが、魯迅帰国前年の一九〇八年には総延長一六五キロ、一日平均乗客数四四万人に達しており、人力車を駆逐せんとする勢いであった。[54] ちなみに「人力車の都」北京に延長七・五キロの路面電車が初開通するのは二〇年以上のちの一九二四年のことである。

郵便制度も一八七二年に全国の県庁所在地などに郵便線路が開かれ、鉄道網の発達が郵便輸送の高速化を実現していった。また電信も一八六九年東京―横浜間に設置されたのを皮切りに、七一年上海―長崎間海底電線、七三年東京―長崎間電信路が開通し、東京はロンドンと電信で直結され、七五年には北海道から九州までを繋ぐ幹線電信路が完成している。九〇年には東京・横浜の両市内および両市間において逓信省による電話交換事業も始まった。

魯迅が来日した二〇世紀初頭の日本では、交通・通信の革命的発展により、時間と空間とは著しく均一化され、情報が全国を短時間で駆け回り始めていた。そして情報の発信受信も教育制度と活字メディアとの急展開により、大活況を呈していたのである。[55]

明治政府による一八七二年学制発布後、小学校就学率は一八七五年三五%、一八九〇年四九%と上昇し、魯迅来日の一九〇二年には九二％、魯迅帰国の一九〇九年には九八％に達している。これに対応して大量の小学校教員が生みだされ、その数は一九〇一年には一〇万人の大台を突破、一九一〇年には一五万人に達し、彼らは中等教育以上の教員や官公吏、学生、都市サラリーマン層とともに読書階級を形成していった。中国の就学率は一九一九年の統計でも一一％にすぎない。近代教育制度の発展とともに読書階級が登場した明治期の出版状況について、永嶺重敏は木版（製版）時代には書物の絶対量は大幅に不足していたが、明治一〇年代半ばに活版印刷が主流を占め、三〇年代に入ると印刷技術の向上によって出版物の量はフローの面でもストックの面でも飛躍的に増加した、と指摘した上で次のように述べている。

活版印刷によって新たに版面上にもたらされた最も重要な変化は、「読みやすさ」の大幅な改善であった。音読的受容に依存していた木版本は視覚よりも聴覚が重視されていたために、視覚的観点からはきわめて読みにくいテクストであった……読みやすさに貢献した装置としては、段落、改行、目次等があげられるが、最も影響力の大きかったのは句読点の普及であった。

市場の需要に応じ新作を出版する著者と版元、そして「書物への無条件の崇敬」からではなく「自己の興味関心に応じて出版物を選択し、消費」する読者から成る「作家―出版者―読者」関係が読書市場として成立したのである。こうして明治二〇年代後半から三〇年代にかけて、「読書社会」「読書社界」「読者社会」あるいは「読書界」といった言葉が、以前の「書生社会」に代わって、特に文学雑誌等で広く使われ始めたという。

活字文化の代表としては新聞も忘れてはなるまい。一九〇三年の東京では一日の発行部数一四万の『二六新報』を筆頭に、八万から一万の『東京朝日新聞』『読売新聞』など九紙が発行されており、一九〇九年には『報知新聞』『万朝報』はそれぞれ三〇万部と二〇万部に達している。いっぽう、中国では一九一四年の調査で北京紙はいずれも数百から数千、上海紙で『新聞報』が二万、『申報』が一万五〇〇〇を記録しているにすぎない。

このような活字メディアの活況は、日清戦争（一八九四）後の東京に職業的文学者を誕生させるに至る。「それまでは著作活動のみでは生活できなかった文学者が、日清戦争後にはじめて独立した職業として「文学者独立の生活」が可能」となり、戸口調査に際しその職業を「著述業」「小説家」と称する者も現れたのである[56]。東京帝国大学文学部講師として英文学を講じていた夏目漱石が、一九〇七年に教授就任を断って朝日新聞社に入社し、職業作家の道を選んだのは象徴的な事件といえよう。中国で新文学の作家が独立した職業となるのは一九二〇年代末以後のことであり、たとえば魯迅は一九二七年には文部省高官も大学教授も辞めて職業作家となっている。

魯迅は一九〇三年六月にヴィクトル・ユゴー原作のエッセー「哀塵」を翻訳発表している。おそらく森田思軒（一八六一〜九七）訳『ユゴー小品』（一八九八）収録の「随見録　フハンティーンのもと」を参考にしたのであろう[57]。その後も魯迅は一九〇六年までにジュール・ヴェルヌの『月世界旅行』『地底旅行』『北極旅行』などを日本語訳から重訳している。

一九〇四年四月、弘文学院を卒業した魯迅は、続いて仙台医学専門学校に入学した。これより一八年のちの一九二二年暮、魯迅は「『吶喊』自序」で「私の夢は美しかった——卒業して帰ったら、父のように誤診されている病人の苦しみを救い、戦争のときには軍医になろう、そして国民の維新に対する信仰を広めよう」と思っていたと回想している。[58]当時東京にいた中国人留学生は、ロシア軍の満州侵略に抗議する拒俄《きょが》義勇隊を軍国民教育会に改組し、きたるべき日露戦争を好機として清朝打倒のための武力蜂起を計画していた。湖南省の革命団体である華興会の長沙蜂起は、魯迅が医学校に入学願書を提出した五カ月後の一九〇四年一一月に起きている。

仙台医専は一九〇二年に第二高等学校から医学部が独立したもので、この最初の中国人留学生を無試験入学・学費免除と厚遇し、職員が下宿探しまで手伝った。特に解剖学の教授藤野厳九郎は懇切丁寧に指導し、その学恩を魯迅は終生忘れなかったのだが、学業半ばで退学してしまう。『吶喊』自序」によれば講義中に見た幻灯がきっかけだった。当時医学校では講義用の幻灯機で時折日露戦争の時事的幻灯画を学生に見せていたのだ。ある日魯迅は教室で、ロシア軍スパイを働いた中国人が中国人観衆の見守る中で日本軍兵士によって首を切られる場面に遭遇したところ、処刑される者も、見守る者も、魯迅の同胞たちはすべて体格は屈強だが顔つきはうすぼんやりとしていたという。

魯迅はこの回想に続けて、医学校を退学し東京に出たこと、それは「愚弱な国民」はたとえ屈強な体格であってもせいぜい見せしめの材料かその観客ぐらいにしかなれぬ、まず彼らの精神を改革すべきでありそのためには文学芸術を選ぶべきだと考えたから、と述べている。[59]この回想が書かれたのは一七年も後のことで、幻灯事件とは、長い歳月を経て魯迅の胸中に形成された「物語」であり、それは回想された当時（一九〇五）を語るというよりも回想する現在（一九二二末）の自己を語ったものと考えられよう。絶望的な民衆の像を語る「物語」の発端が、医学を捨て文学を選んだ仙台時代にあることは、その後の魯迅文学を考えるとき、きわめて重い意味を持っている。

当時の仙台は人口一〇万、全国で一一番目の中規模の都市であったが、日露戦争による徴兵・重税等の影響で購買力は減退し、一九〇四年上半期の仙台駅までの貨物輸送量は歴年同期の三分の一にまで落ちていた。一〇年以上も前に上野と鉄道で結ばれ、東京までの所要時間は約一二時間にすぎず、森徳座という芝居小屋では映画も上映されていたとはいえ、メディア都市東京と比べれば仙台の情報量は遥かに少なく、人口規模から言えば紹興城内と変わりがない。魯迅が一年半の仙台医専在学中に長期休暇のたびに三度も上京した揚げ句、医専を中退して東京に戻っていったのは、メディア都市での快感昂奮を忘れられなかったためではあるまいか。

太宰治（一九〇九～四八）の『惜別』（一九四五）という作品は、日本留学時代の魯迅をモデルとして戦争末期に書かれた小説である。「東北の片隅のある小さい城下町」出身で、その後は東北地方の某村で開業している老医師が、「四十年も昔」に仙台医学専門学校で同級生であった魯迅との交友、担任教授の藤野先生との交流を回想するという形式で語られている。こうして書きあげられた伝記小説は、事実関係もよく押さえた上で、太宰らしい豊かな想像力でナイーブな中国人留学生像を描き出しており、一種のすぐれた「初期魯迅」論となっている。魯迅が仙台医専を中退し文学運動を始めた原因を、太宰は幻灯事件にではなく、「彼は、文芸を前から好きだった……日本の当時の青年たちの間に沸騰してゐた文芸熱」(60)に求めている。太宰にして初めて言い当てられた青年魯迅の心境ではあるまいか(61)。

7　東京帰還後の魯迅とその漱石への傾倒

二度目の東京暮らしでは、魯迅は当時の日本の学生に倣って着物に帯を締め袴を穿いており、口元には髭を蓄え始めている。学籍は独逸学協会付設独逸語専修学校（独協大学の前身）に置き、もっぱら書店・古書店そして洋書店の丸善で雑誌・書籍を買い漁っては文芸評論と欧米文学の紹介に没頭した。この時期の魯迅が夏目漱石に寄せた関心の深さには、なみなみならぬものがあった。一九〇六年より東京で魯迅と起居をともにしつつ、その文学運動の最大の協力者となっていた弟の周作人は、次のように証言している。

彼は日本文学には何らの興味も覚えず、ただ夏目漱石一人には感心して、彼の小説『吾輩は猫である』『漾虚集』『鶉籠』〔『坊っちゃん』を収録——藤井注〕『永日小品』から無味干燥な『文学論』にいたるまで皆買ってきていた。また彼の新作『虞美人草』を読むために『朝日新聞』を定期購読し、のちに単行本となって出版されたときも買いに行った。(62)

但し「彼は日本文学には何らの興味も覚えず」という一句には疑問を禁じえない。魯迅は日本留学初期の一九〇三年に東京で浙江省出身の留学生が出版していた雑誌『浙江潮』に、古代ギリシアの第二次ペルシア戦争（紀元前四八〇）に取材した「スパルタの魂」を発表している。若妻セレーネへの愛のため逃亡兵となるものの、妻の諫死により戦場に復帰して奮戦死するスパルタの武士アリストデマスの物語は、明治の政治小説『経国美談』（矢野龍渓作、一八八三～八四刊）を連想させる。また作家デビュー後には森鷗外の「舞姫」の影響を受けたと思われる恋愛小説「愛と死（原題：傷逝）」（一九二五）を執筆してもいるのだ（本書第2章を参照）。そのような魯迅が「日本文学には何らの興味も覚え」なかったとは考えられない。周作人の回想は、彼自身の日本文学への博識と比べれば、魯迅の関心は相対的に少なかった、という文脈で読む必要があるのかもしれない。

さて『東京朝日新聞』は一九〇七年四月二日に「社告」を掲載し、二行分の大活字で「新入社は夏目漱石君」と宣言しており、漱石は同月二二日に「依願東京帝国大学講師嘱託ヲ解」かれ、五月三日の同紙第三頁に「入社の辞」を寄稿している。こうして漱石が朝日新聞社に入社し、六月二三日より『東京朝日新聞』と『大阪朝日新聞』とに『虞美人草』を連載し始めると、魯迅は毎朝下宿の寝床で中級品のタバコ敷島をくゆらして朝刊小説欄を真っ先に開くようになったのである(63)。

それればかりでなく、晩年の上海時代に岩波書店から決定版『漱石全集』（一九三五～三七）が刊行されると、魯迅はこれを内山書店を通じて予約購入している(64)。このときの『漱石全集』は一九三七年一〇月の第一九巻総索引配本をもって完了しているが、魯迅はその一年前の一〇月一九日、呼吸器系の発作で急逝していた。死の一〇日前、内山書店から届けられた一九三六年九月第一一回配本の『漱石全集』第一四巻が魯迅の手にすることのできた最後の一冊であった。当時、左翼作家聯盟から抗日文芸運動にいたるまで幾多の進歩的運動の中心にいた魯迅は、『漱石全集』決定版を丹念に繙くゆとりは無かったことと思われる。しかし多忙をきわめた最晩年に『漱石全集』を購入し続けた事実は、死の直前に至るまでの彼の漱石にたいする強烈な関心を如実に物語るものといえよう。

また魯迅自身も一九三三年執筆の回想記「私はどのようにして小説を書きはじめたか」で、当時愛読した作家として、ロシアではゴーゴリ、ポーランドではシェンキェヴィッチ、そして日本では森鷗外とともに漱石の名を挙げている。この四人の作家にアンドレーエフを加えれば、若き魯迅の読書傾向をほぼ窺うことができよう。ゴーゴリ、シェンキェヴィッチはリアリズム作家として一極を占め、アンドレーエフは象徴主義作家として対極にあったといえる。それでは魯迅において、漱石はどのような位置を占めていたのであろうか。

一九二三年、魯迅は周作人との共訳で、一五人の作家の短篇小説三〇作を収めた『現代日本小説集』を出版した際に、「夏目ものは『一夜』を訳すことに決めました。『夢十夜』は長すぎます。『永日小品』のなかから選ぶこともできるでしょう。私は『クレイグ先生』がなかなか良いと思います[65]」等々と逡巡したのち、漱石の小品集『永日小品』から「懸物」と「クレイグ先生」を選んだ。翻訳作品候補として当初は『夢十夜』も挙げていたこと、「クレイグ先生」などが一度選からはずされたにもかかわらず「一夜」は最後まで残っていた点などは注目すべきであろう。

周知の通り『夢十夜』は、漱石が精神の暗部にまで下降して自己存在を探った作品である。夢として描かれる世界は、幻想と暗喩に満ちている。いっぽう「一夜」は、「八畳の座敷に髭のある人と、髭のない人と、涼しき眼の女が会して、斯の如く一夜を過した。彼等の一夜を描いたのは彼等の生涯を描いたのである」と漱石が作品の結びで言っているように[66]、二人の男と一人の女の運命的愛をめぐる問答であった。これは「幻影の盾」と「薤露行」にはさまれた作品であり、前後の二篇の小説と同じく、漱石の運命的愛への強烈な関心を理知的な文章で綴ったものと言えよう。

魯迅は『現代日本小説集』附録「作者に関する説明」（『訳文序跋集』）の「夏目漱石」の項では、次のように述べている。引用が長くなるが、断片的なものを除けば魯迅が漱石について書いた唯一の文章なので、全文を紹介しておきたい。

夏目漱石（Natsume Soseki, 一八六七〜一九一七）名は金之助、はじめ東京大学教授となり、のちに辞職して朝日新聞社に入り、専ら著述に専念した。彼の主張するところはいわゆる「低徊趣味」であり、また「余裕のある文学」とも称した。一九〇八年高浜虚子の小説集『鶏頭』が出版されたが、夏目は彼のために序を書いて、彼らの一派の態度について説明している。

余裕のある小説と云ふのは、名の示す如く逼らない小説である。「非常」と云ふ字を避けた小説である。〔不断着の小説である。（魯迅訳ではこの一文は欠落——藤井注）〕。此間中流行つた言葉を拝借すると、ある人の所謂触れるとか触れぬとか云ふうちで、触れない小説である。……ある人々は触れなければ小説にならないと考へて居る。だから余はとくに触れない小説と云ふ一種の範囲を拵らへて、触れない小説も亦、触れた小説と同じく存在の権利があるのみならず、同等の成功を収め得るものだと主張するのである。……世の中は広い。広い世の中に住み方も色々ある。其住み方の色々を随縁臨機に楽しむのも余裕である。観察するのも余裕である。味はうのも余裕である。此等の余裕を待つて始めて生ずる事件なり事件に対する情緒なりは矢張依然として人生である。活潑々地の人生である。

夏目の著作は想像力の豊富さと、文章の精美なることをもって称されている。初期の作品である俳諧誌『ホトトギス』に掲載された『坊っちゃん』『吾輩は猫である』の諸篇は軽快洒脱にして、機智に富んでおり、明治文壇において新江戸芸術の主流であり、当時はならぶものがなかった。「懸物」と「クレイグ先生」はともに『漱石近什四篇』(一九一〇)に収められており、『永日小品』中の二篇である。(67)

魯迅による漱石紹介は以上である。東大講師だった漱石を魯迅が教授と紹介しているのは、魯迅の漱石に対する敬愛の念による錯覚であろうか。魯迅が「鶏頭序」からの引用に際し「不断着の小説である」の一文を「……」という省略符号を挿入することなく欠落させているのは、不注意によるものであろうと思われる。ちなみに魯迅は清末の進化論『天演論』の翻訳で有名な厳復の「訳は須《すべか》らく信、雅、達たるべし」という主張に対し、「翻訳は原文の本意を、完全正確に中国の読者に紹介すべき」と直訳を主張している。(68)『鶏頭』は俳句雑誌『ホトトギス』に発表された高浜虚子の短篇を集めて、一九〇八年一月に春陽堂から出版された小説集、『漱石近什四篇』は一九一〇年五月に同じく春陽堂から刊行された小品集で、「文鳥」「夢十夜」「永田小品」「満韓ところ〴〵」を収録している。なお虚子は漱石の無二の親友であった正岡子規の弟子であり、子規病没後はその跡を継いで『ホトトギス』を主宰していた。『吾輩は猫である』(以下『猫』)をはじめとする漱石の初期作品が同誌に発表されたのも、子規が虚子に残した漱石との交遊という「遺産」によるものであった。

また魯迅は『坊つちゃん』を『哥児』と、『猫』を『我是猫』、「懸物」を「掛幅」、「クレイグ先生」を「克莱喀先生」と中国語訳して、それぞれに（Bocchan）（Wagahaiwa neko de aru）（Kakemono）（Craig Sensei）と括弧内にローマ字読みを振っている。

魯迅・周作人が『現代日本小説集』に収めた作家一五人のうち、魯迅が翻訳したのは、漱石のほかに次の五名の作品であった。森鷗外「あそび」「沈黙の塔」、有島武郎「小さき者へ」「お末の死」、江口渙「峡谷の夜」、菊池寛「三浦右衛門の最期」「ある敵討の話」、芥川龍之介「鼻」「羅生門」。魯迅はこの五作家に関する紹介文では、作家の略歴を述べるだけであり、紙幅の半分から七割を費して作家自身に彼の文学の特質を語らせている。たとえば有島の場合は、『新潮』一九一七年一二月号に「余は如何なる要求に依り、如何なる態度に於いて創作をなす乎」という総題のもとに掲載されているエッセイ「四つの事」のほぼ全文を引用している。芥川の場合には、その小説集『煙草と悪魔』の序文を引いて、彼の創作態度を語らせているといった具合である。さらには同時代の日本の文芸批評からも作者紹介の材料を得ている。菊池寛の解説では、一九一九年四月に日本の東京堂書店から取り寄せた雑誌『新潮』三月号の「文壇新人論」のページに掲載されていた南部修太郎の「菊池寛論」の一段を引用しているのである(69)。北京にありながらも、かつて文学新聞と称された『読売新聞』や文芸誌を愛読していた魯迅は、同時代の日本の文芸批評界の動向をよく理解していたと思われる(70)。

これら五作家紹介と比べて、漱石紹介には漱石自身の言葉の後に「夏目の著作は想像力の豊富さと、文章の精美なることをもって称されている」云々という魯迅自身による一節が付されている点が特徴的である。その中で魯迅が『猫』と『坊っちゃん』を指して「新江戸芸術の主流」と評したのは、一九〇五年一〇月に『猫』上巻が出版された直後、大町桂月が『太陽』誌上で同書に与えた批評からの借用である。桂月は『猫』について、江戸趣味で、高尚で上品なのが長所で、滑稽は足らず、諷刺きわめて小なりと述べたのだが、漱石はこれを不快に思い、『猫』続巻で桂月をさんざんからかっている。魯迅の「軽快洒脱にして機智に富む」という短評は、一見「江戸趣味の特徴とて、軽快洒脱、観察奇警……」という桂月の説を思わせる。しかし桂月はこれに加えて「その代りに、雄大荘重、沈鬱幽玄などの趣は見られず……『吾輩は猫である』は、小説と云へば、小説なれど、唯その日〳〵の出来事を面白可笑しく書きたるだけにて、まとまりたる筋のあるにはあらず」という批難も忘れていない。魯迅は桂月の好意的批評だけを取りあげるいっぽうで、「機智に富む」という言葉で、『猫』の明治日本社会へのユーモアたっぷりの批評を特筆したものと思われる。

魯迅・周作人の兄弟は、東京時代に幾度かその住居を変えており、伍舎は一九〇八年四月から一〇カ月ほどの間、他の三人の留学生と共同生活を送った家である[71]。東京市本郷区西片町十番地ロノ七号（現在は文京区西片一丁目十二番地八号）にあったこの家には、一九〇六年一二月二七日から一九〇七年九月二九日まで漱石一家が住んでいた[72]。当時漱石は朝日新聞社に入社する前後で、経済的には落ち着いてはいたが、借りて一年もたたぬうちに家賃を二七円から三五円に値上げされることとなり、憤慨して早稲田南町へと引越して行ったのである。

空き家になっていたこの屋敷を見つけ出したのは許寿裳《きょじゅしょう》であった。彼は高い家賃を捻出するため、五人による共同生活を考え出している。先に漱石を去らせた高家賃は、五人の留学生にとっても相当な負担となった。周作人によると魯迅は東大赤門前にあった洋食堂青木堂でミルクセーキを飲むのが好きだったが、伍舎に越してからはそれもままならなくなったという[73]。ちなみにこの青木堂は、漱石の小説『三四郎』（一九〇八）に何回か登場する。熊本の高等学校を卒業した三四郎は、東京帝大に入学すべく上京途中、汽車の中で「偉大なる暗闇」広田先生と同席するが、二人が偶然再会する舞台としても青木堂は使われている。

漱石と同様魯迅も甘いものを好んだが、ポケットマネーの豊かなときなどは本郷の和菓子舗「藤村」の羊羹を奮発した。『猫』には、勝手口から舞い込んできた迷亭が苦沙弥先生の前で「此菓子はいつもより上等ぢやないか」[74]などと言いながら藤村の羊羹をむしゃむしゃと頬張る場面もある。このように魯迅が漱石の旧居に住み、その小説に登場する菓子類を好んでいたというのも、興味深い。そこにはあるいは魯迅の漱石にたいする敬慕の念も作用していたのかもしれない。

周作人は魯迅の死の直後にも、留学時代の魯迅がロシアから東欧北欧にいたるまでヨーロッパ文学に幅広い関心を寄せるいっぽうで、日本文学に対しては特に注意を払っていなかったと回想している。

〔魯迅は〕森鷗外、上田敏、長谷川二葉亭らについては大体その批評か翻訳を重視したに過ぎず、ただ夏目漱石が俳諧小説『吾輩は猫である』を書いて有名になると、豫才〔魯迅の字《あざな》〕は単行本が出るたびに次々と購読し、『朝日新聞』に毎日連載されていた『虞美人草』も熱心に読んでいたが、島崎藤村らの作品については終始問題にもしなかった。自然主義全盛期にも、田山花袋の『蒲団』や佐藤紅緑の『鴨』にちょっと目を通したぐらいで、たいして興味を感じぬようだった。豫才が後日に書いた小説は漱石の作風とは似ていないが、その風刺の中の軽妙な筆致は実は大いに漱石の影響を受けているのだが、その深刻で重々しいところはゴーゴリとシェンキエビチより来たものである。(75)

このように魯迅は日本留学時代から死の直前にいたるまで、漱石に強烈な関心を抱き続けていた。その理由は前述の魯迅自身による漱石紹介の言葉を借りれば、「夏目の著作は想像力の豊富さと、文章の精美なることをもって称されて」おり、「『坊っちゃん』『吾輩は猫である』の諸篇は軽快洒脱にして、機智に富んで」いたからである。魯迅が漱石の文章の精美さを称讃したとき、漱石文学が日本の国語確立に大きな役割を演じたことを意識していたことであろう。そして想像力と機智の豊富さを強調したとき、漱石が新興国民国家日本の課題を個人から国家までを通底する視点で描き出していたことに思いを寄せていたことだろう。本章後半部では後者について詳論していくのだが、その前に漱石に共通する魯迅のアンドレーエフへの関心について述べることにしたい。

8　魯迅とアンドレーエフ

一九二三年八月、魯迅は故郷の紹興、留学先の東京、就職先の北京で長年暮らしを共にしてきた周作人と仲違いをして、北京・八道湾の周邸を出た。魯迅が北京・西三条の小さな中古住宅を購入したのは翌年五月のこと、北京時代最後の二年間をこの西三条の家で過ごしている。転居に先立ち、魯迅はこの家の北側の中庭に突き出すような形で一間を増築し、ここを自分の書斎とした。これがいわゆる「虎の尻尾」と称される部屋であり、散文詩集『野草』等の作品はここで書かれたのである。

魯迅は「虎の尻尾」の書斎では東の窓際に机を置き、仙台医学専門学校時代の恩師藤野厳九郎の写真を壁に掛けていた。魯迅の学生であった許欽文《きょきんぶん》（シュイ・チンウェン、一八九七〜一九八四）の回想によると、アンドレーエフの写真もこの書斎の壁に掛けられていたという。(76) あるいはこの写真は、一九二六年五月五日に魯迅の学生で文学結社浅草社のメンバーであった陳煒謨《ちんいぼ》（チェン・ウェイモー、一九〇三〜五五）が贈ったものであろうか。(77)『朝花夕拾』に収められた小品「藤野先生」のなかで、魯迅は「正人君子」との戦いに倦んだ彼を、写真の中の恩師が叱咤してくれるのだと記している。そして深夜に、「秋夜」「影の告別」などの散文詩の筆を執るとき、魯迅は彼の文学の師とも言うべきアンドレーエフの肖像を仰ぎながら、自己の暗部深くに沈み込んでいたのであろう。魯迅とアンドレーエフ文学との出会いは、藤野先生と同様に日本留学時代の『域外小説集』出版の頃にまで溯る。

『域外小説集』は日本留学中の魯迅と周作人が一九〇九年に、ロシア・東欧・英米仏などの当時世界的に流行していた作家の作品を集めて出版した二巻の叢書である。これは一九二一年に合訂本として再版されるが、その際に魯迅が周作人の名を借りて記したものが「域外小説集序」（一九二〇年三月）であった。当初は続けて二巻を出す資金を工面し、それが売れて元手が戻るのを待ってさらに第三、第四巻と続けて第X巻まで出していくという計画であったが、第二巻が出版された七月には、魯迅自身が生家の経済的困窮のため七年にわたる留学生活にピリオドを打って帰国し、『域外小説集』第三巻の刊行は日の目を見ることはなかった。

一、二両巻には一六篇の作品が収められており、そのうち周作人はシェンキェヴィッチ（ポーランド）、チェホフ、オスカー・ワイルド、E・A・ポーらの作品一四篇を訳している。これは一九世紀後半から当時にかけてヨーロッパで流行していた作品を、自然主義から象徴主義に至るまでまんべんなく選択したものであった。魯迅逝世後間もない一九三六年一一月、周作人は当時をふり返って、「豫才の当時の思想は、民族主義でほぼ包括できると思う。紹介した文学なども被抑圧民族を主にしており、ロシアは圧制に反抗している点を買ったのである」と述べている(78)。しかし実際には東欧のものはポーランド三篇のみであり、そのほかには南欧バルカンの小国ボスニアの作品が二つ入っているだけである。しかもポーランドの三篇は、いずれもシェンキェヴィッチの作品で、彼は一九〇五年にノーベル文学賞を受賞した世界的な流行作家でもあった。周作人の回想とはうらはらに、『域外小説集』収録作品の選択は「被抑圧民族を主にした」というような単純な動機で行われたものではあるまい。おそらく魯迅は欧米の文学史を通覧した上で、当時の中国読書人が最も必要とする作品を丹念に集めたものであろう。

さて『域外小説集』全一六篇中、魯迅が訳した作品は、ロシア作家ガルシンの短篇「四日」およびアンドレーエフの「嘘」と「沈黙」の三篇であった。一、二両巻巻末の「新訳予告」の欄には、長篇『血笑記』の名が続けて挙げられている。ここからも魯迅のアンドレーエフへの思い入れは相当なものであったと想像されるのである。

前述のとおりアンドレーエフの最初の邦訳は、一九〇六年の『旅行』（上田敏訳）であり、翌年にも『これはもと』（上田訳）一篇、そして一九〇八年に二葉亭四迷が『血笑記』を訳しており、競って翻訳されるようになるのは一九〇九年以後のことであった。「嘘」は一九〇八年一二月山本迷羊によって、

「沈黙」はその翌年の五月に上田敏が訳しているが、魯迅訳はこれとほぼ同時期に出版されている。魯迅は日本のアンドレーエフ・ブームの渦中にいたというよりも、日本の文学者と競い合うように翻訳活動をしていたというのが適切であろう。『域外小説集』第一巻の発行は一九〇九年三月であり、それは奇しくも漱石が小宮豊隆とアンドレーエフ独訳本による読書会を始めた月である。『域外小説集』第一巻出版間もなく、三宅雪嶺が主催していた雑誌『日本及日本人』第五〇八号(明治四二年五月一日号)が、「文芸雑事」欄で「本郷に居る周何がしと云ふ、未だ二十五六歳の支那人兄弟」による「『域外小説集』と云つた三十銭ばかりの本」を紹介したのも、日中両国読書人共通のアンドレーエフ・ブームに関心を抱いたからであろう(79)。

「嘘」は「沈黙」と同じくアンドレーエフの最初期の作品であり、一九〇〇年に発表されている。主人公の男の詰問に、恋人らしき女は「愛しているわ」と答えるが、男の耳の中では常に「嘘」という囁きが聞こえる。舞踏会にいても、猜疑心に取り憑かれた男の眼には、人間の姿は無機物化して映り、管楽器だの通りの塀だのが言葉を発するように聞こえ、これらの妄想はすべて「嘘」という不安に収斂していく。強迫観念に狂った男は、ついに女を殺すが「嘘」という囁きは止むことなく、彼は全き狂気に侵されていく――この短篇で描かれた世界は、愛をも自己をも信じえず、不信と不安により自己存在の内側から崩壊していく男の心理であった。

「沈黙」についてはすでに述べた(80)。アンドレーエフの作品に魯迅が強烈な関心を寄せたのは、孤独な内面世界の表象をそこにありありと見たからであろう。アンドレーエフが実体的に描き出した不安と恐怖こそ、清末革命思想の展開の果てに魯迅において発見された閉塞した内面世界そのものであった。しかし魯迅は一九一八年に至ると、アンドレーエフが描いた「普通の人間」を「狂人日記」の主人公にすりかえて異常な場合を設定し、彼に自らの食人行為を妄想させて彼を食人社会の渦中に投じ入れたのである。

「狂人日記」の一年後には「アンドレーエフの陰鬱を留め[81]」た短篇小説「薬」（一九一九年四月頃）を発表し、「明日」（一九一九年一〇月）では病気のため愛児をも失った寡婦の異常感覚をアンドレーエフ流に描いた。また「白光」（一九二二年六月）という作品では、科挙の万年落第生が先祖の埋めたという幻の財宝を求めて、荒れはてた屋敷内を深夜に掘り始める場面を設定した。穴の底で彼は下顎骨を掘り当てるのだが、その骨が笑うという一場は、アンドレーエフの『血笑記』からの借用とも言えよう。「狂人日記」以後、魯迅はアンドレーエフから学んだ不安と恐怖の描法により人々の孤独と、その孤独を人々に強いる虚偽の礼教制度を批判したのであった。

一九二一年、魯迅は周作人と共編した『現代日本小説訳集』のために、再びアンドレーエフの短篇二篇を訳している。革命運動のためにその裕福な家を飛び出していたと暗示される青年の、突然の帰宅と再度の家出がこの家庭にもたらす不安を描いたのが、「靄の中へ」である。「不幸な者の為に」と題された一冊の書物の運命を通して、心の通い合わぬ人と人の絶望的関係を辛辣な筆致で描いたのが「書物」である。ちなみに日本では魯迅訳の前年一九二〇年に、昇曙夢、中村白葉によってそれぞれ邦訳されている。これら二作においても、不安という「気持」の描写、異常心理の活写が行われているのは、他のアンドレーエフの作品と同様である。ただしこの二作のばあい、革命運動に加わった息子に不安を抱く家族、「不幸な者の為に」という書物が流通機構に乗って運ばれることによりますます不幸な者たちを虐げる結果となる、などといった諷刺的傾向を色濃く持った社会小説でもあった。「靄の中へ」訳者附記で、魯迅は次のように述べている。

アンドレーエフの創作には、厳粛な現実性と深刻さおよび繊細さが含まれており、象徴的印象主義と写実主義とが相調和している。ロシアの作家の中で、彼の創作のように内的世界と外的表現の差を融合して、霊肉一致の境地を表出できるものは一人としていない。彼の著作は、象徴と印象の息吹きが盛んではあるが、なおその現実性を失ってはいないのである(82)。

このアンドレーエフ評価には、魯迅自身の文学にも通じるものがあるといえよう。

以上のように魯迅は、辛亥革命により誕生した中華民国では国民国家建設が難航し、伝統社会の弊習に苦しめられる人々が味わい続ける孤独を、アンドレーエフの手法で新たに不安と恐怖という〝気分〟により描き出し、悪しき伝統を批判したのである。いっぽう漱石は、欧米から帝国主義を学んで国民国家となった明治日本が、中国・朝鮮への侵略の果てに迎える全面的滅亡を予感し、小説の主人公をアンドレーエフの不安と恐怖に沈潜させて、大日本帝国を批判したのである。魯迅と漱石とは同時期に東京でアンドレーエフを受容したものの、国民国家の成熟度という日中両国それぞれの社会状況の差違により、両者の創作は異なる様相を呈するのであった。

それでも魯迅は漱石から国民性批判という大きなテーマを継承している。次節では『坊つちやん』と「阿Q正伝」との系譜的関係を考察したい。

9 「阿Q正伝」におけるアンドレーエフ的恐怖

すでに述べたように、魯迅は生涯に渡って漱石に深い関心を寄せ続け、二篇の小品を翻訳してもいる。その一篇「クレイグ先生」は漱石がロンドン留学時代に個人教授を受けたシェークスピア研究者の回想であり、同作と魯迅が仙台医学専門学校留学時代の恩師を回想した自伝的小説「藤野先生」との影響関係は、著名な比較文学研究者の平川祐弘が夙に周到に論じている[83]。そのいっぽうで、魯迅が『現代日本小説集』の附録「作者に関する説明」で特に「軽快洒脱にして、機智に富んで」いると紹介した『坊っちゃん』『猫』と「阿Q正伝」との影響関係については、一九八〇年代から日中両国において注目されてきたが、いずれも概略的な指摘に留まっていた[84]。

日本の敗戦後まもない一九四八年、竹内好は『坊っちゃん』と「阿Q正伝」を比較して、次のように指摘している。

「坊ちゃん」にしろ「阿Q」にしろ、こういう典型的な人間類型を創造し、それを縦横に活躍させた作者の力は偉大だが、その創造の仕方はまったくちがっている。表と裏だ。無力な正義派という「坊ちゃん」の主人公は、万人の胸に同情をよぶが、愚劣と悪徳のかたまりである「阿Q」のように、その同情をはねかえす力はもっていない。「坊ちゃん」が同感されることは保証されており、その保証を与えている社会通念を、作者は疑っていない。一歩あやまれば佐々木邦へいくところに、作者は立っている。むろん、漱石は佐々木邦へいかなかった。しかし、「坊ちゃん」の世界を破壊することも、しなかった。「坊ちゃん」は青春の文学であり、そのような青春を、漱石はもつことができた。そして魯迅はもつことができなかった。これは作家としての稟質の差よりも、その作家をうんだ社会的環境のちがいによるだろう。〔中略〕芸術的完成では「阿Q正伝」は、はるかに「坊ちゃん」に及ばない。〔中略〕「阿Q」は、今日では、一切の進歩の敵の象徴と見なされている。げんに毛沢東の整風運動は「めいめいが努力して自分のなかから阿Q的なものを追放すること」を目標にかかげている。人類の不平等が、そしてそれに伴う虚偽がつづくかぎり、人間の愚劣さが改まらぬかぎり、「阿Q」は生きつづけるだろう。(85)

竹内好は「無力な正義派」の『坊っちゃん』の主人公と「愚劣と悪徳のかたまり」の「阿Q」とを対比し、「芸術的完成では「阿Q正伝」は、はるかに「坊ちゃん」に及ばない」と評するいっぽう、「人類の不平等が、そしてそれに伴う虚偽がつづくかぎり、人間の愚劣さが改まらぬかぎり、「阿Q」は生きつづけるだろう」と「阿Q正伝」が思想性において『坊っちゃん』に勝るものと評価したのである。

一九八六年に米田利昭はこの竹内好の指摘を受けて、また平岡敏夫の『坊つちやん』論(86)をまとめて両作を対比している。「比較しておもしろい存在と思われる。共に、革命英雄譚であり、文明批評である。いいかえれば、典型的人間の造形を通して国民性をえぐり出している」、「坊っちゃんが勝っても勝っても勝てないことで文明批評をし続けるとすれば、阿Qは革命に参加できず、処刑されることで、人々の間に生きて、革命を呼び続ける」として「阿Q正伝」の小説としての評価を高め、両作を「文明批評」

において対等に置いている。しかも米田は両作品間に「影響とか模倣とかはなくとも」と前置きして魯迅の漱石に対する独自性を強調した上で、「阿Q」が「坊っちゃん」に勝る点を、竹内と同様に魯迅の思想性に求めるのだ。

坊っちゃんは同情され、作者にも読者からも愛されるが、それだけに一人で生きゆく力はもち合せていない。それは作者漱石が、坊っちゃんに同情を許す社会通念に垂直につき立っていないからだ。逆に、阿Qの同情をはねかえす力は、作者の魯迅が一人で、社会通念とは非妥協に生きている力である、と。それが、どっしりと、土についた阿Q像を作りあげたのであろう。比べると漱石でさえ、センチメンタリズム、心理的陰翳と抒情——短歌的抒情——に頼っているように見える。(87)

二一世紀に入ると、中国の日本文学研究者である潘世聖が彼の日本語著書『魯迅・明治日本・漱石』第九章で「阿Q正伝」と『猫』を詳細に比較して、次のような分析を試みている。

二つの作品を比較すると、その一番の共通点はやはり作家の内部に沸騰する激しい批判・戦闘の精神であり、その描写対象に対する忌憚のない否定と嘲弄そのものであることが分かる。魯迅にとっては、『吾輩は猫である』の独特のユーモアや笑いの芸術的技法よりも、その精神、思想の衝動力の方がはるかに強かったようである。したがって、漱石の創作が後に知識人の内面世界の探究へと転じていったのに対して、魯迅は終始「啓蒙主義」、即ち社会批判の方向を堅持したのである。

後に魯迅の近代日本文学への視線が他の文学者（例えば白樺派作家、厨川白村など）に移るようになった理由はおそらくここにあるだろう[88]。

潘世聖は両作の社会批判の思想的共通性に注目した上で、啓蒙主義を魯迅の個性と評価したのである。竹内好から潘世聖に至る、魯迅評価に対し、同じく中国人の日本文学研究者である欒殿武は彼の著書『漱石と魯迅における伝統と近代』第二部第一章で「阿Q正伝」と『猫』における「笑いのレトリック」の手法の共通点に対する詳細な考察を行い、『猫』から「阿Q正伝」への影響を「饒舌的な表現法と語りの手〔ママ〕の揶揄的な口調という二点」に絞っている[89]。

潘・欒両著は『猫』と「阿Q正伝」との間の影響関係を十分に論証しているが、私はむしろ『坊っちゃん』と「阿Q正伝」との影響関係を重視したい。それは両作が共に共同体から孤立した特異な個性の主人公を設定した上で、彼らの生死を通じて国民性批判を行うという屈折した物語構造を共有しているからである。

『坊っちゃん』は一九〇六年三月に執筆され、四月一〇日発売の『ホトトギス』四月号に発表された。同誌には前年一月から〇六年八月まで『猫』が断続的に連載されており、『坊っちゃん』掲載号には『猫』第一〇章も併載されている。同作の主人公に関しては、作品発表直後に漱石自身が雑誌インタビューに次のような解説をしてもいる。

人生観と云つたとて、そんなむづかしいものぢやない。手近な話が、『坊っちゃん』の中の坊っちやんと云ふ人物は或点までは愛すべく、同情を表すべき価値のある人物であるが、単純過ぎて経験が乏し過ぎて現今の様な複雑な社会には円満に生存しにくい人だなと読者が感じて合点しさへすれば、それで作者の人生観が読者に徹したと云うてよいのです。(90)

この漱石の自作解説の影響を受けたのであろうか、戦後には批評家や研究者の間で「現実には存在し得ぬ「妖精」」(江藤淳)(91)という、「坊っちゃん」の愛すべき単純な性格による日本人批判という評価が行われていた。その中でも一九八四年に井上ひさしが『読売新聞』で披露した「江戸っ子＝よき日本人は、もう四国の都市＝現世にはいない」(92)という説は、典型的な『坊つちやん』論、つまり「坊っちゃん＝古き良き日本人」論であるといえよう。

これに対し前述の平岡敏夫の論は、「坊っちゃん」と「婆さん」の「下女」である「清《きよ》」との間の「東京―四国という距離を、死と生の距離に置きかえ、生死をわかつことによって、それゆえにこそいっそう切実でありうる愛の存在を思い描く」(93)という斬新な読みを展開した。そして最近では柴田勝二が二〇〇六年刊行の漱石論で、「主体的な自己認識を自身に与えることができず、対他者的な関係において未熟さを示しつづける」坊っちゃんを「明治日本の寓意」(94)として捉え、赤シャツを「西洋列強の暗喩として括り」出し、うらなりを「西洋列強に対しては明確な自己主張をすることができず、そのいいなりになる無力さをさらけ出してしまう、明治日本の否定的な側面の寓意化」と解釈している。特にうらなりの婚約者マドンナを、「帝国主義的な欲望の対象としての〈中国〉に相当する存在」と指摘する点は興味深い。このように柴田が『坊つちやん』から読み取る明治末期東アジア情勢の構図からは、「清」

が消去されている点も意味深長である。

前述の中国人研究者の欒殿武は、一九九八年の論文「漱石と魯迅の比較研究の試み——『坊ちゃん』と『阿Q正伝』の接点を中心に」で、日本の『坊つちゃん』研究を踏まえつつ、同作と「阿Q正伝」との比較研究を試みて、「『坊つちゃん』と『阿Q正伝』は内容が異なるけれども、主人公の性格の特徴の象徴的把握、それによる作者の世界観の明白な表明、自国の国民性の一側面の描出、そして、主人公の失敗談による物語の展開、滑稽な表現手法などの面において、共通した底流がはっきり存在しているのではないか」という結論に達している。[95]

欒論文は『坊つちゃん』「阿Q正伝」両作の異同を丁寧に分析しており、その論旨は説得力を持つが、漱石が「坊っちゃん」を「江戸っ子の典型的な特徴を一身に集めた古き好き時代の日本人の「善」の化身」と描いたと考えるいっぽう、魯迅は「卑劣、憶病、無恥、狡猾、エゴイズム、盲従など、中国人の国民性の暗黒面」のすべてを「阿Qの一身に描いた」と解釈している。[96] さらには「国民性に対して、漱石は明るい面を、魯迅は暗い面をポイントにおいて描いただけの違いである」ともまとめている。この点は竹内好の「無力な正義派」対「愚劣と悪徳のかたまり」という漱石・魯迅比較論の系譜に属する見解と言えよう。

こうして竹内好以来六〇年間にわたる漱石・魯迅比較論は、両作家の断絶から影響関係の検証へと進み、『坊つちゃん』と「阿Q正伝」との差違を明暗相反する国民性描写に求めるに至った。しかし、それぞれの国民性を背負った両作の主人公は、果たして明暗相反する人物なのであろうか。

小説『坊つちゃん』において主人公が氏名不詳であることは、たとえば江藤淳が『漱石とその時代

第三部』で「坊っちゃん」と「赤シャツ」は「読者がついにその名の何たるかを知らぬこと」において同様である、と指摘している。[97]そして江藤は「「坊っちゃん」というような「渾名」」とも記述するのだが、実は小説『坊つちやん』において主人公を「坊っちゃん」と呼ぶ者は誰一人としていない。老「下女」の「清」さえも、「清は時々台所で人の居ない時に「あなたは真つ直でよいご気性だ」と賞める事が時々あつた[98]」と常に彼を「あなた」呼ばわりしており、彼女が「坊っちゃん」という言葉を発したとされるのは、「おれの来たのを見て起き直るが早いか、坊っちゃん何時家を御持ちなさいますと聞いた」という、必ずやカギ括弧が外された主人公自身の語りの中においてなのである。すなわち漱石は小説『坊つちやん』の主人公を名前もあだ名もなく、「坊っちゃん」を自称する人物として明示しているのだ。[99]

ちなみに「赤シャツ」の従者格である「野だいこ」は「十一」の節で「あのべらんめえと来たら、勇み肌の坊っちゃんだから愛嬌がありますよ[100]」と語るが、魯迅が愛用していた金澤庄三郎編纂の国語辞典『辞林』は、「べらんめえ」は「「べらぼうめえ」に同じ。（東京の方言）」と解説し、その「べらぼうめえ」には「の、しり又はさげすみなどするときにいふ感動詞」と解釈している。同じく『辞林』によれば「坊っちゃん」の二つ目の意味は「世事に通ぜざる男をあざけりていふ称」である。[101]小説『坊つちやん』における「野だいこ」による用例は、彼が主人公を「世事に通ぜざる男をあざけ」り「の、しり又はさげす」んで用いた蔑称であり、この用法からは「坊っちゃん」が小説主人公のあだ名であるとは特定できないのである。

実際に「坊っちゃん」像に「暗黒面」を指摘する研究者も少数だが存在する。たとえば渥見秀夫は、『坊つちやん』における主人公の幼少期から四国時代に至るまでの対人関係が、①威張る→②相手の常識的対応に威嚇を感じる→③非常識的に対応する→⑤笑われる→⑥「清」を思う→①威張る、という「円環構造を有する」ことを指摘している。[102] 主人公はコミュニケーション拒否の思考回路の持ち主なのだ。また成模慶は、主人公が初日の授業から辞職前の師範学校生との喧嘩事件翌日の授業に至るまで、「自らが「教師」としてどうあるべきかを意識したこともなければ、教師として学生と直に接しているふしも見当たらない〔中略〕生徒とのコミュニケーションの可能性〔中略〕を拒んでいる」点を分析している。[103]

名前もあだ名もなく、「坊っちゃん」を自称し、両親は病死し、兄からは父の遺産の一部と引き換えに縁を切られたため家族はおらず、同僚や生徒、そして地域からも孤立して、「清」と山嵐以外には親しい人を持たない主人公は、「古き良き日本人」イメージとは逆の、一種の不気味さを漂わせている。その姿は意外にも阿Qとの近親性を持ってはいないだろうか。

彼は少年時代に西洋製ナイフの切れ味を証明しようと無鉄砲にも自分で右手の親指の甲をはすに切り込んだため「死ぬ迄消えぬ」「創痕」が残っており、物語の終末部では生徒同士の乱闘に巻き込まれて顔に傷を負う。[104] 彼は手と顔の傷により頭に幾つも「疥癬あとのハゲ」がある阿Qを連想させると共に、「阿Q正伝」冒頭で語り手が告白する「頭の中にはお化けでもいるかのよう」な気配を漂わせるのだ。あたかも「赤い色」が「頭の中に飛び込んで、くる〳〵と回転」している『それから』の代助、そして「自分の頭の中でいろ〳〵なことを創作」し、妻の鏡子が「言はない言葉が耳に聞こえて」家庭内暴力を振るい、「夜の支那人」事件を妄想していた漱石自身のように。

魯迅は生涯にわたり漱石を愛読しており、特に『坊つちやん』への関心は深かった。東京留学時代に

図 1-1　坊っちゃんと清（近藤浩一路『漫画坊っちゃん』新潮文庫，1933 年，204 頁）

同作を収録した漱石の作品集『鶉籠』（一九〇七年一月）を、上海時代にも岩波文庫版『坊っちゃん』第四版（一九三一）をそれぞれ購入したもようである。[105]ベストセラーであった『坊っちゃん』をめぐっては、画家の近藤浩一路（一八八四～一九六二）による『漫画坊っちゃん』が新潮社より一九一八年一一月一日に刊行されていた。国会図書館目録によれば同書の「大きさ、容量」は一六センチメートル二〇五頁、定価六五銭で、見開き右頁に一〇〇字ほどの各場面のあらすじを、左頁に近藤による「漫画」を掲げている。この『漫画坊っちゃん』を魯迅の弟周作人が一九一九年七月の日本訪問時に購入しており、当時は周作人と同居していた魯迅は、弟の日本土産の一冊として、同書を読んでいたことだろう。ちなみに魯迅が北京・八道湾の邸宅で周作人と同居していた時期には図書を共同購入しており、現代文学を周作人が、古典を魯迅がそれぞれ管理し日記の「書帳」「書目」欄に記録していたようすである。『漫画坊っちゃん』は一九三三年四月一日には新潮文庫で再版されており[106]（定価二五銭）、当時は上海に住んでいた魯迅は、文庫版刊行と同時に上海の内山書店で購入している（図1-1）。ちなみに、北京の旧魯迅邸に残っていた周作人も、魯迅と同じく近藤作品の『漫画吾輩は猫である』を同時に購入している。

　周作人はその日記によれば、一九二三年八月には夏目漱石著『ローマ字坊ちゃん』をおそらく東京・丸善より購入しており[107]、さらに彼との不和により魯迅が二三年七月に八道湾の周家を出た翌年の一一月

にも、『坊っちゃん』を北京の日本書店の東亜公司より購入している。(108)

魯迅は上海時代に岩波書店より決定版『漱石全集』(一九三五〜三七)刊行が始まると、毎月の配本を内山書店を通じて購入しており、『坊っちゃん』を収録する同全集第二巻(二元七角)が魯迅宅に届くのは、一九三六年五月二日のことであった。魯迅はこの年の一〇月一九日に病没しており、最晩年に再び『坊っちゃん』と再会していたのだ。このように魯迅は翻訳こそしなかったものの、深く敬愛する漱石文学の中でも、ことのほか『坊っちゃん』を愛していたものと思われる。

そのような魯迅の『坊っちゃん』に対する特別に深い思い入れは、彼自身が「坊っちゃん」に相当する中国語の「哥児《コール》(拼音表記はger)」と「少爺《シャオイエ》(拼音表記はshaoye)」とを意識的に使い分けていたようすからも、窺い知ることができる。

『魯迅全集』では作品などからの引用を除くと、「少爺」はおよそ六〇個所で、「哥児」は一四個所で用いられており、「少爺」の方が使用頻度は圧倒的に高い。ところが自伝的小説では魯迅自身をモデルとするシンボル的人物には、「少爺」ではなく、「哥児」の敬称が用いられている。たとえば短篇小説「故郷」では「豆腐西施《とうふせいし》」の楊《ヤン》おばさんや少年時代の閏土《ルントウ》が、語り手を〝迅《シュン》哥児(迅坊っちゃん)〟と呼んでいるように。これ対し、地主の息子としての階級性を強調する場合には、次のように書いているのだ。

僕が初めて彼(閏土)に会ったのは、まだ十いくつのころで、三十年近く昔のことだ。当時僕の父はまだ存命中で、暮らしむきも良く、僕はまさにお坊っちゃまだった。(109)

10　阿Qが背負う負の国民性

さて魯迅作品の中で、二人の「少爺」が登場するのが「阿Q正伝」である。「少爺」の一人は趙《チャオ》家の大旦那（原文：趙太爺）の息子、彼は結婚し科挙の予備試験に合格して「秀才」の雅称を得ているためか、趙若旦那（原文：趙大爺）あるいは「趙秀才」「秀才旦那（原文：秀才大爺）」「秀才」と称されている。もう一人の「少爺」とは、阿Qの住む未荘《ウェイチュワン》村で趙家と並ぶ二大地主である銭《チエン》家の大旦那（原文：銭太爺）の長男である。彼はまず県城（県都のこと。県は日本の郡に相当する行政単位）に行って西洋式学校に入ったのち、「なぜか日本に行き、半年後に帰ってきたときには、曲がっていた膝が外国人のように伸びており、弁髪もなくなっていた(110)」ため、阿Qから「にせ毛唐《けとう》（原文：仮洋鬼子）」のあだ名を付けられている。「秀才」と「にせ毛唐」は成人であるため、「少爺」と呼ばれることはないが、幼少期にはそのように呼ばれていたことだろう。

未荘という物語の舞台を魯迅は酒屋と茶館各一軒の店舗しかない「もともと大きい村ではなく(111)」と設定しており、阿Qはこの未荘の日雇い農民で、当時であれば中年世代と見做される「三十而立《さんじゅうにしてたつ》」の歳にさしかかって(112)」はいるものの、名前も定かでない。「秀才」が科挙予備試験に合格したためでたい日に、阿Qは、これは自分にとっても光栄だ、なぜなら彼と趙大旦那とは本来は同族で、細かく長幼の序を言えば彼は秀才よりも三代先輩なのだ、と吹聴したので、趙大旦那の屋敷に呼び出され、大旦那に平手打ちされてしまう。村中の人々も普段から阿Qをいじめて笑いものにしているが、阿Qは「自分で自分が自己軽蔑の第一人者であり、「自己軽蔑」を取ってしまえば、残るのは「第一人者」である。状元〔科挙最終試験の合格者である進士の中でもトップ合格者〕だって「第一人者」だろうが？(113)」などという精神的勝利法で自己満足していた。しかし若い尼僧にセクハラをして彼女から「罰当《ばち》たり、子孫《こまご》が絶える阿Q！」と罵られ、「子や孫が絶えたら誰も茶碗一杯のご飯もお供えしちゃあくれない、……女がいるんだ(114)」と思い詰めた阿Qは、趙家の女中である呉媽に無器用な求婚を行い、ひと騒動を起こしてしまう。このため「秀才」に天秤棒で殴られ村での雑役も失い、県城へ行き、盗賊の手伝いをして稼いだ金や盗品の衣類を持って再び未荘に帰還する。その後、辛亥革命の噂にあわてふためく地主たちを見て阿Qも革命党に憧れるが、「にせ毛唐」や「秀才」らがさっさと革命党を組織してしまい、阿Qには出る幕もない。やがて趙家で起きた強盗事件の犯人として逮捕され法廷に引き出された阿Qは、わけも分からぬうちに見せしめのための引き回しの後に銃殺されてしまうのであった（図1-2）。

図1-2　銃殺後の阿Qの遺体（蕭振鳴編『豊子愷漫画魯迅小説集』福建教育出版社, 2001年. 原作は豊子愷『漫画阿Q正伝』上海・開明書店, 1937年1月）

「阿Q正伝」は北京の新聞『晨報』に一九二一年一二月四日から翌年二月一二日まで連載されたのち、一九二三年八月、北京・新潮社刊行の魯迅の第一創作集『吶喊』に収録されており、日本語訳は四〇〇字詰め原稿用紙約一〇〇枚となる。同作を雑誌『ホトトギス』に一挙掲載された漱石の『坊っちゃん』（四〇〇字詰め原稿用紙換算で約二三〇枚）[115]と比べると、半分以下の枚数である。

「阿Q正伝」と『坊つちやん』との相異は、作品の長短だけでなく、主人公の境遇にも見出せる。阿Qが中国農村社会の最底辺の人間で読み書きができないだけでなく、筆の握り方さえ知らないというのに対し、「坊っちゃん」は「清」のような「下女」を雇う大都会の中産階級の家の次男で、物理学校を卒業して旧制中学の数学教師を勤めた準エリートである。[116]「坊っちゃん」の社会的地位は阿Qよりも遥かに高く、「阿Q正伝」の中の「秀才」や「にせ毛唐」のそれに類似するといえよう。

そのいっぽうで、前述の欒殿武論文「漱石と魯迅の比較研究の試み」は、「坊っちゃん」と阿Qとの性格的類似性を前者の「強がり」と後者の「減らず口」に見出す外に、両作が「共に主人公の視点を中心として、物語を展開している」点を指摘し、二人の主人公の視点が共に「上から下への鳥瞰であり、しかも自己中心的で、主観的」であること、「よその人間としてその土地の住民に対して批判的で、また対抗した。結局、彼らに陥れられ、不幸な結果を招いてしまう」点を挙げている。欒論文が指摘する「坊っちゃん」と阿Qとの性格および視点の類似性は説得力に富むが、「漱石の「よき日本人」の坊っちゃんと対照的に、魯迅は逆に「悪しき中国人」のすべての悪を阿Qの一身に描いたと言えるのではなかろうか」という解釈には同意し難い。仮に「阿Qという人物の性格から、卑劣、憶病、無恥、狡猾、エゴイズム、盲従など、中国人の国民性の暗黒面のすべての要素を見つけることができる」にしても、前述の渥見秀夫が指摘する「坊っちゃん」におけるコミュニケーション拒否の思考回路を想起すれば、「同じ国民性に対して、漱石は明るい面を、魯迅は暗い面をポイントにおいて描いただけの違い」と、ひと言で総括するわけにはいかないのではあるまいか[117]。

すでに述べたように、小説『坊つちやん』の主人公とは名前もあだ名もなく「坊っちゃん」を自称し、家族もおらず、同僚や生徒、そして地域からも孤立している孤独な人物である。彼は唯一の友人「山嵐」とは四国を離れて帰京した際に「すぐ分れたぎり今日迄逢ふ機会」がなく、「東京で清とうちを持」ったのも束の間、「清」は「今年の二月肺炎に罹つて死んで仕舞」った[118]。自称「坊っちゃん」は、『坊つちゃん』という物語の最終幕において、ほとんど天涯孤独となったのである。

平岡敏夫は前述の論文「「坊っちゃん」試論」で、「四国の中学を辞職するに至った熱烈な正義漢である坊っちゃん」が、帰京後に「ある人の周旋[119]」で街鉄〔東京市街鉄道〕の「技手」すなわち「幹部技術者である技師の補佐役で、技師の指示を受けて実務を掌る」技術者[120]となった後も、「街鉄でも正義をふりまわして辞職するということにならなければ坊っちゃんという性格の一貫性は成立しない。〔中略〕作品の真実からいえば帰京して街鉄にとどまっている坊っちゃんはウソであり、坊っちゃんは死んだのである」と指摘する。さらに平岡は「それまでの坊っちゃんが死ぬことによって「東京で清とうちを持つ」ことは実現する。〔中略〕一挙に清を死にひき落とすことで、この末尾全体に（ひいては作品全体に）深い哀切感をにじみ出させている」と「坊っちゃん」の死と「清」の死とを結び付けた上で、二人の愛情関係を次のように考察している。

坊っちゃんのあの単純・痛快にみえる反面にはたえざる強迫観念・被害妄想の類があったことを見落としてはならず、その矛盾を見ることで〔中略〕坊っちゃんを支えた清の愛、清を信じる坊っ

ちゃんの愛が、ぎりぎりの切実さで蘇ってくることにもなるはずだ。(121)

言い換えれば『坊つちやん』の主人公は最愛の女性「清」の死により生かされているのであり、「古き良き日本人」にしてコミュニケーションを頑なに拒否する天涯孤独の彼による国民性の表象が可能となったのである。

そのいっぽう、「阿Q正伝」において阿Qが心を寄せる唯一の女性が、呉媽《ウーマー》である。若い尼僧へのセクハラがきっかけで、死後の供養を託せる息子が欲しくなると共に性欲に目覚めた阿Qは、呉媽に無器用な求愛を行う。

呉媽は趙家ただ一人の女中で、食後の洗い物が終わったので、やはり長椅子に腰掛け、しかも阿Qと世間話をしていた。

「奥さまがこの二、三日ご飯を召し上がらないのは、大旦那さまがお妾さんを買おうとして……」

「女……呉媽……この若後家さん……」と阿Qは考えていた。

「家《うち》の若奥さまには八月に赤ちゃんが生まれるって……」

「女……」と阿Qは考えていた。

阿Qは煙管を置くと立ち上がった。

「家《うち》の若奥さまは……」と呉媽はなおもブツブツ話している。

「二人で寝よう、俺とおまえで寝よう!」阿Qはいきなり足早に迫っていくと、彼女の前で跪いた。

一瞬シーンとなった。

「キャー!」呉媽はしばしポカンとしていたが、急に震え出すと、叫びながら外に飛び出し、走りながらわめき、それはやがて泣き声まじりとなった。[122]

魯迅は呉媽をこの場面で突然に登場させており、彼女が未亡人となり趙家で働くようになった経緯については何も述べていない。だが、二年後に発表する短篇小説「祝福」（原題：祝福、一九二四）では、呉媽と同様「若後家さん」の祥林嫂《しょうりんそう》（シアン・リンサオ）をヒロインとして、その苛酷な生涯を描いている。それは最初の夫の死後、息子がいなかったため婚家を出て、地主の家の「下女」として働いていたところ、なんと姑に誘拐され、人身売買により再婚させられるが、この二人目の農民の夫も病死し、彼との間に生まれた最愛の幼い息子が狼に食われると、亡夫の自宅を義兄に取り上げられてしまい、再び地主の家の「下女」となるが……という悲惨な体験である。[123]呉媽は再婚前の祥林嫂のような未亡人なのだろう。いっぽう趙の大旦那は、「秀才」という息子を持っており、まもなく孫も誕生するというのに、おそらく家系を絶やさぬためには一人でも多くの息子が必要という口実で売買結婚により第二夫人を娶ろうとし、良家の出身で見合い結婚をした正夫人の猛反対を受けているのだろう。伝統中国の礼教は女性に再婚を許さないため、未亡人の呉媽には大旦那の第二夫人候補となる資格はないので、彼女は趙家の蓄妾騒動を他人ごととして阿Qに漏らしたのである。

大旦那の結婚と若奥さまの出産という呉媽の噂話に刺激されたのであろう、阿Qは突然跪いて呉媽に敬意を表し、真剣に求愛するのだが、その言葉が余りにも野卑だったこともあってか、呉媽は「しばしポカン」としていたが、まもなく自らの貞操の危機に気付いたのだろう、「急に震え出すと、叫びながら外に飛び出し、走りながらわめき、それはやがて泣き声まじりとなった」――夫の死後も貞操を守って再婚しない節婦、というのが呉媽のアイデンティティであり、そもそも地主の趙家が彼女を雇用する理由の一つが節婦ということなのであろう。

実は阿Qは跪いただけであり、呉媽に指一本触れてはいないのだが、若奥さまや隣人の鄒七嫂は呉媽を「外に出るのよ……自分の部屋に隠れて思い詰めたらダメ……」「あんたの身持ちが固いことはみんな知ってるよ……死のうなんて思っちゃいけないよ」と慰めている。そして翌日阿Qは一対の赤いロウソク――重さ一斤サイズ――と線香一袋を持って趙家にうかがい謝罪し、趙家が道士に依頼する首吊り幽霊のお祓い費用は阿Qが負担する、というセクハラ賠償責務を負うこととなる。この二点から、呉媽が阿Qとの不倫関係を否定し身の潔白を証明するため、自殺を試みようとしていたことが推察できる。しかし実際には趙家では「線香を焚きロウソクを点すこと」もなく、「奥さまが仏様を拝むときに使えるので、備蓄に回し[124]」ていることから、呉媽の自殺未遂は覚悟の上のものではなく、一時の思い込み、あるいは演技過剰と見なされていたと判断できる。その後、呉媽は未荘を出て県城で働き始めた様子であり、あるいは節婦ぶりが評判となって、県随一の声望家である白《パイ》挙人旦那の屋敷に雇われたのであろうか。セクハラ事件後に未荘で全く失業して県城に出たのち、再び未荘に帰還した阿Qが、県城で一時期、白挙人旦那の屋敷で働いていたと称すると、未荘の酒屋常連客は、「粛然として襟を正し」ている[125]。秀才が科挙受験資格試験の合格者であるのに対し、挙人は本試験の第一段階である郷試の合格者であり、このような挙人ともなれば地方政治にも参画できるのである。

「恋愛の悲劇」とは阿Qの呉媽への求愛の顚末が語られる第四章に与えられた皮肉な章題だが、その悲喜劇後も阿Qは呉媽への思いを断ち切ったわけではなく、辛亥革命の噂を聞いたとき、阿Qは彼独自の発想により呉媽のことを思い出しているのである。一九一一年一〇月一〇日、武昌新軍蜂起により革命の火蓋が切られてからひと月近くが経過し、革命軍県城に迫る、という噂を聞いた未荘の阿Qは「革命もいいな……このこん畜生どもの命《いのち》を革《あらた》めてやるんだ、この憎たらしい、嫌な奴らの命をな！」と革命党への参加を夢想する。彼にとって革命とは「欲しいものは俺のもの、好きな相手も俺次第[126]」という殺戮・掠奪・婦女誘拐行為であった。「秀才の上さんの寧波ベッドを先ず土地神様の祠に運」ばせのちは「好きな相手」を妄想し「趙司晨の妹はひどいブスだ。鄒七嫂の娘はまだ四、五年早い。にせ毛唐の上さんは弁髪なしの男と寝るなんて、ペッ、ろくな奴じゃあない！　秀才の上さんは瞼に傷跡がある」と未荘の女性たちを品定めをするうちに呉媽を思い出し、「長いこと会っていないが、どこにいるんだろう――大足なのがイマイチだ」と失恋後も続く片思いを語っている[127]。

そして銃殺刑の前に県城の街頭を引き回された阿Qは、最後に呉媽の姿を認めるが――

彼がぼんやりと左右を見渡すと、すべて車のあとを着いてくる蟻のような人々で、無意識のうちに、道ばたの群衆の中に呉媽を発見していた。久しぶりだぜ、彼女はなんと城内で働いていたんだ。阿Qは突然意気地なしの自分が恥ずかしくなった――芝居の一つも唄わないとは。すると彼の思いが頭の中を旋風のように一巡りしたかのよう――「若後家さんの墓参り」ではショボショボしているし、「竜虎の闘い」の「取り返しのつかぬこと……」ではつまらない、やっぱり「わが手に取りたる鉄の鞭、汝《なんじ》めがけて打ちおろさん」だろう。彼は同時に手を振り上げようとも思ってみたが、両手は元々縛られていることを思い出したので、「わが手に取りたる鉄の鞭」もやめにした。

そこで阿Qは「自己流」で死刑囚辞世の際の決まり文句である「二〇年経《た》てば再び男一匹……」と叫ぶのだが、呉媽は「最初から彼のことなど見ちゃいないようすで、兵士たちの背中の鉄砲に見とれていただけ」であった(128)。

このように阿Qの片思いを「若後家さん」の呉媽が徹頭徹尾拒否し続ける姿は、『坊つちやん』の主人公を老「下女」の「清」が終始一貫して愛し続ける姿と真逆の関係にあるといえよう。『坊つちやん』の主人公が「清」の死により生かされているのとは逆に、阿Qは唯一愛した女性から完全に拒絶される事により、精神的勝利法という自己欺瞞を棄て、群衆の中の孤独を自覚しつつ死を迎えるのだ。未荘・県城の群衆は挙人旦那を頂点とする政治経済および礼教の権威と、鉄砲に象徴される体制側の暴力装置により束ねられてはいるものの、地域共同体としての一体感は薄く散漫なものである。阿Q銃殺刑をめぐる未荘の世論は「阿Qが悪い、銃殺刑がその悪い証拠であり、悪くなかったらどうして銃殺などされようか?」というお上の裁きに対する絶対服従であり、城内の世論は、革命軍による銃殺は清朝時代の首切りほどおもしろくなく、「あの死刑囚ときたら何たるお笑い種《ぐさ》だ、長い引き回しだったというのに、芝居の一つも歌えなかった、ついて回ってくたびれもうけだ」という一片の同情も伴わぬ冷笑であった(129)。未荘・県城の群衆の同語反復および冷淡な反応からは、共同体成員間の一体感の稀薄さが窺えるだろう。

まさに辛亥革命の指導者の一人であった孫文の「中国四億の民は盆の中の散沙に等しい[130]」という言葉を連想させられる。

中央政権は国都—省都—県城というピラミッド状の権力構造により、群衆を統治しており、科挙に基づく官僚制度と村の岡っ引き風の御用役から軍隊に至るまでの暴力機構とを備えた政府と、この政府の奴隷である群衆とは、共に「飢えた狼」であり、その「恐ろしい目」は「鈍くまた鋭利」で、阿Qの「言葉を噛み砕いてしまっただけでなく、彼の肉体以外のものをも噛み砕こうとして」いる——阿Qは銃殺刑を前にして、ようやく精神的勝利法という心理的麻痺状態から覚醒し、群衆と自己との喰うか喰われるかという関係に気付くのだ。「これらの目は一体化したかのよう、すでにそこで彼の魂に食らいついていた[131]」とは、銃殺直前の阿Qの前に集まった群衆の目を描写した一句である。一体化した群衆の目は、物語が始まって以来、殴られ叩かれ騙されて肉体を痛め付けられる阿Qを見世物として楽しんできた。阿Qは死刑執行前の引き回しの際でも、「人はこの世に生まれたからには、もとより時には首を切られることもあるだろう」と得意の精神的勝利法を活用し自らの心を麻痺させ、精神的平安を保ってきたが、群衆は銃殺されるに及んで覚醒した彼の精神を食らおうとするのである。「彼の魂に食らいついていた」の一句のあとには、次の言葉が続いている。

「助けて……」

だが阿Qは口に出さなかった。彼はとっくに眼の前が真っ暗となり、耳はガーンと響き、全身があたかも粉みじんに飛び散ったかのような気がしていた[132]。

「助けて……（原文：救命……）」という阿Qの言葉からは、「狂人日記」（一九一八）末尾で主人公が呟くように記す「人食いをしたことのない子供は、まだいるだろうか？／子供を救って……（原文：救救孩子……）」の一句が連想される。「狂人日記」は辛亥革命後の中国における人間同士の孤独な関係性を、主人公の狂人が抱く〝食人〟の妄想において集約し、さらに狂人自身にも食人の罪を自覚させることにより、狂人と民衆との罪人としての連帯の可能性を探った哲学的小説である。食人の罪を自覚した狂人が呟く言葉「子供を救って……」[133]に呼応するかのように、阿Qは未荘・県城における人間同士の孤独な関係性を〝食人〟と認識して、俺を救って、という声をあげようとしたのである。

食人社会にあっては人は他人を食いたいが、そのいっぽうで他人に自分が食われるのではないかと恐れている——このような現実を、魯迅は「狂人日記」において狂人の日記という形式で観念的に描いた。「阿Q正伝」とは「狂人日記」以来のテーマを、未荘という村を舞台に、地主から日雇い農民まで、日本留学生から革命軍人までが阿Qの肉体から精神までを食らう様子と、阿Qが自らの死を賭して覚醒し、このような食人社会を認識するに至る過程を物語る小説なのである。この「阿Q正伝」により魯迅は「阿Q」像を確立し、中国国民性批判の視座に立ち得たといえよう。

「阿Q」像を定義すれば、以下のようになるだろう——通常の名前を持たず、家族から孤立し、旧来の共同体の人々の劣悪な性格を一身に集めて読者を失笑苦笑させたのち犠牲死して、旧共同体全体の倫理的欠陥を浮き彫りにし、読者を深い省察に導く人物。その原型を魯迅は漱石の『坊っちゃん』に見いだした。すでに述べたように、『坊っちゃん』の主人公も名前を持たず、「下女」の「清」を除く誰ともコミュニケーションを取れない——数学教師の「山嵐」との間にも論理的な対話は成立していない——

孤独な主人公と周囲の人物の一見常識的対応との落差を描いて読者を失笑苦笑させながら、漱石は日露戦争後に成立した大日本帝国という国民国家の国民性を批判した。この漱石作品では自称「坊っちゃん」は犠牲死するには至らず、彼に替わるかのように「清」が急死している。魯迅は「阿Q正伝」において呉媽というアンチ「清」的女性を登場させ、彼女に阿Qを終始一貫して拒絶させることにより、臨終の阿Qを覚醒させて食人社会の告発へと導き、『坊っちゃん』よりもさらに深くて鋭い国民性批判の物語を展開し得たのであった。

第2章——森鷗外と魯迅
「舞姫」から見た「愛と死」の意匠

1 謎の作品における空白意匠の方法

「愛と死（原題：傷逝）」は、魯迅文学における唯一の恋愛小説であり、最も謎多き作品でもある。その謎とは主に一人称語りが物語の随所に残した空白であり、恋愛事件における男性当事者の手記という小説の様式に起因するものである。

「愛と死」末尾には「一九二五年一〇月二一日了」という記載があるが、『魯迅日記』には同作執筆に関する記載はない。「愛と死」は一九二四年から二五年までに執筆された短篇小説一一篇の内の一作として、魯迅の第二創作集『彷徨』（一九二六年八月、北京・北新書局刊行）に収められた。同作と共に『彷徨』に収められている「孤独者」もまた新聞・雑誌等に発表されておらず、「愛と死」と同様に謎多き作品である。

「孤独者」は篇末に「一九二五年一〇月一七日了」という記載があるものの、『魯迅日記』には同作執筆に関する記載がない点も「愛と死」と共通する。だが「孤独者」は語り手「僕」が、友人魏連殳《ぎれんしゅ》の半生を語るという構造であり、読者が主人公をめぐる空白を意識することは少ない。「孤独者」の中の謎とは、主人公が語り手「僕」宛の手紙で「かつて……私に幾日かでも生きることを願った人自身は、生きられなかった。この人は敵におびき出されて殺された。殺したのは誰か？　誰も知らない。」と記しているのに、「この人」が誰であるかが明示されていない点である。(1)

「孤独者」「愛と死」両作篇末の日付が執筆年月日を意味するのであるとすれば、主人公が語り手宛の手紙の記述に空白部を残す、という「孤独者」で試みた空白の方法を継承しながら、同作執筆の四日後に、主人公の手記という小説様式を採用し空白の意匠を全面的に展開した作品が「愛と死」といえよう。

「愛と死」は男性涓生《けんせい》（チュアンシャン）による手記という形式で、北京で一人暮らししていた「僕」すなわち涓生が、彼女すなわち子君《しくん》（ツーチュン）に求愛し、若い二人が周囲の好奇の眼をはね返し、北京のその家に彼女が身を寄せていた叔父の反対を押し切って同棲に踏み切るものの、生活苦と「僕」の心変わりとにより二人の愛は破綻していく……という物語である。男女平等、自由恋愛といった新しい価値観に導かれて突き進んでいった一組の男女が、涓生の免官など経済的に挫折するばかりか、男性の涓生は些か自分勝手に愛情そのものに疑問を抱くに至り、子君に対し自分の愛情が冷めてしまったという告白さえ行う。子君はついに父親に連れ去られ原因不明のままその死が噂として涓生に伝わる……。

本作に対してはこれまで、若い恋人たちの自由恋愛実践という勇敢な行動を押しつぶす旧態依然とした中国社会への批判、あるいは涓生の軽薄な行動および反省への批判が主題であるとする解釈から、魯迅の最初の結婚や末弟周建人《しゅうけんじん》（チョウ・チエンレン、一八八八～一九八四）の結婚の破綻、あるいは魯迅・周作人《しゅうさくじん》（チョウ・ツオレン、一八八五～一九六七）兄弟の仲違いといった魯迅三兄弟の私生活上の諸問題に関する告白であるとする解釈に至るまで、さまざまの試みがなされて来た[2]。

本書第4章「芥川龍之介と魯迅2――「さまよえるユダヤ人」伝説および芥川龍之介の死」では、「愛と死」が、イエスに対する罵りの罪により永遠の流浪を運命づけられたユダヤ人アハスエルス伝説に言及した講演「ノラは家を出てからどうなったか」[3]から始まり、裏切りの罪を語った小説「父の病」[4]に至るまで約三年の期間のほぼ中心に位置していることを論じている。三度まで子君の死を思ういっぽうで、「どこへ行くのか」という問いを三度突きつけられる涓生は、イエスを三度否定したのち殉教死の道をたどるペテロ「クオ・ヴァディス（主よ何処へ行き給う）伝説」に重ねられる。この二〇年代中葉期において、魯迅はさまよえるユダヤ人伝説における永遠の歩みのテーマに基づいて詩劇「行人」[5]を創作し、日本詩人伊東幹夫の詩「われ独り歩まん」[6]を翻訳するいっぽうで、少年期の弟の魂を虐殺したという告白風小説「凧《たこ》」[7]を書き続けながら罪のテーマを追求していた。罪と永遠の歩みというテーマがクオ・ヴァディス伝説を媒介にして「愛と死」へと展開しており、それは罪を自覚せし者に科せられる贖罪《しょくざい》としての永遠の安息なき歩みという哲学であり、「愛と死」に至るまでの一連の文学的営為は、魯迅が贖罪の哲学を探り当てるまでの思想的葛藤の記録として読めるのではあるまいか――と私は仮説したのである[8]。

しかしこれらの解釈は、私も含めた各評者が自らの仮説に基づき「愛と死」の大きな空白を局部的に埋めることにより導き出したものであって、「愛と死」において意匠された空白の意味は謎のままに放置されている、と言わざるを得ない。

そもそも中華民国一九二〇年代から三〇年代にかけては、起承転結を詳細に語る恋愛小説が流行しており、そのような風潮の中に置かれた当時の読者にとり、魯迅の「愛と死」を読む行為とは、手記が語らなかった空白部を想像することでもあったろう。たとえばそれぞれ一九二七年と三〇年に新聞連載された張恨水《ちょうこんすい》『金粉世家』『啼笑因縁』、一九三一年に文芸誌『小説月報』に連載された廬隠《ろいん》（ルーイン、本名黄淑儀、一八九八～一九三四）『象牙の指輪』は、恋愛当事者の家族や友人、恋の舞台である北京を詳細に描き出している(9)。

「愛と死」が新聞・雑誌等に発表されなかったという事情にもよるのであろうか、同時代の同作をめぐる評論は少なく、同作収録の短篇集『彷徨』について論じる際に、同書の一部として簡単に触れたものを含めても、管見の限り全四篇にすぎない(10)。

たとえば『彷徨』刊行翌月の一九二六年九月三〇日に北京の新聞『世界日報』副刊に掲載された葉生機《ようせいき》「痛読『彷徨』」は、「愛と死」について次のように簡単に記している。

〔『彷徨』中の〕第九篇である。子君は彼女の恋人史涓生に「わたしはわたし自身のもの、あの人たちの誰にもわたしに干渉する権利はない！」と言う。これが青年男女の既定方針〔原文：定方針〕である。奮闘後、その代価は楽しい暮らしで、二人は同棲した。現実の困難は、両者間の多くの情熱を消し去り、互いに冷淡となる。悲しいことに子君は突然父親に連れて帰られ、涓生も天涯没落の人となるのであった(11)。

戦後の研究者の多くが「愛と死」に社会的圧迫や涓生の「軽薄」さへの批判を読み取ろうとするのに

対し、葉が「現実の困難」についてはこのひと言で済まし、恋の破綻の原因を「互いに冷淡となる」と涓生・子君の両者にほぼ同等に求めている点は興味深い。

実は、『世界日報』副刊は葉の書評掲載に三日先立つ九月二七、二八日に、李荐儂「『愛と死』読後の共感」〔原題：読「傷逝」的共鳴〕を連載していた。李は前篇では交際半年間を経て同棲生活に踏み切った涓生と子君の「平安と幸福」を紹介し、後篇では涓生免官後から子君の死の報せに至るまでの状況の変化を紹介している。李もまた社会や涓生に対する批判はほとんど語らず、「涓生と子君の愛は、始には飢えたる如く〔中略〕〝性欲〟の使命を受けて勇敢になりすぎ、すべてを忘れてしまったのか？」「恋愛と結婚は別の事」と人生に対する二人の未熟さを指摘し、「彼〔魯迅〕はもはや愛情は語らぬお方であるが、人が道を誤るのを見ると、ひと言言わざるを得ない。これが「愛と死」なのである」と結論付けている[12]。つまり「愛と死」とは魯迅による恋愛至上主義批判だと言うのである。

しかし『彷徨』刊行から九年が経過した一九三五年五月ともなると涓生に対し厳しい意見も現れる。それは戦後の涓生「軽薄」説の先駆けと言えよう。『国文学会特刊』〔天津〕第三期に発表された張文焯「子君と涓生——子君が去った後の涓生」は、「力がないのに恋愛するのは、愚昧と称され、一度失業すると自分の人生や他人を恨むのは卑怯と称され〔中略〕恋愛に対し責任を負わず、良心に対し責任を負わず、暮らしに対し責任を負わない——責任を負おうとせぬ者が、新しく生きる道を探そうと思っても、当然寝言に過ぎない」と彼を非難している。だが涓生には「毎日〔会館の〕窓外の枯れかけた槐《えんじゅ》の木と藤の老木とに向かい、屍のように放心しているしかないのだ[13]」という張の結びの言葉は、「愛と死」の結びの「僕は〔地獄の〕暴風と業火の中で子君を抱いて、彼女の寛容を乞い、あるいは彼女を歓ばす」という深い絶望的反省を十分に踏まえているとは言えまい。そしてこの時点でも張は未だ社会の圧力に関してはほとんど言及していないのである。

このような同時代批評の中で、茅盾《ぼうじゅん》（マオトン、本名は沈徳鴻、字は雁冰、一八九六～一九八一）が一九二七年一一月一〇日発行とされる文芸誌『小説月報』第一八巻第一一期に「方壁」の筆名で発表した長篇評論「魯迅論」における「愛と死」の評価は、「「愛と死」の意義は、私には良く分からない。ある脆弱な魂（子君）が苦悶と絶望の闘いの後に愛無き日々の前で死ぬことを説明しているのだろうか」とひとこと記すのみで、涓生に主人公の地位も与えようとはしない。五・四新文学期を代表する批評家であり、三〇年代文学を代表する作家でもある茅盾の、「良く分からない」という言葉こそ、民国期読書界の「愛と死」に対する最大公約数的評価であるのかもしれない。そのような意味でも、「愛と死」の空白意匠の考察は、同作の同時代的読書法の研究でもあるといえよう。

本章は魯迅短篇小説「愛と死」を、魯迅が愛読していたであろう森鷗外「舞姫」と比較しながら、「愛と死」の空白部分を読み、その空白をめぐる魯迅の意匠を探るものである。その際には、「愛と死」と同時代の恋愛を描いた女性作家廬隠《ろいん》の長篇小説『象牙の指輪』などを補助線として引きたい。

2　「舞姫」は魯迅の愛読書か

知識階級の男性が、異郷の都会で女性と恋愛同棲したのち、自らの事情で女性と別れ、彼女を不幸に陥れた体験を語る手記——このような「愛と死」と同じ構造の物語「舞姫」を森鷗外（一八六二～一九二二）が最初に発表したのは、魯迅作品よりも二〇余年早い一八九〇年のことだった。「舞姫」のあらすじは以下の通りである。

省庁よりベルリン留学に送り出された「余（＝太田豊太郎）」は、芸人一座の貧しい踊り子エリスの困窮を助け、彼女と交際したために免官となってエリスおよびその母と同居し始め、日本の新聞の通信員となってエリスと共に家計を支えるが、やがて親友の官僚相沢謙吉の助けで帰国復職が可能となる。それを豊太郎の突然の発病後に相沢から知らされたエリスは妊娠中の身で精神錯乱「パラノイア」となり、豊太郎は帰国船のサイゴン（現在のホーチミン市）寄港中に悔恨の手記を書くのであった。

杉野元子は魯迅「愛と死」と森鷗外「舞姫」とを比較して、「周囲の人間の干渉を逃れた静かな部屋で」「悔恨と悲哀の情に胸を痛ませながら、手記を執筆」している点、「孤立した同棲生活」及び「恋愛同棲前後の免官とその後の文筆業への転職」、そして「エリスと子君は、愛を人生の第一義としていたのに対し、豊太郎と涓生は愛を人生の第一義とすることができなかった」点など両作の間にある「数多くの類似点」を指摘し、このような類似は単なる偶然ではなく、魯迅が鷗外の「舞姫」に目を通したことにより生じた影響関係である、と論じている(14)。

魯迅は一九三三年のエッセー「私はどのようにして小説を書きはじめたか(15)」で、日本留学時代に愛読した作家として夏目漱石と共に森鷗外も挙げており、北京時代の周作人との共編訳である『現代日本小説集』（一九二三）に夏目漱石、芥川龍之介らの短篇小説と共に森鷗外の「沈黙の塔」「あそび」の二作を訳している。同書「附録　作者に関する説明」の鷗外の節では、彼の略歴に続いて短篇小説「杯」で鷗外が表明したとする彼の創作態度が紹介されている。これにより杉野氏は「魯迅が「舞姫」を読んだかどうかは確認するすべがないが、鷗外作品の愛読者であり、翻訳者でもある魯迅が鷗外の代表作「舞姫」に目を通さないはずはないであろう」と推測している。

確かに「舞姫」は魯迅の日本留学以前の一八九〇年、雑誌『国民之友』一月三日号に発表され、二年後に短篇集『美奈和集（水沫集）』（東京・春陽堂）に収められているが、現存の魯迅や周作人の日記、蔵書目録からは、魯迅が「舞姫」を読んだという確証は得られない。

しかし『美奈和集』は一九〇二年の魯迅留日時にも依然として好評で、魯迅が弟の周作人と共に東京で文学運動を開始した〇六年には『美奈和集訂正再版』が刊行され、魯迅帰国翌年の一〇年には同書増刷は第一〇版に及び、魯迅の小説第一作「狂人日記」発表二年前の一六年には同書縮刷版も刊行されている。本章はこのように「舞姫」収録の鷗外短篇小説集が魯迅留学期から創作開始期にかけて好評を博し続けていた点を、「舞姫」魯迅愛読説の補強材料として新たに指摘しておきたい(16)。

それればかりでなく、魯迅の四歳年下の弟周作人は、一九〇六年に一時帰郷した兄の魯迅に連れられて日本に留学し、下宿手伝いの娘羽太信子《はぶとのぶこ》（一八八八〜一九六二）と恋愛結婚、一九一一年に彼女を連れて帰国しているのである。東京における作人・信子の恋愛と結婚は、魯迅にベルリンにおける豊太郎・エリスとの恋愛・同棲を連想させたことであろう。

3　恋する男女の空白の履歴

「舞姫」の「愛と死」に対する影響という杉野説に、私も同感であるが、本章ではむしろ魯迅「愛と死」が森鷗外「舞姫」と物語の語りの方法からプロットの基本的構造までを共有しながらも、大きく異なる様相を示している点に注目したい。「舞姫」も「愛と死」日本語訳も共に約一八〇〇〇字(17)の短篇であるが、前者は主人公たちの経歴や家族関係、主人公同士のなれそめ、そして物語の舞台である都市などに関しては、遥かに詳細に描写している。「舞姫」の主人公豊太郎が、冒頭で懺悔の言葉約一二〇〇字を綴った後、幼少期からベルリン留学中の現在までを三〇〇〇字も費やして自己紹介するようすは以下の通りである。

余は幼き比より厳しき庭の訓を受けし甲斐に、父をば早く喪ひつれど、学問の荒み衰ふることなく、旧藩の学館にありし日も、東京に出でゝ予備黌に通ひしときも、大学法学部に入りし後も、太田豊太郎といふ名はいつも一級の首にしるされたるに、一人子のわれを力になして世を渡る母の心は慰みけらし。十九の歳には学士の称を受けて、大学の立ちてよりその頃までにまたなき名誉なりと人にも言はれ、某省に出仕して、故郷なる母を都に呼び迎へ、楽しき年を送ること三とせばかり、官長の覚え殊なりしかば、洋行して一課の事務を取り調べよとの命を受け、我名を成さむも、我家を興さむも、今ぞとおもふ心の勇み立ちて、五十を踰えし母に別るゝをもさまで悲しとは思はず、遥々と家を離れてベルリンの都に来ぬ(18)。

そしてエリスとの恋の舞台となる華麗なる「欧羅巴の新大都」も、巧みに描き出している。

ウンテル、デン、リンデンに来て両辺なる石だゝみの人道を行く隊々の士女を見よ。胸張り肩聳えたる士官の、まだ維廉一世の街に臨める窓に倚り玉ふ頃なりければ、様々の色に飾り成したる礼装をなしたる、妍き少女の巴里まねびの粧したる、彼も此も目を驚かさぬはなきに、車道の土瀝青の上を音もせで走るいろ〳〵の馬車、雲に聳ゆる楼閣の少しとぎれたる処には、晴れたる空に夕立の音を聞かせて漲り落つる噴井の水、遠く望めばブランデンブルク門を隔てゝ緑樹枝をさし交はしたる中より、半天に浮び出でたる凱旋塔の神女の像〔後略〕(19)

「舞姫」の豊太郎は、エリスとの出会いを詳細に描く際に、彼女に切々と身の上を語らせることも忘れない。

〔クロステル巷の〕古寺の鎖したる寺門の扉に倚りて、声を呑みつゝ泣くひとりの少女あるを見たり。年は十六七なるべし。〔中略〕「我を救ひ玉へ、君。わが恥なき人とならんを。母はわが彼の言葉に従はねばとて、我を打ちき。父は死にたり。明日は葬らでは協はぬに、家に一銭の貯だになし。」〔中略〕寺の筋向ひなる大戸を入れば、欠け損じたる石の梯あり。これを上ぼりて、四階目に腰を折りて潜るべき程の戸あり。少女は鏽びたる針金の先きを捩ぢ曲げたるに、手を掛けて強く引きしに、中にはしはがれたる老媼の声して、「誰ぞ」と問ふ。エリス帰りぬと答ふる間もなく、戸をあらゝかに引開けしは、半ば白みたる髪、悪しき相にはあらねど、貧苦の痕を額に印せし面の老媼にて、古き獣綿の衣を着、汚れたる上靴を穿きたり。〔中略〕ふと油燈の光に透して戸を見れば、エルンス

ト、ワイゲルトと漆もて書き、下に仕立物師と注したり。これすぎぬといふ少女が父の名なるべし。(20)

こうしてエリスの亡き父の氏名までもが紹介されているのだ。石橋忍月が豊太郎の自己紹介をめぐり「六十余行は殆んど無用の文字なり」と批判したのに対し、鷗外は同じく六〇行前後を費やして履歴紹介の意義を強調し「此六十余行を分析すれば、一として太田生が在欧中の命運に関係せざるものなし〔中略〕太田生の履歴が一篇の主眼にあらずといふも、太田の履歴なくば誰か彼が遭遇を追尋することを楽しまむ」と反論している。(21)

このような男女主人公の履歴紹介を重視する「舞姫」と比べると、「愛と死」の涓生は、自分が役所の事務官であることを除いて、自らの履歴や父母については一切触れず、子君と知り合うまでの経緯も語らない。子君に至っては、彼女の北京滞在の目的はおろか、姓さえも明らかにされない。そして作品後半で突然子君を連れ戻しにやって来る彼女の父親の来訪も、自発的なものなのか、子君あるいは子君の叔父の要請によるものなのかは明らかにされない。そればかりか、その来訪も大家の妻の言葉により「今日子君さんのお父さんがお出でになって」と語られるのみで(22)その身分や容貌についてひと言の説明も行われない。

そして涓生の手記に登場する北京の建造物といえば、同棲前の彼の住まいであった会館と同棲後の二人の住まいとなる吉兆胡同《チーチャオフートン》の四合院のひと部屋、そして彼が失業し子君との関係に冷却化の兆しが見え始めた後に毎日通い出す民衆図書館、および子君の消失後に訪ねる伯父の幼年時代の同窓の邸宅のみである。(23)

民衆図書館の中国語原文は「通俗図書館」、同館は教育部（日本の文部科学省に相当）社会教育司第二科が一九一三年に開館した図書館で、当時魯迅も同部同司第一科の科長職にあった。魯迅は開館第一日に訪問して以来、北京時代には毎年一、二回利用しており、また本や雑誌を寄贈してもいる。同館は最初は宣武門内大街に置かれ、一九一九年末に宣武門内頭髪胡同に転居している。同じく北京内城とはいえ、東部の吉兆胡同から西南部にある図書館までは直線距離でも五・五キロあり、貧窮していた涓生が人力車に乗ったとは考えられず、彼は往復約四時間を要して徒歩で通ったことになる。しかし涓生の筆からは、「舞姫」の豊太郎が描く「欧羅巴の新大都」のような都市風景は一コマとして描写されることはないのだ。

ちなみに同棲前の涓生は会館の一室で子君の来訪を待ち侘びながら、「彼女の人力車がひっくり返ったのでは？　電車にはねられけがをしたのでは？」と案じている。しかし北京に路面電車が開通したのは一九二四年一二月のことで、「愛と死」末尾の「一九二五年一〇月二一日了」という記載が、涓生による手記脱稿の日付であるとすると、齟齬が生じかねない点は、杉野元子が指摘する通りであろう。[24] また二四年末開通の第一路線は正陽門と西直門とを結ぶもので、吉兆胡同付近を電車が通るのは、翌年の第二、第三、第四の三路線開通を待たねばならない。

4　廬隠の長篇恋愛小説『象牙の指輪』

前述のとおり「愛と死」とほぼ同時期の北京を舞台とする長篇恋愛小説に、女性作家廬隠の『象牙の指輪』がある。それは張沁珠《ちょうしんじゅ》（チャン・シンチュー）が北京女子高等師範学校の学生時代から北京の女子中学の教員時代にかけて体験した悲恋を、元学友で親友の素文が張の日記や手紙を引用しつつ同じく元学友で作家の露沙に語るという物語である。張は学生時代に伍念秋との初恋に挫折した後、教員時代に曹子卿と大恋愛を展開するものの、曹子卿の求愛を土壇場で拒絶して彼を死に追いやってしまい、これを深く悔いるあまり生きる望みを失い死に至るのだが……。

『象牙の指輪』は森鷗外の「舞姫」や魯迅の「愛と死」とは逆に、女性が恋人の男性の求愛、求婚の願いを拒絶し彼を死に至らしめたことを悔いる、という小説なのである。張沁珠は北京を皮肉っぽく「灰色の町（原文：灰城）」と称しながらも、ボーイフレンドたちとのデート場所は、故宮南側の中央公園（現在の中山公園）から始まって、陶然亭、北海、頤和園、香山と北京市内の公園から郊外の名勝地を網羅し、ボート乗りからアイススケート、紅葉名月の鑑賞と行楽もバラエティに富む。女性同士で東安市場の焼羊肉店や西長安街の西安飯店、宜南春飯店などにも繰り出し、紹興酒も賞味する。まさに魯迅「愛と死」とは対照的な、北京情緒たっぷりの恋と行楽とグルメの物語でもあるのだ。

『象牙の指輪』において、張沁珠のボーイフレンドたちは二人とも地主階級の裕福な家庭出身で二五歳ほどの青年であり、既婚者にして子供もいる点は興味深い。この二人は一〇代後半で――魯迅や胡適《こてき》（フー・シー、一八九一～一九六二）の例から想像するにお見合をすることもなく――すべて両家の親同士と仲人とが決めてしまう伝統的結婚を強いられていたのだろう。[25] 五・四時期の結婚とは、息子の息子、すなわち男の孫を生産し、父系による家系相続を確固たるものにするための伝統的制度であった。

『象牙の指輪』の二人の男性は北京に出て来て、張沁珠と交際を始めてから初めて恋愛を知り、妻と離婚した上で張と結婚したいと彼女に申し入れるが、張はそれを断ってしまう。二人目のボーイフレンドは一〇代に重い肺結核を患い、病の好転後に親に結婚させられるや、家を出て七年間も流浪生活を送り、その間に正業に就くことなく、おそらく親からの送金で暮らしているのである。

さて「愛と死」のヒーロー・ヒロインをめぐっては、杉野氏は「一年で破綻をきたした結婚生活」と断言しているが、果たして涓生・子君のカップルは結婚したのだろうか。注25で引用した羅信耀『北京風俗大全』は、結婚式の日取りの通知書である「通書」について、次のように述べている。

〔通書が〕結婚式の日取りの正式な通知なのである。紅い大きな紙を折って小冊子にしたもので、同じく大きな赤い封筒のなかに入っている。冊子にも封筒にも龍と鳳凰の図柄が金箔で印刷されている。この通書は正式書類として、作法に則って斉家に手渡される。それは、なかに書かれている条項が主に式の日取りであるのだから当然である。これには他にいくつかの神秘的情報が記されている。

婚姻手続きによる認可制が中国に導入される以前、この通書は二重の役目を果たしていた。これが公式の婚姻証明書と見なされていたからである。これを発行するのに、占い師は役所に報告する責任がある。そして、これには法律で四十銭の収入印紙を貼ることになっていた。(26)

涓生と子君とは役所に結婚届をも出さず、結婚式を挙げて「通書」を配付したようすもない。そもそも涓生は『象牙の指輪』の求婚者たちと同様の既婚者で、故郷には老父母と共に、伝統的結婚式により妻となった女性とその子供とが彼の帰省を楽しみにして待っているやもしれないのだ。[27]

5　エリスの妊娠と子君の不妊

「舞姫」と「愛と死」との第二の相異点は、女性主人公の妊娠／不妊である。「舞姫」の豊太郎はエリスとの愛を裏切り、裏切られたショックで妊娠中に「パラノイア」を発病したエリスを置き去りにして日本への帰国船に乗り込む。愛人エリスと彼女がやがて出産するわが子とをエリスの老婆に託すに至った自らの倫理的責任を、豊太郎はエリスの激怒を通じて次のように描いている。

彼〔エリス〕は相沢に逢ひしとき、余が相沢に与へし約束を聞き、又たかの夕べ大臣に聞え上げし一諾を知り、俄に座より躍り上がり、面色さながら土の如く、「我豊太郎ぬし、かくまでに我をば欺き玉ひしか」と叫び、その場に僵れぬ。相沢は母を呼びて共に扶けて床に臥させしに、暫くして醒めしときは、目は直視したるまゝにて傍の人をも見知らず、我名を呼びていたく罵り、髪をむしり、蒲団を嚙みなどし、また遽に心づきたる様にて物を探り討めたり。母の取りて与ふるものをば悉く抛ちしが、机の上なりし襁褓を与へたるとき、探りみて顔に押しあて、涙を流して泣きぬ。

いっぽう「愛と死」の涓生は、同棲開始以前に、会館のひと部屋に一人住まいしていた彼と、彼を訪ねてきた彼女との性交のようすを、次のように回想している。

僕自身のことばかりでなく、子君の言葉やしぐさについても、その時の僕にはよく見えず、彼女がすでに体を許そうとしていることだけが分かった。それでも彼女の顔色が青白くなり、それから次第に深紅へと変じたことは覚えているようだ——見たことのない、そして二度と見ることのなかった深紅に、子供のような目は悲しみと喜びの光を放っていたが、そこには不審の光も挟まれていた——僕の視線をなるべく避けようとして、慌てて窓を破って飛んで行かんばかりではあったけど。それでも僕には彼女がすでに体を許そうとしていることは分かっていた——彼女が何と言いあるいは何と言わなかったかは分からないのだが。(28)

「彼女がすでに体を許そうとしている」という一句の原文は「她已経允許我了（彼女がすでに僕に許している）」であるため、何を許しているのかは明確には語られていない。しかしその直後の「彼女の顔色が青白くなり、それから次第に深紅へと変じた……」という描写およびこの「許し」の行為の後に同棲準備の具体的な行動が始まっていることを考慮すると、この「許し」は子君による性交承諾の婉曲な表現であり、「青白」から「深紅」への彼女の顔色の変化とは、性行為中のものと考えられよう。また魯迅が同一段落で「許」すという同じ言葉を反復したのは、「許し」という言葉の曖昧さを補うためであったろう。

このように「愛と死」には性交描写はあるのだが、避妊方法に関する描写はない。それにもかかわらず、「愛と死」の子君が「舞姫」のエリスとは異なり妊娠しないのも、作者の空白の意匠によるものではあるまいか。子君不妊の結果、涓生には子供を置き去りにするという倫理的罪は生じないものの、彼の子君に対する裏切りは、彼女にとっては牢獄と化した実家への帰還を彼女に強いて、やがては死を迎えさせるのである。

「舞姫」の豊太郎が背負うエリスと胎児との二人への裏切りの罪も重いが、「愛と死」の涓生が背負う子君唯一人への罪はさらに重い。なぜなら帰国船が停泊中のサイゴンで手記を認め、わが罪と向かい合っている豊太郎には、そこで下船し再びドイツに引き返してエリスと再会するという選択肢が残されているが(29)、涓生には彼自身が語るように地獄に行かぬ限りは、彼が棄てた恋人との再会はあり得ないのである。この償うことのできない罪の重さを、「愛と死」は次のように「地獄の業火」による焼尽という強烈なイメージで語るのである。

僕はいわゆる死者の霊魂が本当にあり、いわゆる地獄が本当にあればと願っており、そうであれば、たとえ暴風が荒れ狂うとも、僕は子君を探し出し、彼女に向かって僕の悔恨と悲しみとを語り、彼女の許しを求めるか、さもなくば地獄の業火が僕を囲んで、激しく僕の悔恨と悲しみとを焼き尽くすことだろう。

僕は暴風と業火の中で子君を抱いて、彼女の寛容を乞い、あるいは彼女を歓ばすのだ(30)……

なお「彼女の許しを求める」の原文は「祈求她的饒恕」であり、「允許」が相手の行為に同意するという「許し」であるのに対し、「饒恕」は相手の罪に対する「許し」である。

6 「愛と死」における家の影

前述のとおり「舞姫」は豊太郎とエリスの履歴を詳しく述べており、両者の親たちも手紙であるいは登場人物の一人となって物語中に現れている。豊太郎は士族の出身で、幼児期に父を喪い「母の手に育てられ」たものの、「旧藩の学館」を経て東京帝国大学法学部を優秀な成績で卒業したエリートであり、豊太郎の母も彼とエリスとの交際開始後に遺書を寄越して亡くなっている。いっぽうエリスは「仕立物師」であった「父の貧きがために、充分なる教育を受けず」、父を亡くすとその葬儀の費用を工面するために母に座長への売春を迫られるような貧困家庭の踊り子である。

これに対し「愛と死」は涓生の両親について完全に沈黙しているが、それでも子君の両親は物語の中にその影を映している。涓生による同棲開始時の回想を読んでみよう。

僕たちの家具はたいそう簡素だったが、それでも僕の工面したお金の大半を使ってしまい、子君は唯一つしかない金の指輪とイヤリングを売り払った。僕は止めたのだが、どうしても売りたいと言うので、無理に止めはせず、彼女も出資しなくては、住み心地がよくないだろうと考えたのだった。(31)

廬隠の長篇小説『象牙の指輪』では、ヒロイン張沁珠は二番目の恋人曹子卿から贈られた象牙の指輪を、当初は婚約指輪には当たらないとして玩具扱いし右手中指にはめるが、曹の死後には指輪を左手の薬指にはめ替えている。左手薬指の指輪とは、婚約・結婚の証なのであろう。この象牙の指輪に対し、語り手で張沁珠の親友は「当初はなぜ一対の宝石か金の指輪を買わないのか」と不思議に思っていたが、この期に及んで死者の骨で作ったかのような象牙の指輪が選ばれた意味に気づくのである。[32]このように一九二〇年代の中国では、すでに結婚指輪、特に宝石や金の結婚指輪が流行していたようすである。

しかし「愛と死」の作者は涓生に婚約・結婚指輪を子君に贈らせはせず、むしろ子君に彼女がすでに持っていた指輪を売却させているのである。この指輪は、おそらく母あるいは母方の祖母からの贈り物であったろうか。[33]子君の涓生との同棲は母親からの間接的部分的援助により開始され、一年後の父親の介入により終わっているとも言えよう。子君が涓生に向かって「はっきり、きっぱり、そして静かに」「わたしはわたし自身のもの、あの人たちの誰にもわたしに干渉する権利はない!」と宣言したため、彼は愛の告白に踏み切ったというのだが、[34]同棲生活自体が部分的、間接的に親の経済力を頼りとしていたのである。

その意味では子君と同時代人の張文焯が前述の批評で「父の到来を待つ間の彼女の気持ちを察するに、それはどれほどやりきれない絶望であったろうか——この無告の娘よ!」と書いている点は興味深い。「愛と死」は子君の父が突然彼女を迎えに来た理由を空白にしているが、八〇年前の読者は、子君が父に連絡して迎えに来て貰った、と空白を読み込んでいたのである。その読み込みに従えば、子君は親から貰った金の指輪により同棲を開始し、親に迎えを頼んで同棲に終止符を打ったのだった——それは自らの死に繋がる決断ではあったが。「あの人たちの誰にもわたしに干渉する権利はない!」という自らの宣言を、彼女は自らの行動で裏切っていたのである。

7　アメリカ無声喜劇映画『游街驚夢』

涓生と子君との間の隙間は、同棲生活一年足らずの間に大きく広がっていくのだが、実はプロポーズの時点から、二人の間にはずれが生じていた。そのずれとは涓生のプロポーズの方法に対する彼の自己評価と子君の評価との大きな落差であった。涓生は「十数日」も前から「あらかじめプロポーズのやり方を事細かく考え抜き、台詞《せりふ》の順番、そしてもしも拒絶されたばあいの対応を決め」ていた。タゴールやシェリーを愛読していた涓生のこと、さぞや周到にロマンティックな告白を準備していたのだろうが……。

　だがその場に及んではすべて役に立たず、大いにあがってしまい、思わず映画で見たやり方を使う羽目となった。後になって思い出すと、恥ずかしくてたまらないのだが、記憶にはこの一点だけが永遠に残されており、今なお暗室の孤灯のように、僕が彼女の手を握って涙を流し、片膝《かたひざ》をついた姿を照らしている(35)……

このような苦肉の応急策であったために、涓生は「あの時どのように僕の純真熱烈な愛を彼女に表現したものかもうはっきりとは覚えていない。現在だけでなく、あの直後にはすでに曖昧になっており……」と一刻も早い忘却を望んでいたようすである。しかし子君のほうは以下の回想の通り「何でも覚えて」いた。

彼女のほうは何でも覚えており、僕の言葉を、繰り返し読んだかのようで、滔々と暗唱でき、僕のしぐさも、目の中で僕には見えない映画がかかっているかのように、生き生きと、細部まで、もちろん僕が思い出したくない軽薄な映画の煌《きら》めく一場も含めて、描写した。静かな夜更けは、向かい合って温習《おさらい》の時間で、僕がいつも質問され、試験され、さらにあの時の言葉を復唱せよと命じられたが、いつも彼女に補足してもらい、訂正してもらわねばならず、できの悪い学生のようだった。(36)

涓生が応急策として使った「映画で見たやり方」を、子君が「目の中で……映画がかかっているかのように」詳細に描写できたのはなぜだろうか。おそらく涓生が見た映画を子君も見ていたことを「僕」は示唆しているのではあるまいか。しかも涓生が「軽薄」と感じて一度しか見なかったであろうその映画を、子君は「細部まで」覚えるほどに繰り返し見ていたのではあるまいか。それは一体どのような映画であったろうか。

一九二五年末までの『魯迅日記』に記載されている魯迅の映画鑑賞は一二回、そのうち日記に記載された映画タイトル、あるいは北京の新聞『晨報』などでタイトルが特定できる映画は八本である。(37) その中からオスカー・ワイルド原作で一九二二年イギリス製作の『サロメ』(一九二四年四月二一日)、一九二三年アメリカ製作のドキュメンタリー風探検映画『非洲《アフリカ》百獣大会』などを外し、恋愛映画らしきものを選ぶと、次の三作が残る。

一九二四年一一月三〇日真光電影院、アメリカ、馬克斯《マックス》・塞耐特《セネット》影片公司一九二三製作喜劇『游街驚夢』Ben Turpin 主演

一九二五年一月一日北京『益世報』中天劇場『愛之犠牲』

一九二五年二月一九日北京『晨報』中天劇場『水火鴛鴦』周痩鵑編劇、程歩高導演、汪曼麗、汪小達主演

「彼女の手を握って涙を流し、片膝《かたひざ》をつけた姿」の情報源である「軽薄な映画」「おかしな映画」とは、アメリカ・サイレント喜劇『游街驚夢』ではあるまいか。北京の新聞『晨報』は映画・演劇広告を両面見開き中央部の本来余白であるべき部分に置いているため、復刻版では広告中央部が二行分ほど消失されている（図2-1）。同紙一九二四年一一月二八日の広告は、「真光／劇場／今天／（二、三行消失）／滑稽／偉大／笑片（喜劇映画）」という一行二文字の見出しの下に「游街驚夢」のタイトルと、ターバンを巻いたアラビア人風の挿絵（右半分は消失）が置かれ、挿絵の下に「Ben Turpin in "The Shriek」と記されている。「"The Shriek」の後には「of Araby"」が続いているのだろう。"The Shriek of Araby"（アラビアの叫び、邦題：笑王ベンターピン）は、アメリカ一九二三年製作の映画で、製作会社はサイレント喜劇映画監督として有名なマック・セネットが設立したマック・セネット社、主演の俳優はセネットが発見した「藪睨み」の名優 Ben Turpin（ベン・ターピン、図2-2）[38] と Kathryn McGuire（キャスリン・

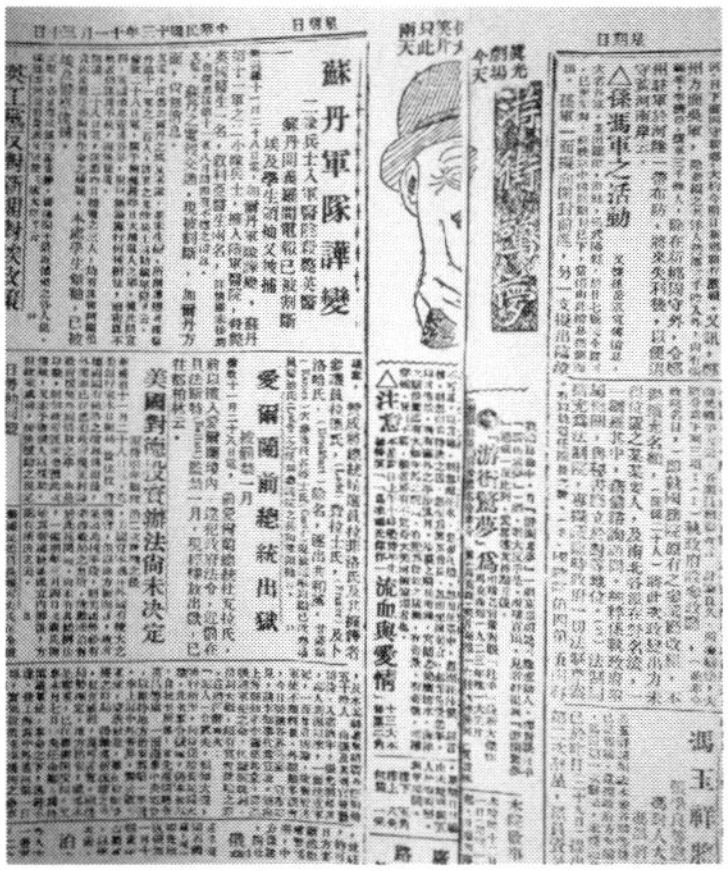
蘇丹軍隊譁變
愛爾蘭前總統出獄
美國對德投資辦法尚未決定
△保馮軍之活動
游街驚夢
流血與愛情
馮玉祥

図 2-1 『晨報』1924 年 11 月 29, 30 日広告（影印版, 北京・人民出版社, 1980–1981 年）

図 2-2 ベン・ターピン（注 38 *American silent film comedies*, p. 240）

マクガイア）である。『晨報』掲載広告は、『游街驚夢（笑王ベンターピン）』を次のように紹介している。

　『游街驚夢』は喜劇のベテランで寄り目の「ターピン」の最新大傑作、マック・セネット社一九二三年唯一の喜劇大作である。「寄り目のターピン」は喜劇の権威的名優で「マック・セネット」喜劇唯一の立て役者で、その名声はチャップリン〔二、三行消失〕場所も水に浮かぶと思えば、船上にあり、空中にあるかと思えば、沙漠にいる。状況も未決囚となるかと思えば、部落の酋長となり、坐して美女を抱くと思えば、したたか拳骨を食らう。〔後略〕[39]

現代日本の映画関係ネットサイトでは、次のような「ストーリー」を紹介している。

ベンは興行場のビラ貼り屋である。其処には立派なアラビア人が一人実物の表飾り〔ママ〕の酋長仮装者として雇われていた。ところが余りに見事な其アラビア酋長に魅されてお客は興行の見物を忘れてしまう。支配人は忽ち此アラビア人を解雇しベンを其代わりとした。酋長に仮装する素晴らしい出世……喜び余ってお話は急転直下ベンは今大洋上に航海中、美しい娘に会ってしまう。忽ち困難が殺到し彼はかろうじて或る砂漠に上陸する、と、一群の暴民が現れて彼を正に処刑しようとする所へ来たのが例のアラズ〔ママ〕の酋長君で彼は助けられる。而して酋長が休暇利用して他出した留守中を、いよいよターピベン君のン〔ママ〕は本物の酋長の役を勤める事となった……途端にグングンと引っ張るものがある。夢まどらかなるベンちゃんは交通巡査におこされてしまった。(40)

「笑王」こと喜劇の王様ベン・ターピンが演じる映画館のビラ貼り屋は、夢の中でアラビア沙漠の酋長となり、キャスリン・マクガイアが演じる美しい白人女性画家を救い、サイレント映画特有の大げさな身ぶりでプロポーズしてキスをするのである。ただし現在ネットで公開されている同作三〇分余りの映像では、片膝をついて求愛する場面は見当たらない。(41)

「彼女の手を握って涙を流し、片膝をついた姿」は涓生にとっては「恥ずかしくてたまらない（原文：很愧恧）」ものであり、彼が「思い出したくない軽薄な映画の煌めく一場」であるのだが、「あのおかしな映画」の求愛場面を模倣したことを涓生「自身はおかしいとか、恥ずべきとさえ思っていても、彼女は少しもおかしいなどとは思っていない」。この引用文中の「おかしな」「おかしい」の原文は「可笑」であり、アメリカ・サイレント喜劇映画風のプロポーズに対し、当事者の涓生と子君との間には「很愧悪・可笑」と「毫不以爲可笑」という正反対の評価が生じていたのだ。

このような美意識の断絶をめぐって、涓生は「このことを僕がはっきり分かっていたのは、彼女が僕を愛しており、それはこれほどまでに熱く、これほどまでに純真だったからだ」[42]と、ややもすれば皮肉にさえ聞こえかねない言葉遣いをしている。つまり子君が涓生には耐えがたいアメリカ喜劇俳優ベン・タービンのような軽薄な求愛演技に感動しているのは、彼女が僕を熱愛し純真であるからなのだ、と述べているのだろうか。実は涓生はこの一節を「このことに僕が耐えられたのは、僕が彼女を愛しており、それはこれほどまでに熱く、これほどまでに純真だったからだ」と語るべきではなかったか。

しかし涓生がシェリーやタゴールの言葉で自らの愛を語ることができず、アメリカ喜劇のもの真似で求愛したことは、「家庭の専制を語り、旧習打破を語り、男女平等を語る」[43]五・四新文学期の青年としては失格である。ちなみに『象牙の指輪』のヒロインたちが見る映画はアメリカ喜劇ではなくトルストイ原作『復活』である[44]。しかもそのような五・四新文学青年失格の愛をめぐる言動に、子君が長期に渡って魅了されていたことは、涓生に二重の失望を味わわせたことであろう。涓生と子君との間には、求愛時から失望という名の空白が意匠されていたのではあるまいか。そして当初の熱愛が冷めるにつれ、二人の美意識は残酷にも世界観の差違へと変じていくのである。

8 「愛と死」五つの空白と恋人たちの罪

以上のように、魯迅小説「愛と死」は、主に次の五つの空白を抱え込みながら巧みに構成されている。

第一に涓生と子君の履歴および友人関係、第二に子君の不妊、第三に両人の家族関係、第四にプロポーズの原型となったアメリカ・サイレント喜劇映画、第五に舞台としての都市空間。

第一の空白により、涓生はその結婚歴を問われずに済まされるいっぽう、彼に裏切られた子君は、誰に対しても不仲に関する調停を依頼できぬまま、すべての責任を一人で負わねばならず、絶望的な思いを抱きつつ、再び実家の父に頼るのである。前述のとおり、一九二〇年代北京においては、男性知識人の多くが二〇代にして故郷に妻子を持っていた。

またタゴールやシェリーを鑑賞できるほどの知性を持つと期待される子君が、無業者である事の不自然さも隠蔽できる。彼女が寄宿舎に住む北京女子師範大学の学生や中学教師であったら、廬隠『象牙の指輪』で展開されているように、学友や同僚たちとの影響関係により、涓生との同棲以前の恋愛過程の方が焦点化されて、同棲自体は容易には実現されなかったであろう。

第二の空白により、子君の死は原因不明のままで既定事実化が可能となり、涓生の裏切りの罪は、彼において決して贖えぬ大罪と自覚されるのである。

第三の空白により、子君は実は同棲の開始時にもその解消時にも実家の力を借りており、決して「近い将来、輝かしき夜明けを見届ける」べく自立した「中国の女性」(45)ではなかったことを、極めて控え目に暗示するに留める事が可能となった。

第四の空白により、そもそも子君はアメリカ大衆文化を好み、タゴールやシェリー、イプセンなど五・四新文学期の文化ヒーローには、それほど深い関心を抱いていたわけではないこと、「厭世家が言う……仕方のない」「中国の女性」の一人であったことが、明示することなく隠微に伝えられたのである。作品収録の短篇集『彷徨』刊行直後の葉生機と李荐儂との批評が、「現実の困難は、両者間の多くの情熱を消し去り、互いに冷淡となる」「始には飢えたる如く〔中略〕〝性欲〟の使命を受けて勇敢になりすぎ、すべてを忘れてしまったのか?」と恋の破綻の原因を涓生・子君両者にほぼ同等に求めているのは、この二人の同時代評者が、「愛と死」から第四の空白を着実に読み取っていたからであろう。

　そして第一から第四まで四つの空白の結果、北京という都市空間は小説舞台としての意味を著しく失い、第五の空白が生じたといえよう。そもそも「愛と死」に北京という地名が登場するのは、子君の帰郷による同棲生活解消直前の「この北京の冬、〔中略〕幸い生きながらえたとはいえ、その結果はやはり地面に落ちて、遅かれ早かれ死を待つのみなのだ」という涓生の語りにおいてなのである。その意味では、第一から第四までの空白が、意匠を凝らして巧みに構成されていたのに対して、第五の空白は意図せぬ結果ではなかったろうか。それでも「舞姫」が新興ドイツ帝国の帝都ベルリン中心街の壮大さとエリスと同棲する同市貧民街の卑小さとを対照する事により、新興帝国エリート官僚としての立身出世か、小市民家庭の幸福か、という豊太郎の選択肢を明示したのに対し、「愛と死」は北京の都市空間を抹消することにより、涓生の前に彷徨の罰以外の選択肢を残さなかったのである。

　こうして「愛と死」の五つの空白を埋めたとき、そこに浮かび上がるのは涓生による裏切りの罪と共に、子君の「厭世家が言う」軽薄さである。同棲直後に飼い始めた犬に、子君は阿随と命名するのに対し、涓生は「この名前は好きではなかった」。それというのも、丸尾常喜の指導を受けた金築由紀が指摘するように、「「阿随」という名は「嫁鶏随鶏《カケイケイニシタガイ》、嫁狗随狗《カコウコウニシタガウ》」（女は夫に従って安んずる意）という俗諺から取られたものだと思われる」からである[46]。

かつては父や叔父に従い、同棲後は涓生に従い、そして同棲破綻後は再び父に従わざるを得なかった子君の生き方は、「我豊太郎ぬし、かくまでに我をば欺き玉ひしか」と叫び狂するまでに豊太郎の裏切りの罪を糾弾する「舞姫」のエリスとは大きく異なっている。涓生がわが罪の許しを請うために死せる子君との再会を望むとき、「地獄が本当にあればと願」うのは、子君もまた罪を得て死せる女性であったからだろう。

前述のとおり、私は本書第4章で「愛と死」のテーマを「罪を自覚せし者に科せられる贖罪《しょくざい》としての永遠の安息なき歩みという哲学」と述べた。今、「愛と死」における空白の謎を解き明かすことにより、「贖罪としての彷徨」という魯迅の哲学における、罪の犠牲者にして従犯の罪人という同伴者がその姿を現したのである。「愛と死」における空白とは、死者一名を出すに至る同棲事件が、主犯涓生と従犯子君との共犯により引き起こされたことを、犠牲者でもある子君を限りなく愛惜しつつ語るための意匠ではなかったろうか。

第3章 芥川龍之介と魯迅1
「毛利先生」と「孔乙己」をめぐる回想の物語

1 〝食人の都〟北京における〝幼稚な〟「狂人日記」

魯迅の「狂人日記」は一般に「中国現代文学史上最初の口語短篇小説」であり、魯迅博物館魯迅研究室編『魯迅年譜』（増訂版）は同作が一九一八年四月二日に執筆され、同年五月に『新青年』第四巻第五号に掲載されたと記している(1)。同書が執筆と発表との時期をこのように記しているのは、作品の冒頭に置かれた前書き風の文語文末尾に「七年四月二日識」とあり、掲載誌の目次および奥付に「一九一八年五月一五日発行」と記載されているためであろう。

しかし「狂人日記」冒頭の前書き風の一段自体が小説の一部であり、フィクションである可能性も高い。また掲載誌の『新青年』第四巻第五号は、新聞広告や図書館布告などから判断して、実際の刊行は五月一五日ではなく、それより約四週間後の六月一〇日以後であったと推定される(2)。

「狂人日記」の主人公は三〇代の男子で、彼の兄が家を取り仕切っている。弟は、今に自分が兄に食われてしまうと恐れるうちに、五歳で死んだ妹も兄に食われてしまい、自分も知らずに妹の肉を食べさせられていた、と考えるに至る。この作品が地主の大家族制の家庭を舞台にしながら、父は不在で母の影も薄い点は興味深い。中国では財産を男兄弟に均等に分ける均分相続制が採られていたことを考え合わせると、兄に食われるという弟の不安は、兄による弟の財産横領という、家族制度をめぐるきわめて現実的な恐怖に基づくものとも言えよう。

そもそも「狂人日記」発表当時の北京では、新聞が食人を美徳として盛んに報じていた。北京紙『晨鐘報』（一九一八年一二月に『晨報』と改称）は同年三月より社会面に相当する「首都ニュース（本京新聞）」を刷新拡充しており、同欄には五月に入ると立て続けに精神病院や人肉食に関する以下のような記事が掲載されている。

五月一日「精神病院の移転予定（瘋人院将遷移）」、「狂婦が子を食べるという奇妙なニュース（痰婦食子奇聞）」、五月一九日「孝子が股肉を割いて親の病を治す（孝子割股療親）」、五月二六日「賢婦がわが肉を割いて姑に食べさせる（賢婦割肉奉姑）」、「良妻が腕肉を割いて夫の病を治す（賢婦割臂療夫）」(3)。

食人に関して言えば、五月一日の狂った母親が子供を食べてしまった事件を別として、他の三件はすべて孝行息子が親のため、賢婦が姑のため、良妻が夫のためにわが肉を切り落として食べさせており、それが「孝」や「賢」という儒教的価値観から賞賛されている点は注目に値しよう。狂人がわが子を食べ、孝子賢婦がわが肉を親に食べさせるという報道、後者のニュースに関しては「孝」「賢」として賞賛されるという現実の中で、魯迅は敢えて「狂人日記」の筆を執ったのであろう。その意味でも「狂人日記」の執筆は五月の可能性が高いと言えよう。

食人社会にあっては人は他人を食いたいが、そのいっぽうで他人に自分が食われるのではないかと恐れている——魯迅は儒教体制の矛盾を狂人の妄想を借りて表現したのだが、矛盾が露呈する場として父亡きあとの家を選んだのである。それは多分に皇帝不在の分裂中華民国を示唆するものでもあったろう。「狂人日記」は短篇でありながら、国家の縮図としての家、国家と家とを支えてきた儒教イデオロギーの暗部を鋭く指摘することにより、五・四時期の知識人の内面を描いたのである。

このように「狂人日記」が「歴史的広がりと思想的深み」(4)を備えていることは確かであるが、完成度は必ずしも高いとは言えないであろう。「中国現代文学史上最初の口語短篇小説」とは言いながら、各文章は短い上にカンマ〔逗号〕が多く、頻繁に中断し、主語、目的語、接続詞などを多く省略しており、文語文の特色を多分に残す文体であることは、中国の研究者も指摘している。(5)また『魯迅およびその作品に関する反響、評論、報道、ニュースなど入手できるすべての資料』を収録した『魯迅研究学術論著資料匯編』を見る限り、同作発表から約一年後に新文化運動の若きリーダーであった傅斯年《ふしねん》（フ・スーニエン、一八九六〜一九五〇）が、自らが創刊した同人誌『新潮』で「魯迅先生がお書きになった「狂人日記」の狂人の世間に対する見方は、誠に極めて徹底している」(6)と書くまでは、ほとんど何の反響もなかった。この傅斯年の批評を読んだ魯迅は、『新潮』に掲載された一九一九年四月一七日付け傅斯年宛の手紙で「「狂人日記」はとっても幼稚で、しかもあまりに性急すぎて、芸術的には、こう書いてはいけない」(7)と述べているが、これはあながち謙遜ではなく、冷静な自己評価だったのであろう。

2　第二作目の短篇「孔乙己」の執筆年月日

魯迅はこのような反省を率直に表明するいっぽうで、「孔乙己《コンイーチー》」を『新青年』第六巻第四号に発表しているのである。同誌目次では「一九一九年四月一五日発行」と、同奥付では「一九一九年九月一日出版」とそれぞれ記されているが、同号の広告が上海紙『申報』八月一九日に掲載されているので、私は実際の刊行を八月中旬と推定している。

また同誌発表時の篇末付記には「このたいそう拙い小説は、やはり去年の冬に書き終えたものだ」と記されているため、『魯迅年譜』は執筆時期を一九一八年冬と推定している(8)。さらに『吶喊』収録時に篇末に「一九一九年三月」と執筆年月らしきものが書き加えられてもいる。そのいっぽうで、同年三月一〇日の魯迅日記に「原稿一篇を写し終える、約四千余字」という記載が、四月二五日の日記に「夜小説一篇完成、約三千字、写し終える」という記載がそれぞれある。『魯迅年譜』は四月二五日執筆修了の作品を「薬」と記しているが、「孔乙己」は原文で二〇〇〇余字の作品であり、「薬」の字数は五〇〇〇字弱であるため、三月一〇日に清書を終えた原稿が「薬」であり、四月二五日完成の作品が「孔乙己」である可能性もあり得るであろう。後述する芥川龍之介（一八九二～一九二七）の作品の「孔乙己」に対する影響を考えると、「孔乙己」は四月二五日に完成したとも推定されるのである。

「薬」は「孔乙己」よりも一号遅い『新青年』第六巻第五号に発表されており、同誌目次および奥付には「一九一九年五月出版」と記されているが、実際の刊行は四カ月遅れの九月二三日前後と推定される。上海紙『申報』九月二二日と二五日に同誌同号刊行の広告が出ているからである。[9]

いずれにせよ、魯迅は「狂人日記」執筆から半年以上の間隔を置いて「孔乙己」を執筆し、さらに執筆から三〜四カ月後に書き直し、その書き直しの前後に「狂人日記」の「幼稚」さを文芸誌上で自ら認めた上で、「孔乙己」を発表したのである。「薬」が先に完成していた可能性も残っているが、敢えて「孔乙己」を優先して『新青年』に寄稿していたとすれば、「孔乙己」に対する魯迅の自信のほどが窺えよう。

『魯迅研究学術論著資料匯編』によれば、「孔乙己」に対する反響は「狂人日記」よりもさらに遅れ、発表後四年以上も経過してからようやく現れているが、その中には「私が古文学研究から次第に純文学鑑賞へと移行したのは、『新青年』で魯迅の小説「孔乙己」を読んだことに始まるのだ」と語る「仲回」のエッセー[10]、「魯迅さんの作品、バラバラに発表された時に、私も一度二度読んだことがあるが、「孔乙己」だけは、今でも日が暮れた後にすることが無い時、やはり他の同様の性格の作品と一緒にしてひたすら読むのだ」と語る張定璜のエッセー[11]などが含まれている。特に後者はその後も単行本の魯迅論に繰り返し収録されて「孔乙己」への高い評価の先駆けとなっている。[12]やがて魯迅の最晩年には李長之がその批評書『魯迅批判』で「風波」「故郷」「阿Q正伝」「社戯」「祝福」「傷逝」そして「離婚」と並んで「孔乙己」を『吶喊』『彷徨』両短篇集を代表する「完全なる芸術」と高く評価するに至る。[13]

実はこれらのエッセーや批評が出現する前に、「孔乙己」は一九二三年七月刊行の国語教科書に「故郷」、「風波」、「薬」とともに収録されており[14]、その後も現在に至るまで中学国語教科書の定番的作品となっており、広く中国国民に愛読されているのである。

3　汚れた古着の礼服と異様な言語

小説「孔乙己」の舞台は魯鎮《ろちん》（ルーチェン）という町の咸亨《かんきょう》（すべてうまく行く、という意味）酒店という飲み屋で、時は作品執筆時点から二〇年ほど前のこと。一二歳からこの酒場でお燗番として働いている語り手の「僕」が、表のカウンターに時々立ち飲みにやって来ていた孔乙己という貧乏書生の思い出を語るのである。孔乙己は長衫《ちょうさん》、すなわち有産階級用の踝《くるぶし》まである長い上着を着た読書人であったが、科挙受験資格試験に落第し続けて秀才にもなれず、書物の筆写請け負いで食いつないでいたが、酒好きのため預かった本や筆・硯を売り飛ばしてしまい、ついには挙人の家に盗みに入り足を折られてしまう。ある日両手でいざってやってきた孔乙己に、店の主人は付けがたまっているぞ、足を折ったのはまた盗みをやったからだろう、と冷笑を浴びせるが、「僕」はそっと酒をお燗してあげる。その後「僕」は「今日に至るまでとうとう彼の姿を見ていない――おそらく孔乙己は死んでしまったに違いない」(15)という言葉で回想は終わる。

魯迅はこの「孔乙己」と類似した構成の小説を、「孔乙己」執筆直前に読んでいた様子なのである。それは芥川龍之介の短篇小説「毛利先生」であり、「自分がまだ或府立中学の三年級にゐた時」の一学期間だけの臨時雇いの英語教師をめぐる、「批評家」による次のような「追憶」なのである。

毛利先生は本来は私立中学の教師で、背が低く禿げ頭に「古物の山高帽」を被り、「過去において黒かつたと云ふ事実を危く忘却させる位、文字通り蒼然たる古色を帯びた」「怪しげなモオニング・コオト」を着ており、その「うすよごれた折襟には、極めて派手な紫の襟飾《ネクタイ》が、まるで翼をひろげた蛾のやうに、ものものしく結ばれて」いた。英語の発音は正確だが、「いざ翻訳をするとなると、殆ど日本人とは思はれない位、日本語の数を知つてゐない。或いは知つてゐても、その場に臨んでは急には思ひ出せない」。ある日毛利先生はアメリカの詩人ヘンリー・ロングフェロー〔一八〇七〜一八八二〕の代表的詩集「サアム・オヴ・ライフ」（A Psalm of Life、人生讃歌）の詩の心を教えようとして、「羽根を抜かれた鳥のやうに、絶えず両手を上げ下げしながら、慌しい調子で」次のように説明する。

「諸君にはまだ人生はわからない〔中略〕我々になると、ちやんと人生がわかる。わかるが苦しい事が多いです。ね。苦しい事が多い。これで私にしても、子供が二人ある。そら、そこで学校へ上げなければならない。上げれば――えゝと――上げれば――学資？　さうだ。その学資が入るでせう。ね。だから中々苦しい事が多い……」

これを生徒たちは「生活難を訴へる――或いは訴へない心算でも訴へる」滑稽な姿と考えてしまう。それまで授業をさぼって武侠小説を読んでいた「自分の隣にゐた柔道の選手」に至っては、突然「虎のやうな勢を示しながら、立ち上」がり、「先生、僕たちは英語を教へて頂く為に、出席しています。ですからそれが教へて頂けなければ、教室へはいつてゐる必要はありません」と抗議する。

一瞬茫然とした毛利先生は「家畜のやうな眼の中に、あの何かを哀願するやうな表情」を浮かべて「諸君に英語を教へないのは、私が悪かつた。悪かつたから、重々あやまります。ね。重々あやまります」と「何度となく同じやうな事を繰り返した」ため、「当時の自分には〔中略〕毛利先生は生徒の機嫌をとつてまでも、失職の危険を避けようとしてゐる。だから先生が教師をしてゐるのは、生活の為に余儀なくされたので、何も教育そのものに興味があるからではない」と考え、「今は服装と学力とに対する侮蔑ばかりでなく、人格に対する侮蔑さへ感じながら〔中略〕何度も生意気な笑ひ声を浴びせかけた」。これに対し毛利先生は「喉のつまりさうな金切声」をあげながら「Life is real, life is earnest.」と読み続けるのであった。

それから七、八年後、大学を卒業した年の秋に「自分」は偶然にも中西屋〔東京神田にあった洋書店、魯迅も贔屓にしていた〕の前のカフェで毛利先生を見かける。先生は相変わらず「あの古色蒼然としたモオニング・コオト」を着て「金切声をふり立てゝ」、「珈琲一杯で一晩中、坐り」込んで、給仕たちに英語を熱心に教えているのだ。この場面を目撃した「自分」は「あゝ、毛利先生。今こそ自分は先生を――先生の健気な人格を始めて髣髴し得たやうな心もちがする。もし生れながらの教育家と云ふものがあるとしたら、先生は実にそれであらう」と感慨を禁じえなかった(16)。

語り手の「批評家」は冒頭で「もう彼是十年ばかり以前」と断っているので、彼が「或府立中学の三年級にゐた時」とは作品「毛利先生」執筆の一九一八年よりも一〇年前、すなわち一九〇八年頃と推定される。ちなみに太平洋戦争以前の「〔東京〕府立中学」とは五年制の名門校で、芥川自身が一九〇八年には府立三中〔現・東京都立両国高校〕の三年生であり、彼の文学の師である夏目漱石〔一八六七〜一九一六〕も府立一中〔現・東京都立日比谷高校〕に在籍したことがある。中学卒業後は芥川のように旧制高校を経て帝国大学に入学したり、「批評家」と同級だった生徒の一人のように東京高等商業学校〔現・一橋大学〕などの専門学校に進学するエリートの卵たちにとって、落魄した臨時教員の毛利先生は容易に侮蔑の対象となったのであろう。ちなみに毛利先生からは、漱石の小説『坊つちやん』〔一九〇六〕に登場する四国の中学英語教師の「うらなり」こと古賀の老年の姿が連想されよう。

さて、この芥川が描く毛利先生の「血色の悪い丸顔」と「古色蒼然」として「うすよごれた」服装、そして「日本人とは思はれない」奇妙な言語からは、魯迅が「顔は青白く〔中略〕長衫を着ているとはいえ、汚れ放題破れ放題、十年以上繕いもせず、洗いもしていないかのよう。話す言葉はいつも終わりが「なり・けり・あらんや」の文語調なので、相手は煙〔けむ〕に巻かれっぱなし(17)」と描いた孔乙己の姿が連想されるだろう。また府立中学での「一年生であらう、子供のやうな生徒が六七人、人馬《ひとうま》か何かして遊んでゐたが、先生の姿を見ると、これは皆先を争つて、丁寧に敬礼」し、先生も「山高帽をあげながら笑つて礼を返」す一場からは、咸亨酒店での「笑い声を聞きつけた近所の子供が見物に押しかけ、孔乙己を取り囲むことも、何度かあった。すると彼は茴香豆《ういきょうまめ》を一人に一つずつ分けてやる」という場面が連想されるだろう。そして二人の作家はそれぞれ作品の微笑ましい場面の直後に、二人の異装異言語の主人公に対する冷笑を描いてもいるのだ。芥川は「あの帽子が古物《こぶつ》だぜ」と毛利先生を冷笑する若い英語教師の鉄棒「海老《えび》上り」に対し、三年生たちが「毛利先生へ、自分たちの悪意を示さうと云ふ、間接目的を含」んだ拍手喝采をする場面を挿入している。魯迅はなおも茴香豆を欲しがる子供たちを見て慌てた孔乙己に「広げた片手で皿を覆い、腰をかがめてこう言うのだ。「もうほとんど残っとらん、分けてやるほど多くはないんじゃ！」そして立ち上がるとしげしげと豆を見て、首を振り振りこう言うのだった（図3-1）。「多くはない、多くはない！　ウン、多《た》ならんや？　多ならざるなり(18)！」と『論語』口調で語らせるのだ。

毛利先生が裕福な中産階級が多くを占めたであろう府立中学三年生に対し、ロングフェローの詩集

図 3-1　“（茴香豆）不多了”（蕭振鳴編『豊子愷漫画魯迅小説集』福建教育出版社，2001 年．原作は豊子愷『漫画阿Q正伝』上海・開明書店，1937 年 1 月）

「サアム・オヴ・ライフ」（人生讃歌）の奥深い意味を語ろうとして、中年の我が人生を例に出したところ、生徒たち一同から「生活難を訴えて」いると誤解と反発を受けてしまう。そこで毛利先生がしどろもどろに詫びたところ、語り手の「自分」は「先生の下等な教師根性を曝露したもの」といっそう誤解を深め、教科書の上へ「頰杖をついて、燃えさかるストオヴの前へ立つた儘、精神的にも肉体的にも、火炙りにされてゐる先生へ、何度も生意気な笑ひ声を浴びせかけた」のであった。

このような語り手が少年時代に中年男の善意の教えを拒否する行為は、「孔乙己」でも反復されている。

あるとき僕に向かって「おまえは読み書きを習ったか?」と聞いたので、僕はうなずいた。「習った……というのなら、わしが試験してやろう。茴香豆の茴の字は、どう書くんだ?」乞食同様の人から試験されるなんて、と僕はプイッとよそを向いて、返事をしなかった。孔乙己は長いこと返事を待ってから、たいそう親切そうに話し出した。「書けんのか?……わしが教えてやるから、よく覚えておくんだな。こういう字は書けないとな。将来主人になった時、帳面を書くのに要《い》るだろう。」僕は胸の内で主人は自分よりも何段階も上のご身分と思っていたし、そもそも家《うち》の主人は茴香豆など記帳したことがない。滑稽だし面倒くさいので、煩わしそうにこう答えてやった。「教えてなんて頼んじゃいない、草かんむりに来回《おうふく》の回じゃないか。」孔乙己はたいそううれしそうな顔をして、二本の指の長く伸ばした爪でカウンターを叩きながら頷いた。「その通りじゃよ！……その回の字には四通りの書き方があるが、知っとるか？」僕は我慢しきれず、仏頂面をしてその場を離れた。爪の先を酒に浸して、カウンターに字を書きかけていた孔乙己は、僕のまったく聞く耳を持たぬようすに、とても残念そうにため息をついた。(19)

その後に少年が中年男と再会し、中年男に対する侮蔑の思いを改めるという点でも、「毛利先生」と「孔乙己」とは共通している。前者において語り手が中学時代に毛利先生を侮蔑してから七、八年後、大学を卒業した年の秋に神田の洋書店前のカフェで先生を見かける場面はすでに詳しく紹介した。魯迅もまた短くしかし的確に再会と後悔の一場を描いている。次の一段は、丁挙人の屋敷に盗みに入って捕まり、足を折られて酒屋に姿を見せなかった孔乙己が、秋になっていざりながら酒屋に姿を現す場面である。

その顔は黒く痩《や》せており、見る影もない。ボロボロの袷を着て、両足であぐらをかき、尻の下にむしろを敷き、それを荒縄で肩からかけているのだ。僕を見ると、また「熱燗でひと碗」と言う。

主人も首を伸ばして「孔乙己か？　おまえさんにはまだ一九文の貸しがあるんだぞ！」孔乙己はひどくしょんぼりとした顔を上げて返事した。「そ、それは……次回まとめて払おう。今日は現金だ、酒は上等なやつでな。」主人はなおもふだんと同じ調子で、笑いながら言った。「孔乙己、また盗みをしたんだな！」しかし今日の彼はあれこれ弁解することなく、「冗談はやめてくれ！」のひと言だった。〔中略〕僕は酒をお燗し、両手で持って出ると、敷居の上に置いた。孔乙己は破れたかくしから四文の銅銭を探し出し、僕の手の平に載せたが、その彼の手は泥だらけ、なんとここまでこの手を頼りに尻を引きずってきたのだ。やがて、酒を飲み終えると、孔乙己は再び周囲の客の笑い声の中を、あぐらのままその手を頼りにのろのろと去って行った。[20]

酒屋の主人や他の客が惨めな孔乙己の姿を見てもからかい続けているのに対し、「僕」は「酒をお燗」してあげ、しかも丁寧に「両手で持って出ると、敷居の上に置」くのだ――地べたに座っている孔乙己が飲みやすいよう。そして主人が「年末になると、主人は黒板を外して、「孔乙己にはまだ一九文の貸し！」と言い、翌年の端午の節季にも「孔乙己にはまだ一九文の貸し！」と言っていたが、中秋になるともう何も言わず」と孔乙己の付けについて口にしなくなる――すなわち孔乙己のことを忘却するのに対し、「僕」は「それ以来、孔乙己は再び長いことご無沙汰だった。〔中略〕再び年末になっても孔乙己の姿は見えなかった。／僕はとうとう今日に至るまで彼の姿を見ていない」と当時から二〇年後の現在に至るまで幾度も孔乙己の姿が見えぬことを案じながら、最後に「おそらく孔乙己は死んだに違いない」[21]と記して、貧書生の死を確かに記憶しているのである。

このように芥川の「毛利先生」と魯迅の「孔乙己」とは、一人称による回想という語りの方法と、生意気な少年と落魄した中年男という人物の対比的設定、そして語り手における中年男への侮蔑から共感への変化という物語の構造において共通しているのである。

4　魯迅の模倣と創造

芥川は「毛利先生」を東京・新潮社が刊行する文芸誌『新潮』一九一九年一月号に発表するいっぽう、同社同年同月一五日発行の芥川第三短篇集『傀儡師』に収録している。初出誌掲載時には篇末には「七・一二・五」と記されており、これは大正七（一九一八）年一二月五日の意味で、執筆年月日を注記したものであろう。

魯迅が最初に芥川の作品に接したのは、おそらく一九一八年六月一四日のことであろう。この日に東京の書店である東京堂から北京の紹興会館で同居していた魯迅・周作人兄弟の元に芥川の第二短篇集『煙草と悪魔』（新潮社、一九一七年一一月刊行）が届いているのだ。[22]また『周作人日記』一九一九年三月一九日には「得東京堂十二日寄傀儡師一冊」と記されている。[23]魯迅がこの芥川の単行本『傀儡師』によって同書収録の「毛利先生」を読み、この作品に影響を受けて四月二五日に「夜成小说一篇、约三千字、抄讫。」した可能性が高いといえよう。

魯迅は後に芥川の「鼻」を訳した際に、一九二一年四月三〇日付けで「「鼻」訳者附記」を書いており、その中で『新潮』一九一九年一月号に掲載された田中純「文壇新人論」を引用している。[24]魯迅と周作人の日記には記録されていないが、魯迅が『傀儡師』入手以前に「毛利先生」を初出誌の『新潮』で読んでいた可能性もあるだろう。

それでは次に「孔乙己」の「毛利先生」と異なる点に注目してみたい。まず指摘すべき点は、「毛利先生」が約一万三〇〇〇字の作品であるのに対し、「孔乙己」が日本語拙訳で約四五〇〇字と「毛利先生」の約三分の一の長さの作品であることだろう。この字数の差が、「孔乙己」において「毛利先生」とは異なる語りの方法と物語の構成とを出現させたと推定される。

両作の差異はまず語りの方法に現れている。芥川は「毛利先生」を「歳晩の或暮方、自分は友人の批評家と二人で……裸になつた並樹の柳の下を、神田橋の方へ歩いてゐた」と書き出している。「自分たちの左右には、昔、島崎藤村が「もつと頭をあげて歩け」と慷慨した、下級官吏らしい人々が、まだ漂つてゐる黄昏の光の中に、蹌踉たる歩みを運んで」おり、その光景により「友人」には「憂鬱な心もち」を喚起させられ、その心情から"Tell me not, in mournful numbers, ／Life is but an empty dream!／For the soul is dead that slumbers, ／And things are not what they seem."(25)というロングフェローの詩を連想させられたのであろうか、彼は「毛利先生の事を思ひ出す」と語り出している。そして芥川は、「これから下に掲げるのはその時その友人が、歩きながら自分に話してくれた、その毛利先生の追憶である」と第一の語り手である「自分」に語らせた後は彼を消してしまい、その後は一切登場させない。そのかわりに次の段落以後では「友人」に第二の語り手の役割を与え、「もう彼是十年ばかり以前、自分がまだ或府立中学の三年級にゐた時の事である」と先生をめぐる追憶を語らせている。芥川は「毛利先生」にこのような二人の語り手による二重の語りの構造を与えているのである。

この二人の語り手は、共に「自分」という第一人称代名詞で物語る。読者の中には第一の語り手を、小説の作者である芥川自身と考える者も多いことであろう。さらに「彼是十年ばかり以前」に府立中学三年に在学し、その後大学を卒業して文筆家になったという第二の語り手の経歴は、芥川自身のそれに酷似しているため、芥川の分身と考える読者も少なくないことであろう。

これに対し魯迅は「孔乙己」を「魯鎮という町の飲み屋の構えは、よそとは異なり」と咸亨酒店の描写で始めるや、「力仕事の連中が、昼や夕方に仕事が終わると、いつも銅銭四文を払ってひと碗の酒を買っては、カウンターに寄りかかり、熱燗を立ち飲みしてひと休みするのだ——もっともこれは二十年以上も前のこと、今ではひと碗一〇文はするだろう」とこの物語が二〇年以上前の回想であることをさりげなく示す。そして第一段落で酒屋の描写が一通り終わると、第二段落を「僕は十二歳から、町の入口にある咸亨酒店の店員となった」と書き出して、おもむろに本作が「僕」による語りであることを明かし、「僕」一人に物語の終末まで語り手としての役割を全うさせている。魯迅は「孔乙己」をこのような明解なる語りで構成しているのである。

芥川は「毛利先生」の物語構造にも曲折を与えている。毛利先生がロングフェローの詩を深く伝えようとしてわが人生を例示したために、第二の「自分」は「服装と学力とに対する侮蔑ばかりでなく、人格に対する侮蔑さへ感じ」るに至るのだが、芥川はこの結末へと書き急ぐことなく、その前に前述の通り「チヨツキばかりに運動帽をかぶ」り、鉄棒の「海老上《えび》り」を披露する若い専任英語教員丹波先生の挿話を登場させている。遠くに毛利先生の姿を認めながら「あの帽子が古物だぜ」と毛利先生を冷笑する専任教員に送った自らの拍手喝采に対し、「その時の自分の心もちは、道徳の上で丹波先生を侮蔑すると共に、学力の上では毛利先生も併せて侮蔑してゐた」と「自分」に自らを「解剖」させるのだ。先に「自分」に若い教員を道徳的に侮蔑させたのち、ロングフェロー解釈を誤解させて毛利先生の「人格に対する侮蔑」を覚えさせるという二重構造が、ここにも立ち現れているのである。

これに対し魯迅は「孔乙己」の物語を長短一三の段落で単純明快に構成している。

第一～三段落　二〇余年前の咸亭酒店の紹介および語り手の自己紹介
第四～六段落　孔乙己の紹介と立ち飲み客が孔乙己をからかうようすの描写
第七段落　孔乙己が語り手に「回」の四通りの書き方を教えようとする挿話
第八段落　近所の子供たちに茴香豆を与える孔乙己のやさしいが滑稽なようすの描写
第九段落　第四～八段落のまとめ
第一〇～一一段落　足の骨を折られた孔乙己が酒を飲みに来る話
第一二～一三段落　孔乙己は一年間も現れず、その付けの抹消と共に孔乙己も酒店の主人から忘れられるが、語り手は今も孔乙己を忘れられない、という結び。

このように魯迅は「孔乙己」を一気に流れ行く物語として構成している。語り手に第七段落での対話で、「乞食同様の人から試験されるなんて」と孔乙己を軽蔑させたのち、第一〇～一一段落で物語を急展開させて語り手を重傷の孔乙己に対する深い同情へと導き、第一二～一三段落で二〇年後も孔乙己のことを思い出させるのだ。このような直線的構成は、芥川が「毛利先生」において一旦「自分」に若い専任教員を道徳的に侮蔑させたのち、改めて毛利先生を人格的に侮蔑させたような曲折ある物語構造とは対照的と言っても過言ではあるまい。

小説「孔乙己」の語り手は「読み書きを習った」ことがあり、おそらく孔乙己と同じく士大夫階級から没落した者であり、酒店では主人や客、近所の子供たちから孤立している、という彼の事情も看過できない。この点は「毛利先生」の第二の語り手が中産階級の子弟が多く集まる府立中学の生徒で、毛利先生以外のエリート教員やエリートの卵である生徒らと仲間同士であることと大いに異なっている。

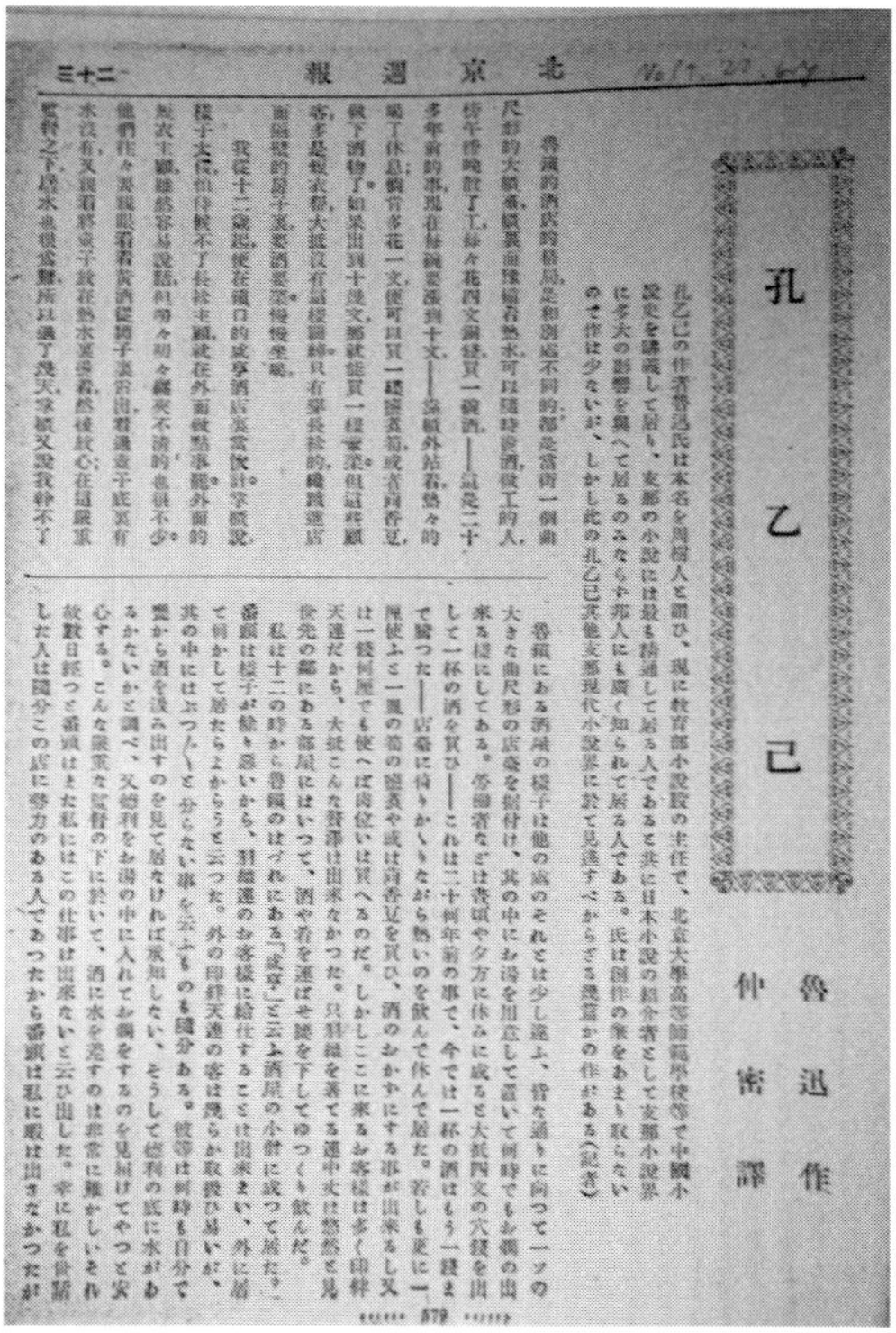

図 3-2　周作人訳「孔乙己」(『北京週報』1922 年 12 月.これは魯迅作品最初の日本語訳である.)

このように芥川「毛利先生」と魯迅「孔乙己」との間には、基本的な共通点と、個別的な相違点が存在している。魯迅は一人称による回想という語り方および中年男への侮蔑から共感へという少年の心理の変化という物語の基本構造を「毛利先生」から模倣するいっぽうで、大正期東京の毛利先生とは大きく時空を隔てた清末期の小さな町の孔乙己を創作したといえよう。魯迅はこのような創造的模倣により孔乙己を生み出したのだが、毛利先生は教員生活から退職した後も、ロングフェローの詩が"Let us, then, be up and doing,／With a heart for any fate;／Still achieving, still pursuing,／Learn to labor and to wait."と歌う通りに、カフェで英語を教え続けている。そもそも毛利先生は漱石『坊っちゃん』の主人公が私立中学卒業後に専門学校で物理を学んでエリート県立中学の数学教師になったように、専門教育を受けて私立中学の英語教員の職を得ており、臨時教員とはいえ一度はエリート府立中学の教壇にも立った教師である。彼は学資の工面に苦しみながらも、二人の子供を中学に通わせてもいたのだろう。彼は明治後半から大正、昭和戦前期の「学歴貴族」コースからは外れていたにしても、近代的国民国家日本の中産階級の仲間入りはかろうじて果たしていたのである。

これに対し孔乙己は科挙の初級試験に合格できず、秀才にもなれなかった。そして「人に頼まれて写本をしては、食いつないでいた(26)」という不安定な暮らしを送り、酒代欲しさに盗みを働き、足を折られて死んでしまうのだ。老年に至るも"Still achieving, still pursuing"を保障する国家と社会を持つ安定した市民社会の大正日本における毛利先生と、清末から民初への大転換期に野垂れ死ぬ孔乙己との落差は大きい。魯迅はこのような大きな落差を見つめながら、「孔乙己」という転換期における絶望の物語を書いたのである。芥川の他の作品と比べても、「毛利先生」が日本でも今やほとんど忘れられた作品であるのに対し、「孔乙己」は中国ばかりでなく、日本でも広く読まれており(図3-2)、日本の高校国語教科書に採用されることもある。魯迅は「毛利先生」よりも短く単純で絶望的な「孔乙己」において、世界文学史上に残る典型的人物を作り出したといえよう。

第4章——芥川龍之介と魯迅2

「さまよえるユダヤ人」伝説および芥川龍之介の死

よく聞いておくがよい、人の子が御国の力をもって来るのを見るまでは、死を味わわない者が、ここに立っている者の中にいる。（「マタイによる福音書」第一六章）[1]

1　ノラとアハスエルス

「ノラは家を出てからどうなったか」という講演[2]は、魯迅の屈折した思想の一端をよく伝えている。これは一九二三年一二月二六日、北京女子高等師範学校文芸の集いで行われたもので、演題中のノラとは、イプセンの戯曲『人形の家』の主人公を指すことは言うまでもあるまい。雑誌『新青年』の「イプセン特集号」（一九一八年六月号）に『民衆の敵』などとともに『人形の家』が『娜拉』（胡適・羅家倫共訳）の訳題で発表されて以来、中国においてもノラは女性解放運動のシンボル的存在となっていた。

魯迅は講演会場の女学生に対して、出奔後のノラが辿る厳しい運命を想像しながら、いたずらに犠牲を出すことなく、粘り強く戦い、経済的権利を獲得せよと説いている。そのいっぽうで、彼は次のようなヨーロッパの伝説を持ち出してもいるのである。

もし経済制度が改革されれば、以上述べたことは勿論全くの無駄口となります。
しかし以上のことは、ノラを普通の人間であるとしたうえでお話したものでして、もし彼女が特殊で、自ら犠牲になるべく飛び出さんと本心から願っているのでしたら、それは話は別です。私たちには人に犠牲となるよう勧める権利はありませんが、人が犠牲になることを制止する権利もないのです。そのうえ世の中には進んで犠牲となり、進んで苦しみを受ける人間がおるのです。ヨーロッパにはこんな伝説があります――イエスが十字架にかけられるとき、Ahasvar の軒下で休もうとしたが、Ahasvar はこれを許さず、そのため呪いをかけられ、最後の審判の日まで、永遠に休むことができなくされてしまった。以後 Ahasvar は休むことができず、ひたすら歩んでおり、今も歩み続けている。歩みは苦であり、安息は楽であるのに、彼はなぜ安息しないのでしょうか。呪いを負っているとは言うものの、おそらく歩みの方が安息よりまだ心地好い、ですから始めから終わりまで狂ったように歩んでいるのでしょう(3)。

この一節に続けて、魯迅は「しかしこの犠牲が心地好いというのは自分のことであって、志士たちのいわゆる社会のためということとは無関係です」と断わっている。「普通の人間」＝聴衆の女学生に対しては無駄な犠牲を避けた持久戦を勧めるいっぽうで、自ら犠牲たらんとする「特殊な人間」の存在を示唆するという矛盾を、魯迅が敢えて犯したのはなぜであろうか。そもそも「特殊な人間」の例として魯迅が引いているヨーロッパの伝説とはいかなるものであろうか。

Ahasvar――さまよえるユダヤ人とは、中世以来ヨーロッパに広まった伝説である。普通英語では

Ahasver または Ahasver または Ahasverus ドイツ語では Ahasver または Ahasverus と表記する。講演筆記者陸学仁・何肇葆両名の書き誤りに魯迅が気づかず校正済みとしたものと想像されるが、あるいは魯迅の目に触れた、「さまよえるユダヤ人」伝説の書がこのような綴りをしていたのかもしれない[4]。十字架を背負って刑場に赴く途次、イエスは靴屋の家の前で立ち止まり息をつこうとした。そのとき、主人のアハスエルスが「とっとと行ってしまえ！」と罵ったのに対してイエスは「我はゆかん、されど汝、我の戻り来たるを待て」と答えた。このためアハスエルスは故郷と安息とを失い、イエスが再臨する「最後の審判」の日まで永遠に地上を彷徨い続ける運命を負わされたというのである。一七世紀初頭にこの伝説を記した文書が出現して以来、一八六八年ソルト・レイク・シティーにおける出現に至るまで、ヨーロッパ全土から北米大陸に及ぶ地域で、アハスエルスが姿を現したという報告がなされているという[5]。

さまよえるユダヤ人伝説は、ヨーロッパの近代文学において、一八世紀以来題材として繰返し取り上げられている。ゲーテが『詩と真実』のなかで、この伝説をもとに長篇詩を構想していたことは、わが国でもよく知られている通りである。魯迅がいかにしてさまよえるユダヤ人伝説と出会ったのか、詳細は不明である。芥川龍之介はこの伝説に深い関心を寄せており、切支丹ものの一作として短篇小説「さまよへる猶太人」（一九一七）を書いている。いっぽう、魯迅は同時代の外国文学者として芥川を高く評価しており、短篇「さまよへる猶太人」を収録した『煙草と悪魔』も購読している。芥川文学を通じてこの伝説に関心を抱きはじめた可能性も強いが、この問題については本章第7節で論じたい。ともかくも一九二〇年代中葉の魯迅はイエスの生涯に深い関心を持っていた。例えば愛と復讐をテーマとした散文詩「復讐」及び「復讐　其の二」（共に一九二四年一二月二〇日作。『野草』所収）は、それぞれ荒野で悪魔と対決するイエス、十字架上のイエスに取材したものである。[6]

また青年期に触れたと思われるQuo Vadis伝説からも魯迅は深い印象を受けていたのではあるまいか。日本留学時代から一九二〇年代に至るまで、魯迅が注目し続けた外国文学者の中にポーランドのシェンキェヴィッチ（一八四六～一九一六）がいる。彼はポーランドを代表するノーベル賞受賞作家であり、『音楽師ヤンコ』などのリアリズムの短篇を得意としたほか、歴史小説の分野でも新境地を開いた近代作家であった。魯迅は「私はどのようにして小説を書きはじめたか」（一九三三）の中で、日本留学時代に愛読した作家としてゴーゴリ、夏目漱石、森鷗外らと並べてシェンキェヴィッチの名を挙げている。そのシェンキェヴィッチの代表作の一つに、ネロ帝時代のキリスト教徒迫害を描いた長篇歴史小説『クォヴァディス』（一八九六）がある。使徒ペテロが迫害に耐えきれずにローマを去ろうとしたときキリストの幻影に会い、「主よ、何処にゆきたまう」と叫んだところ、キリストが「汝ローマを去る故に我れ代りてローマに行き今一度かしこにて十字架にかかるべし」と答えたため、ペテロは畏みてローマに戻り殉教した、という伝説に同作は取材したものである。標題の「クォ・ウァディス」とはラテン語で「何処へゆく」という意味であり、ペテロのイエスに対する問いの言葉であった。

『クォヴァディス』中国語訳の登場は一九二二～二三年（徐柄昶・喬曾劬共訳『穪往何処去』）と比較的遅かったものの、日本ではすでに一九〇七年に松本雲舟により『何処に往く』という題名で翻訳出版されている。折しも魯迅は文芸誌『新生』の準備など文学運動に余念なく、この話題作を夢中で読んだものと想像される。中国の魯迅研究者胡従経は「魯迅の蔵書の中には、彼が繰返し読みふけった“Monte Carlo”“Quo Vadis”などシェンキェヴィッチの外国語の翻訳書が今も保存されている[7]」と指摘しているが、魯迅はあるいは邦訳によらずドイツ語版でこの作品を読んだのかもしれない。「繰返し読みふけった」結果、当時の魯迅の論文には、明らかに『クォヴァディス』に影響されたと思われる個所が散見されるのである。(8) また世界文学全集として企画した『域外小説集』(一九〇九)の中に、弟の周作人訳によるシェンキェヴィッチの短篇三作(一九二一年再版時には、さらに一作加えられた)を収めているのも、この作家に寄せられた魯迅の関心の深さによるものであろう。(9)

ところで使徒ペテロは元来裏切りの罪を負わされた人物であった。最後の晩餐を終えてのち、イエスは今夜中にペテロが三度彼のことを知らぬと言うであろうと予言する。ペテロは「たといあなたと一緒に死なねばならなくなっても、あなたを知らないなどとは、決して申しません」と誓うが、イエスがユダの手引きにより捕縛されるや群衆のイエスの仲間であろうという問い詰めに対し「その人のことは何も知らない」と三度誓うのであった。

するとすぐ鶏が鳴いた。ペテロは「鶏が鳴く前に、三度わたしを知らないと言うであろう」と言われたイエスの言葉を思い出し、外に出て激しく泣いた。(「マタイによる福音書」第二六章)(10)

イエスに対する罪ゆえにイエスの再臨の日まで歩み続けるというさまよえるユダヤ人伝説と、殉教者ペテロのQuoVadis伝説とは本来異次元のものではある。しかしペテロに裏切りの罪を見るならば、Quo Vadis伝説は罪ゆえに歩むという構造において前者と一致していると言えよう。少くとも魯迅の眼にはこのように映じていたのではあるまいか。

2　岐路としての一九二〇年代中葉

魯迅は一九二五年五月八日、呂蘊儒・向培良という二名の若い文学者に宛てて手紙を書いている。向《こう》培良《ばいりょう》（シアン・ペイリアン、一九〇五～五九）は、高長虹《こうちょうこう》（カオ・チャンホン、一八九八～一九四九）と共に雑誌『狂飈』の編集をしていた青年で、去る五月四日に河南省開封市で創刊された『豫報』紙『副刊』の編集に当っていた。魯迅の手紙は彼のもとに送られてきた創刊号に対する返信であり、自らの歩むべき道について次のように語っているのである。

もし私にこの力があれば、当然河南の青年に貢献するところのあらんことを強く願うことでしょう。しかし不幸にも私が務めても思い通りにはならず、それというのも私自身も正に岐路にさしかかっているからです――あるいは、もう少し希望をもたせて言えば、十字路に立っているのです。岐路に立てば足を踏み出し難いわけですし、十字路に立てば歩むべき道が多いわけです。私自身は、何も恐れず、生命は私自身のものであるのですから、大股で歩み、自分が歩めると思う道に向かって構わないのです。たとえ前方が深淵、荊棘、峡谷、炎火の坑であったとしても、自分が責任を負うのです。しかし青年にお話するとなると難しく、もし盲者が盲馬に乗って、危地に踏み込むとなれば、私は多数の人命を謀殺した罪を負わねばなりません。

ですから、私は結局のところ青年に私の歩む道を共に歩めとは勧めたくないのです。私たちの年齢、境遇はすべて異なっており、考え方の行末もたぶん一致しないでしょう。でももしどうしても青年がどんな目標に向かうべきかと私に尋ねたいというのでしたら、その場合には、私は他人のために考え出したことをお話しするしかないのでありまして、つまり、第一に生き抜くべきこと、第二に衣食足りるべきこと、第三に発展すべきことです。この三つを邪魔しようとするものがあれば、誰であろうと、私たちは彼に反抗し、彼を撲滅せねばなりません。(11)

講演「ノラは……」と比べて一層率直に魯迅自身の思いが吐露された文章ではあるまいか。ここで岐路、あるいは十字路で隠喩されている混沌とした状況、明確な目標が見失われた時代において、生きんとする者を圧殺しようとする力――それは国民大革命期の政治的潮流であろう。

近代中国史における二〇世紀は革命の時代であった。清末の民族主義に彩られる革命の潮流は、満州族という少数民族による伝統的王朝体制に終止符を打つ辛亥革命（一九一一）により、新たな段階へと進んだ。一九一〇年代は、袁世凱帝制化の反動、袁の死後各地軍閥の独立と内戦など混乱した状況を呈するが、この時期を通じ中国の知識人たちは一致して近代的国民国家建設の目標を持っていたと言ってよい。一九一五年九月に創刊された『新青年』(12)誌は、このような知識層が結集する場として一〇年代を通じて作用していた。

創刊当時の『新青年』は、清末保皇派の思想家梁啓超《りょうけいちょう》（リアン・チーチャオ、一八七三～一九二九）の啓蒙的活動を反復するようにして、中華民国の新学制下で成長した青年層を啓蒙していた。やがて儒教批判を強め、とりわけ一九一七年に陳独秀・胡適らにより口語文の提唱が開始されてからは、『新青年』

は一〇年代の中国新文化運動をリードするオピニオン誌の地位を確立したのである。創刊当初の発行部数が僅か千部であったにもかかわらず、二年足らずの間に一万六千部という、当時としては驚異的な部数を誇るに至ったことは、この間の事情を如実に物語っていると言えよう。

一九一九年五月第一次世界大戦の戦後処理のために開かれたパリ講和会議で、山東半島における旧ドイツ権益が日本の手にゆだねられることが決定されると、中国の学生は敢然と抗議行動に立ち上がった。五・四運動の勃発である。運動は全国の都市に波及し、上海では学生・商人・労働者の大ストライキにまで発展する。五・四運動におけるナショナリズムの高揚は、国民国家形成を求め続けた一九一〇年代の掉尾を飾るものであったと言えよう。

五・四運動高揚の背景には、第一次世界大戦中に発展した民族資本による産業化及び労働者数の増加、経済好況に支えられた工読互助団運動などによる大学等進学率の向上などが指摘されている。しかし一九二〇年に入るとヨーロッパ諸国の生産力回復に伴い、中国は深刻な戦後不況に襲われ、これに伴い労働争議が頻発するようになった。ロシア十月革命(一九一七)の思想的意義が中国の知識人の間に浸透し、しかもコミンテルンの世界革命戦略に基づく対中国工作が本格化して来るのはこの時期である。『新青年』内部においても、マルクス主義に傾いていった陳独秀・李大釗らに対し、穏健な民主主義的改革を主張する胡適らが反発を示し、一九二二年には分裂状態が生じた。翌年陳独秀らは『新青年』を一九二一年に創設されて間もない中国共産党の機関誌に衣替えし、知識人の結集の場としての『新青年』は、終焉のときを迎えている。

一九一八年五月に「狂人日記」を引っ提げて『新青年』誌上に登場した魯迅は、個々人の覚醒によってはじめて中国、そして全世界が救済されうる、という理想主義を抱いていた。当時、日本で新しき村運動を進めていた武者小路実篤の思想に対し、魯迅がたびたび深い共感を表明しているのは、その表れと言ってよい。二〇年代に入り、『新青年』の同人たちが、マルクス主義派と反マルクス主義派とに分裂していったとき、彼は最後まで知的統一戦線の維持に尽力するいっぽう、弟の周作人らと共に人類主義派の旗幟を鮮明にするのであった。しかし、コミンテルン影響下のボルシェヴィキ派の共産主義運動は猛烈な勢いで若い知識層を席捲し、一九二四年一月には孫文の率いる国民党も中国共産党との合作による中国統一をプログラムとして打ち出すに至る。中国におけるボルシェヴィズム運動が、果して過去の国民性を清算した上で誕生した思想であるのか、それともロシア十月革命を強行したレーニン主義を安易に中国に移植したものに過ぎぬのではないか――こうした懐疑こそが二〇年代半ばの魯迅の心中を去来し続けていたのではあるまいか[13]。

蔣介石による一九二七年四・一二反共クーデターにより国民革命が頓挫をきたした後のことであるが、魯迅は親しい日本人ジャーナリスト山上正義に向かい次のように語っている。

中国の革命の歴史は古来常に他民族から残忍性を学ぶにしか過ぎません。今回の革命運動も三民主義――国民革命――等の言葉の裏にかくれて軍閥以上の残忍を平気で行なうことを、労農ロシアから学んだだけに終わりました[14]。

中国共産党及び国民革命のモデルとなった労農《ソビエト》ロシアに対して魯迅が抱いていた「残忍」という印象

は注目に値しよう。日に日に増大するボルシェヴィズムの影響下で中国革命の路線が決定されようとしているとき、知識人の果たすべき役割は何であるか、人類主義者として寂寞の時代を迎えていた魯迅は、進むべき道を尋ねて、あるいは岐路に逡巡し、あるいは十字路に立ちつくす彷徨の時代へと入っていたのである。講演「ノラは……」で魯迅は次のように語っている。

人生で最も苦しいことは夢から醒めたというのに歩むべき道がないことです。夢を見ている人は幸せです。もし歩むべき道が見当たらないのならば、人を見覚めさせないことが一番大事です。〔中略〕しかしノラは目覚めたからには、夢の国に戻ることは大変難しいのであり、それゆえ歩まざるを得ないのです(15)。

河南省の青年たちに宛てた手紙で自らを「盲馬」に喩えつつ、魯迅が再び「しかし……歩まざるを得ないのです」と語るとき、彼はさまよえるユダヤ人伝説に深い共感を示していたのであろう。そこからは自らの「歩み」を根源的に問い直そうとする魯迅の思想的苦闘の一端を垣間見ることができるのではあるまいか。

3 「われ独り歩まん」

一九二五年三月一五日、魯迅は伊東幹夫という日本詩人の作品「我独自行走」を雑誌『狂飈』周刊第一六期に発表している。同作を魯迅による中国語訳から再度日本語に訳し直せば、次のようになろう。

われ独り歩まん　　日本　伊東幹夫

私の歩む道は、
険しいか、平らかか?
一日の後に終わるのか、
それとも百年の未来に尽きるのか、
私は考えたこともない。

暗かろうとも、
険しかろうとも、
いずれ歩まねばならぬ道なのだ。

われ独り歩まん、
押し黙り、ダッ、ダッと歩まん。

嫌悪、

それも良かろう。
破壊、
それも良かろう。
泣き、
怒り、
狂い、
笑い、
すべて御勝手だ!
厭世やら、発狂やら、
自殺やら、無産階級やら、
私の脇を歩んでいる。
しかし、私は歩んでいる、
今もなお歩んでいるのだ。(16)

原作者の伊東幹夫は当時北京に滞在していた日本人で、魯迅とともに文芸誌を刊行していた高長虹の友人であるが、その経歴や魯迅との関係などの詳細は不明である。(17)それでも「厭世やら、発狂やら、/

自殺やら、無産階級やら、」と唱いつつ、「百年の未来に尽きる」か否やも知らぬまま歩み続ける「私」に対し、魯迅は共に二〇年代中葉の混沌たる東アジアを生きる者として深い共感を抱いていたことは確かであろう。

「われ独り歩まん」翻訳と同時期の一九二五年三月二日、魯迅は散文詩集『野草』の一章として詩劇「旅人」(18)を書き上げている。「或る日の夕暮れ、或る処」に住む老人と少女の前に、東方より一人の旅人が現れる。もの心がついて以来歩み続けているこの旅人は、自らの名も知らず、どこから来てどこへ向かっているのかも知らない。ただ西の方角を目指して歩くのみなのであった。旅人に、この先には何があるかと問われて、老人は墓と答え、少女はお花畑と答えるが、さらにその先の西方に続くものが何であるかは二人とも知らぬ。老人と少女の休息の勧めを退けて、旅人は西方から彼を呼び続ける声にせき立てられながら歩み去っていくのである。

魯迅は作品冒頭のト書きで、旅人が裸足にボロ靴を履いていると記している。ボロ靴とは、旅人の永遠の歩みを象徴するものであろうが、さまよえるユダヤ人伝説の主人公アハスエルスが靴屋であったこととも無関係ではあるまい。

ところでアハスエルスは、「神の子」イエスに対して犯した罪により永遠にさまようべく呪いを受けたのであるが、魯迅の旅人はなぜ永遠に歩み続けるのであるか。引き止める老人に対して、旅人は次のように答えている。

　どこへ戻ろうとも、たてまえのないところはなく、地の主のおらぬところはなく、追放と牢檻のないところはなく、上面だけの笑みのないところはなく、眼の外の涙のないところはない。私は彼らを憎み、私は戻りはしない。〔中略〕そうだ、私は歩むしかないのだ。まして前方の声がいつも私をせき立て、私に叫びかけ、私を休ませないのだ。

自分がどこから来たのかさえも知らぬ旅人にとり、人の世は憎悪すべきであり振り返るべきところではない。その彼をせき立てる「前方の声」とは何か。いや、なぜ彼には「前方の声」が聞こえるのか。なぜ「前方の声」に従わねばならぬのか。魯迅は何も答えていない。

『野草』「旅人」の章とは、伊東幹夫の詩「われ独り歩まん」に通じる独行者の決意を、さまよえるユダヤ人伝説の世界を借りながら存在論的に語ろうとして構想されたものといえよう。アハスエルスに永遠のさまよいを課したのは「汝、我の戻り来たるを待て」というイエスの言葉であった。いっぽう「旅人」においては、「前方の声」の正体は明示されていない。魯迅が「前方の声」の正体を解き明かすべくさらに次の作品を書き進めるとき、アハスエルスの罪がイエスに対する「とっとと行ってしまえ」という罵りの言葉によるものであったことは、多分に示唆的であったと思われる。

4　罪の文学

一九八〇年五月三日の『人民日報』は、新たに発見された魯迅逸文のニュースを大きく報じた。それは「寸鉄」と題された寸言四節と、「自言自語」と題されたエッセー七章とである。発見者である孫玉石・方錫徳両氏の注によれば、いずれも一九一九年八月から九月にかけて北京で発行されていた新聞『国民公報』に「黄棘」「神飛」のペンネームで発表されたものであったという。これら逸文の発見が内外で話題を集めた原因の一つとして、「自言自語」の第六章「僕の父」及び第七章「僕の弟」が、後年発表された「父の病」（一九二六年一一月発表）、「凧《たこ》」（一九二五年二月発表）[19]二篇の原型的作品であったことを指摘できよう。一九年末のエッセーと二〇年代中葉の改作との比較は、魯迅文学の展開を考えるとき実に興味深い示唆を与えてくれる。まず「僕の弟」と「凧」とを読み比べてみたい。前者は『〇五版魯迅全集』では二五字×一五行、後者は二六字×五五行で、いずれも短篇である。ここでは「僕の弟」を全訳し、「凧」の梗概と対照させることとする（数字は行数）。

「僕の弟」（全訳）

1　僕は凧上げが嫌いで、僕の一人の弟は凧上げが好きだった。

2　僕の父が死んでのち、家にはお金がなくな

「凧」（梗概）

1　北京の冬空に上がる凧を見るにつけ驚きと悲しみを覚える。

3　春二月が故郷の凧上げの季節。その回想。故郷との訣別、去って久しい春を思う。

10　僕は凧上げは出来の悪い子の遊びと思い嫌ったが、十歳ほどの病弱の弟は大好きで欲しくてたまらなかったものの自分では買えず、僕も

った。僕の弟がどんなに熱心でも、凧の一つも手にすることはできなくなった。

4　ある日の午後、僕がこれまで使ったことのない部屋に行くと、弟が中におり、蹲《うずくま》って凧を糊で貼っており、数本の竹のひごは、自分で削ったもの、雁皮紙は、自分で買ったもので、四箇のうなりは、すでに糊づけしてあった。

7　僕は凧上げが嫌いで、特に彼が凧を上げるのが大嫌いだったので、腹を立て、うなりを踏みつぶし、竹ひごを折り、紙も破いた。

9　僕の弟は泣き叫びながら出て行き、悄然として軒下の通路に腰をおろしていたが、その後どうしたか、当時僕は気にも留めなかったので、全く知らない。

11　のちに僕は自分の過ちを悟った。弟は僕の過ちをすっかり忘れており、いつも親しげに僕を「兄さん」と呼ぶのである。

13　僕はとてもすまなく思い、このことを彼に

凧上げを許さなかった。

17　ある日僕は数日来弟の姿を目にしていないこと、彼が庭で枯竹を拾っていたことなどに気付き物置き小屋に駆けつけると、果して凧作りに没頭している弟を発見する。

23　僕は秘密を探り当てた満足感と、弟が僕の目を盗んでこんな遊びをしていたことへの怒りとを覚えながら、凧を破壊する。

26　幼い弟に対し完全勝利を収めた僕は、絶望した弟を小屋に残して意気揚々と小屋を出る。その後弟がどうしたか、気にも留めなかった。

29　弟と久しく別れ、中年になった頃、懲罰が巡ってくる。僕は外国の児童学の書を読み、遊びは児童の正当な行為でありおもちゃは児童の天使であることを知る。かくして二十年前の精神に対する虐殺のこの一場面を思い出し、僕の心は鉛の如く重く沈む。

話して聞かすが、彼は影さえ思い出せなかった。彼は相変わらず親しげに僕を「兄さん」と呼ぶのである。
15　ああ、僕の弟。お前が僕の過ちを覚えていないというのに、僕はお前に許しを乞えるだろうか。
16　しかしそれでもお前の許しを乞いたいのだ！

37　弟に凧を贈り一諸になって凧上げをしたらどうか——だが今では弟も髯を生やしているのだ。
40　弟に許しを乞うてみたらどうか。生の苦しみを皺として顔に刻みこまれた弟に謝罪し、「僕はでも少しも恨んじゃいませんよ」と言ってもらえれば心も楽になるだろう。
47　「そんなことがあったんですか」——弟は何も覚えていない。
49　全く忘れているのに、許しの言葉など言えない。
51　僕はこれ以上何を求められるというのか。僕の心はひたすら沈んでいく。
55　現在、異郷の厳冬の中で、僕は悲しみを抱き続けている。

「僕の弟」と「凧」との関係は、後者を一枚のタブローに例えるならば、前者はデッサンに相当すると考えられよう。凧をめぐり少年時代に犯す無意識の罪→中年に至り罪を自覚する→弟の忘却により罪が償われることはない——このような構成をもつ「僕の弟」を骨格として、魯迅は「凧」という一幅の心象風景を描いているのである。

だが原作の「僕の弟」と比べて、改作の「凧」では父の死は語られず、弟の遊びを破壊する兄の尊大さと残忍さが強調されている——他人が上げる凧を羨しげに見ている弟のようすは「僕」から見ればお笑い草であり、軽蔑すべきことだった。ある日突然、数日来弟を見かけぬことに気付くいっぽう、庭で古竹を拾っているのを見たのは覚えていた。「僕」は、はっと悟ったようにめったに人の行かぬ物置き小屋へと走った……「僕」は秘密を探りあてた満足を覚えつつ弟が「僕」の目を盗んで、こんなところで苦心しながらこっそりと出来の悪い子の遊び道具を作っているのを大いに怒った。……年齢から言っても、力から言っても、弟は「僕」に敵うはずもなく、「僕」は当然完全勝利を収めた。そこで傲然と歩き出し、絶望して立ちつくす弟を小屋の中に置き去りにしたのである。

「出来の悪い子の遊び」という表現が、一〇行と二三行の段落で二度繰返されているが、「僕」に孤独な暴君的監視人の立場を取らせていたものは、長男としての過剰な責任感であったろう。原作「僕の弟」の二行の段には、「僕の父が死んだのち、家にはお金がなくなった」と書かれている。この一句は「凧」では削除されているものの、父の不在による家庭崩壊の危機が、「僕」をして残忍ないじめをあたかも自らの義務であるかのように平然と履行させている点が感じられよう。

少年時代のいじめを罪として自覚する契機として加筆された「外国の児童学の書を読み、遊びは……」という二九行の段は、些か取って付けたような印象を与える。「僕」の残忍さ及びその心理の細部が加筆されたことに対応して、「僕」が「自分の誤ちを悟った」(「僕の弟」一一行)プロセスも具体的に述べてバランスを取ろうとしたためであろうか。

「凧」の導入部において「僕」の残忍さを強調した魯迅は、彼を罪の自覚へと導く。「僕の弟」では、「誤ち」(一一行、一五行)と書かれていたのが、「凧」では、「懲罰」(二九行)「精神に対する虐殺」(二九行)とより深刻な表現に代えられているのである。

僕の心もまるで同時に鉛の塊に変わったかのように、重く重く落ちていった。
しかし心も落ち続けて絶ち切られることがなければ、彼はひたすら重く重く落ちて行く、落ちて行く。

これが罪の自覚と引きかえに与えられた罰であった。罪ゆえに「重く重く落ちて行く」という感覚は、「凧」冒頭で回想される郷里の春の空に舞う凧の上昇する姿と対照的である。

僕は今どこにいるのだろうか。まわりはまだ粛殺の厳冬であるというのに、訣別して久しき故郷の過ぎ去りて久しき春は、この大空をたゆたうているのだ。

この冒頭部の一文は罪の自覚により「僕」が故郷の春という楽園から永遠に追放されたことを語るものである。そして作品は次のように結ばれている。

今、故郷の春もこの異郷の空にあり、僕に去りて久しき幼少期の思い出を届け、それと共にとらえようのない悲哀を連れている。僕は粛殺の厳冬の中に身を隠すべきなのだろう——しかし、まわりは明々たる厳冬にして、僕に非常なる寒威と冷気とを与えている。

少年時代＝故郷喪失の寂寞と楽園を追放された堕天使の悲哀とは、「粛殺」、「寒威」などの文語を多用しつつ一篇の美しい詩に結晶している。しかし罪の自覚はそれにとどまることなく、「粛殺の厳冬」に「身を隠」さんとする歩みの決意にまで展開されている点も見落としてはなるまい。

次に「僕の父」と「父の病」とを読み比べたい。前者は『〇五版魯迅全集』では二五字×一九行、後者は二六字×一二三行である。今回も「僕の父」は全訳し、「父の病」の方は前半百行余りについては梗概を掲げ、残りを全訳する。（ ）内は行数を示す。なお「父の病」に登場する医者は伝統的中国医で、日本では漢方医に相当する。

「僕の父」（全訳）

「父の病」（AB梗概、C－G全訳）

A（1－17）S市で繁盛していたある「名医」のデタラメな診療ぶりを伝えるエピソード。

B（18－95）「僕」は父の病気のため例の「名医」の接待役を二年余りも勤めたが病気は好転せず、他の「名医」を紹介される、この「名

D　僕の父はベッドに横たわって、あえいでおり、顔は痩せて黄ばんでいたので、僕は父の顔を見るのが恐ろしかった。

医」の処方はさらにデタラメで、父の病はますます重くなっていった。

C（96－100）　中国と西洋の考え方は確かに少し異なる。中国の孝行息子たちは、ひとたび「不幸息子の罪重くして禍は父母に及」ばんとするときには、朝鮮人参を二、三キロ買い込み、煎じて口から注ぎ込んでは、父母が苦しみながらも二、三日、たとえわずか半日でも生きながらえんことを望むという。僕に医学を教えた先生はむしろ僕に医者の職務とはこうであると教えた――治せる者は治すべし、治せぬ者は苦しめずに死なせるべし。だがこの先生とはもちろん西洋医である。

D（101－105）　父の荒い息はとても長く続き、僕もこれを聞いているとひどく苦しかったが、誰も助けてあげられない。僕は時に電光煌めくが如くこんな考えを抱くことさえあった。「早く荒い息が止まった方が……。」すると直ちにこんなことを考えてはいけない、罪を犯したんだ

E　彼の眼はゆっくり閉じられ、息づかいも平静になった。僕の老乳母が僕に言った、「お父さんが死んでしまうから、お父さんと呼びなさい。」
「お父さん。」

「だめ、大きい声で！」

「お父さん！」

僕の父は眼を開き、口唇を動して、少し辛そうだった、――父はやはりゆっくりと眼を閉じた。老乳母は僕に「お父さんは亡くなったよ」と言った。


と思うのだが、同時にこういう考えは実は正しい、父をとても愛しているからなんだ、とも思った。今でも、やはりそう思っている。

E（106－120）早朝、同じ屋敷に住む衍《イエン》奥さんが入ってきた。彼女は礼節に精通したご婦人で、僕たちにぼんやり待っていてはいけないと言った。そこで父を着替えさせ、紙銭と『ナントカ高王経』を焼いて灰にし、紙で包み父の手に握らせた。

「さあ父上と呼びなさい、お父様の息が今にも止まってしまいそう。早く呼んで！」と衍奥さんが言った。

「父上！　父上！」と僕は叫び出した。

「大声で！それじゃ聞こえない。さあ大声で！」

「父上!!!　父上!!!」

すでに穏やかになっていた父の顔が、急に強ばり、目がかすかに開いて、苦しそうだった。

「さあ呼んで！　早く呼んで！」奥さんが催

Ｆ　ああ！　僕は今にして思うのだが、大いなる安静大いなる静寂たる死は、それがゆっくりと訪れるのに任せるべきだ。それを邪魔などすれば、大いなる過失なのだ。

Ｇ　僕はどうして父が、次第に死を迎えるに任せず、大声で呼んだのか。

　ああ！　僕の老乳母。おまえに悪意は無かったが、僕に大いなる過ちを犯させて、父の死をかき乱し、父に「お父さん」という叫び声を聞かせただけで、人が荒れ山に向かって叫んでいることは聞かせなかったのだ。[20]

促した。

「父上!!!」

「何だね？……やかましい。……やかま……。」父は低い声で言うと、再びやや荒い息となり、ようやくのこと、元に戻って、穏やかな顔になった。

「父上!!!」僕はなおも呼び続けた——父の息が止まるまで。

Ｆ（121‐123）僕には今でもあの時の自分のこの声が聞こえ、それが聞こえるたびに、これが僕の父に対する最大の過ちであったと思うのだ。[21]

その時僕は子どもで、道理などわからなかった。今は、少しわかっているが、もう遅い。僕は今自分の息子に教えておこう、もし僕が眼を閉じたら、決して耳もとで叫ぶなと。

魯迅の弟周作人の証言によると、故郷紹興の風習では臨終の場に立ち会うのは「同世代及び若い世代の親族にのみ限られており、上の世代の者がその場にいることは決してあり得ない。「衍奥さん」は伯宜（魯迅の父）にとって曽祖父を同じくする叔母であり、まして夜中のことであり、わざわざお出まし願う道理は全くない」という。[22]「僕の父」で、主人公が子どもに設定されているのは、父の名前を呼ばせる第三者的人間、老乳母を臨終の席に登場させるための脚色であったのかもしれない。[23]いずれにせよ、「僕の父」「父の病」の二篇の臨終場面は魯迅自身の実体験というよりも、創作である可能性が高いのである。

ところで原作「僕の父」では、父の名を呼んだことは、老乳母の悪意無き勧めに従って犯した「大いなる過失」とされている。しかも、結びの一節――私の子どもには叫ばせない――などは、ブラック・ユーモアの色合いさえ感じさせる。これに対して、改作「父の病」では「過ち」は遥かに複雑な構造を内包している。まず、父の臨終の苦しみを見かねて、一瞬死の早い訪れを願う。その直後、「僕」は「罪を犯」したと思い、又、これは愛すればこそなのだとも思い直す。前提としてこのような罪の意識があったればこそ、「僕」は衍奥さんに促されるや憑かれた如く「父上！　父上！」と叫び続けるのであり、この自分の声が「今でも聞こえてくる」のである。「父上！」と叫んだことが父に対する最大の過ちであったと主人公は結んでいるが、この「過ち」と死を願った「罪」とは表裏一体の関係にあると言えよう。それゆえに改作「父の病」の結びの段Fでは、原作「僕の父」で置かれていた「大いなる安静、大いなる静寂たる死云々」という説明が、一切省略されているのである。犯すべからざる死の尊厳を前にして、息子たる「僕」の心の葛藤は、死を願うDの段落で充分表現しつくされているからだ。

死期の迫った父の安楽なる死を願いつつも、いざ生命喪失の場に遭遇すると思わずその父上と叫ぶ——病状などによっては、息子が思わず父の安楽死を願うことも有り得るのだろうが、臨終の際に父上と叫ぶことの方が遥に多かろう。それにもかかわらず魯迅が敢えて「僕の父」を「父の病」に書き改め、安楽死願望をわが罪として自覚せんとしている点は、同じく改作であった「凧」における「精神に対する虐殺」の自覚と符合しており、両者には一つの傾向性を指摘できよう。それは自らを罪人として認識しようとする精神である。

魯迅は詩劇「旅人」において男を安息なき旅へと駆りたてる「前方からの叫び声」を提示した。その「叫び声」とは何か——それは「父の病」に描かれる「父上！」というわが叫びではなかったか。父の安楽死を願いつつ、父上と呼んで臨終の苦しみを味わわせてしまった自らの「叫び」——それは父に対する二重の罪なのである。そして常にわが心に罪を痛覚せしめる「叫び」こそ、旅人に永遠の歩みを科すのではあるまいか。自ら発した「父上！」という叫びは、それを罪として自覚する心にあっては、イエスがアハスエルスに与えた呪いと同じ力を持ちうる、とするならば魯迅は贖罪を人間存在の原点に据えた哲学の構築を今や完成しようとしているのである。

5　『クオヴァディス』と「愛と死」

一九二五年一〇月に執筆されたと思しき短篇小説「愛と死（原題：傷逝）[24]」は、周囲の好奇の眼をはね返し、肉親の反対を押し切って同棲に踏み切った若い男女の愛の破綻を、男性の手記という形式で描いた短篇小説である。男女平等、自由恋愛といった新しい価値観に導かれて突き進んでいった一組の男女が、経済的に挫折するばかりか、男性である涓生《けんせい》は自らのエゴイズムによって愛情そのものにも疑問を抱くに至り愛情が醒めたという告白さえ行う。女性の子君《しくん》はついに父親に連れ去られ原因不明のままその死が噂として涓生に伝わる……。「愛と死」と森鷗外「舞姫」との影響関係については、本書第2章で詳しく論じたが、シェンキェヴィッチの長篇歴史小説『クォヴァディス』との影響関係について、本章で補足したい。

かつて丸山昇は「愛と死」の評価がさまざまに分かれている現状を指摘して次のように述べたことがある。

あるいはこの中に魯迅の社会思想批判を読みとり、あるいは魯迅の最初の結婚や周建人の結婚の破綻といった、私生活との諸問題を手がかりにして、この作品を解こうとするなど、さまざまの試みがなされて来た割に、作品そのものには不分明な部分が残されたままになっているように思われる[25]。

さらに丸山氏は同じ論文で、「愛と死」に対して「以前から気になっていたこと」の一つとして、次のような一応の評価を下している。

魯迅は、「傷逝」において、愛にひそむエゴイズムを、あるいは、そもそも愛とはエゴイズムなしにあり得るものかを描いた。彼はそれを通じて、愛の脆さ、ひいては、人が何を信じ何かに頼って生きて行くことの危うさ空しさを描いたのだ、といったら、いいすぎになるだろうか。そして、そのさらに底には、それにもかかわらず、人は生きねばならぬという決意があったこともつけ加えておくべきかも知れぬ。

「人はエゴイズムなしに愛し得るか」を小説「愛と死」のテーマとして据えることに対しては、私は全面的に同意しかねるものを感じる。「愛し得るか」というよりも、むしろ愛し得なかった、裏切らざるを得なかった涓生の罪の自覚と、罪を背負いつつ生きていくことの決意こそ、「愛と死」のテーマではなかったろうか。既に述べたように、この作品では、同棲生活が破局に向かうに伴い、繰返し男性のエゴイズムが描かれている。むしろ、男のエゴこそが女性を死に追いやったものとして構成されていると言うべきかもしれない。愛情も醒めてきた頃、涓生は子君の死を三度願う。一度目は自立した新しい女であるはずの子君が、夫の失職後の経済的苦況、性格の不一致などにより涓生の愛情に不安を覚え「怨むような表情」を見せ始め、涓生もそんな彼女を励ますことに疲れを覚え出す頃――

（Ⅰ）僕が思うに僕たちは別れずして新しい希望は持てない、彼女はきっぱり出て行くべきだ——突然僕は彼女の死をも考えたが、すぐにそんな自分を責め、この過ちを悔いた。幸い早朝で、時間もたっぷりあるので、僕は自分の真実を語れるだろう。僕たちの新しい道は、今こそ始まるのだ。

この直後、涓生は子君に対し愛を演技することに疲れ、もはや彼女を愛してはいないことを告げる。冷え冷えとした家の空気に耐えきれず、彼は知人たちの家にぬくもりを求めて訪問するようになる。そして夜半、氷よりも冷たく寒い家で——

（Ⅱ）氷の針が僕の魂を刺し、僕は永遠に鈍い痛みに苦しみ続けた。生きる道はなおもたいへん多く、僕も翼を羽ばたくことをまだ忘れてはいない、と思った。——僕は突然彼女の死を考えたが、すぐにそんな自分を責め、この過ちを悔いた。

涓生の留守中に父親に連れられていった子君は、去り際に、もはや愛の失せた恋人のために僅かに残った食料と小銭とをテーブルの上に並べていた。一言の伝言も残さなかったというのに……。涓生は真実を告白した自らを責め、「空虚の重荷を背負って、厳しい監督と冷眼の中いわゆる人生の道を歩き続ける」子君のことを考えながら——

（Ⅲ）僕は彼女の死を考えた……。僕は自分が卑怯者であり、力強い人たちにより排斥されるべきであることを知った——それが真実の者であろうが虚偽の者であろうが。しかし彼女は始めから終わりまで、なおも僕がこの先も長く生きていくことを希望しているのだ……。

三度目の子君の死を思う気持ちは、(Ⅰ)(Ⅱ)の彼女に死んで欲しいという願望とは当然異なり、むしろそんな過去の願望が現実化することの予感であると言えよう。だがそれには、子君が連れ去られたと知ったときに「心は少し軽くなり、伸びやかになり」、心機一転してどこか遠くへ行こうと思い「旅費を考えて、さらに息を吐いた」という解放感が伴われており、罪の自覚にまでは至っていない。それ故に、このときは「すぐにそんな自分を責め、この過ちを悔」いるのではなく、冷静に自分と子君とが別れたことを認識しているのである。

このように別離当初の涓生は自己を冷静に批判しつつも、心が通いあわぬと感じて疲れを覚えていた同棲生活からの解放感に浸っていたのだが、就職運動のために訪れた知人宅で突如子君の死を知らされ、はじめて自らの罪を認識する。三度まで願った女の死が、別離後に現実と化したとき、彼は深い絶望を覚えるのであった。

日本語翻訳でも僅か一万七〇〇〇字ほどにすぎない短篇小説の中で、「彼女の死を考えた」という言葉が三度も繰り返される構成には、魯迅のある意図の存在が推定される。周知の通り、古今東西の神話、民話などにおいて、三という数は呪術的、神秘的な意味合いをこめて用いられている。裏切りの例としては、例えば本章第1節で触れた『新約聖書』に見られるペテロの三度のイエス否定を挙げられるであろう。

涓生のエゴイズムは同棲生活中の些事から愛情の冷めたことの告白に至るまで、「愛と死」の中でさまざまに描かれている。しかし、共に手を携え、社会的に葬られる危険を冒してまで同棲生活に踏み切った相手の死を願うことは、既にエゴイズムの域を越えていると言えよう。しかも、それを三度まで繰返し語らせることにより、魯迅は明らかに涓生をして裏切りの行為を犯さしめているのである。しかも愛する人の死を願うという裏切り行為は、それが本人によって自覚されるときにこそ最も重い罪となるであろう。イエスを三度否定したペテロの立場に涓生は置かれたのである。ペテロはローマで殉教死を遂げたとされているが、その生涯は「クオ・ヴァディス（何処に行きたもうか）」伝説に象徴されるように長く遠い伝道の路を歩み続けている。

魯迅が「愛と死」の中でこの「何処へゆく」という言葉を三度繰り返している点も見落としてはなるまい。既に述べたように、涓生は就職運動のために訪れた知人宅で突如子君の死を知らされる。この年配の知人は久しぶりに訪ねてきた涓生に対し、いきなり子君の死を話題にすることなどせず、世間慣れしたようすでまず涓生が当地には居られぬことを指摘し、就職紹介の依頼に対しては「但那里去呢？（しかし、どこへ行くのか？）」と質ねるのであった。再就職とからめて発せられた「どこへ行く」という問いは、その直後に示される子君の死の報せと結びつくことにより、涓生においては贖罪の道を求める内なる声へと転化するのであった。自責の念に苦しめられつつ、涓生は次のように自問している。

彼女の運命は、僕に与えられた真実——愛なき世の中で死滅するものと決まっていたのだ。もちろん、僕はここにはいられないが、しかし、「どこへ行くのか？」

周囲は広大な空虚で、さらに死の静けさがある。愛なき人々の目の前で死ぬことの暗黒が、僕にはいちいち見えるかのようであり、すべての苦悶と絶望のあがきの声が聞こえるかのようであった。

「僕に与えられた真実」とは、直接には愛が冷めたという告白を指すのであろうが、そのいっぽうで願望から予感にまで推移した子君の「死」の思いにも関連するであろう。換言すれば子君は彼の呪い＝裏切りによって死に至ったと涓生は自覚したのである。

涓生はついに不幸な思い出に満ちた家を出ることを決意する。

しかし、「どこへ行くのか?」新しい生きる道はもちろんまだたくさんあり、僕にはあらまし分かっており、時にかすかに見えもしたので、僕の目の前にあるのだと思ったが、それでも僕にはどこかへ行く第一歩を踏み出す方法が分からなかった。

「どこへ行くのか?」と括弧をつけているところから、第一例の知人の問いが、第二、第三例の涓生の自問を引き出していることが察せられよう。だが、罪を自覚した者が自らの生き方を問いかける言葉として考える場合、涓生の「どこへ行くのか?」という自問は、限りなくペテロの「クオ・ヴァディス」に近づいていると言えよう。(26)

主の命に背いてローマを去ろうとしたペテロが、幻影に見たイエスとの問答の後、再びローマへと帰ったのに対し、涓生は地獄にまで子君を追い求めようとする。

僕はいわゆる死者の霊魂が本当にあり、いわゆる地獄が本当にあればと願っており、そうであれば、たとえ暴風が荒れ狂うとも、僕は子君を探し出し、彼女に向かって僕の悔恨と悲しみとを語り、彼女の許しを求めるか、さもなくば地獄の業火が僕を囲んで、激しく僕の悔恨と悲しみとを焼き尽くすことだろう。

僕は暴風と業火の中で子君を抱いて、彼女の寛容を乞い、あるいは彼女を歓ばすのだ……

しかし現在の涓生に可能なことは、心の奥深き処に罪を抱きつつ新生の道を一歩踏み出すことだけである。「愛と死」は次のように結ばれている。

僕は新たに生きる道に向かって第一歩を踏み出さねばならず、僕は真実を深く心の傷の中に隠し、黙って進まなくてはならない――忘却と嘘とを僕の道案内にして……。

「愛と死」執筆当時に魯迅と親しく往来していた魯迅の学生許欽文《きょきんぶん》(シュイ・チンウェン、一八九七～一九八四)の回想によれば、同作は一九二五年一〇月の執筆一年前から構想されていたという[27]。講演「ノラは……」(一九二三年一二月)から始まり「父の病」(一九二六年一一月)に至るまでの約三年の期間の、ほぼ中心に「傷逝」は位置していたと言えよう。この二〇年代中葉期において、魯迅はさまよえるユダヤ人伝説における永遠の歩みのテーマに基づき、「旅人」を創作し「われ独り歩まん」を訳すいっぽうで、「凧」「父の病」を書き続けながら罪のテーマを追求していた。それがアハスエルスに流浪を運命づけたイエスに対する罵りの罪に対応しているのは言うまでもないが、「凧」においては罪の自覚に、「父の病」においては罪としての裏切りに大きな比重がかけられていた点は興味深い。それはクオ・ウァディス伝説を背景とする「愛と死」の世界へと魯迅を導き、ここにおいて成立したものは罪を自覚せし者に科せられる永遠の安息なき歩みという哲学であった。「愛と死」に至るまでの一連の文学的営為は、魯迅が贖罪の哲学を探り当てるまでの思想的葛藤の記録として読まれるべきであろう。

「愛と死」の中国語原題は「傷逝」――逝去せし者を傷む――であるが、同作は主人公涓生が新生に向かって歩み出すところで終わっている。その姿は殉教死への道を進むペテロよりも、遥かにアハスエルスに近い。涓生は「傷《かな》しみ」つつ「逝《ゆ》かん」と覚悟したのであるから。そして魯迅その人が一九二〇年代後半から三六年一〇月一九日の死まで激動する近代中国史を歩み続ける足跡もまた、さまよえるユダヤ人の姿に似ていた――歩みの方が安息よりまだ心地好い、ですから絶え間なく狂ったように歩み続けるのです、とノラをめぐる講演で自ら語った罪人の姿に。

6　芥川龍之介の自殺

日露戦争(一九〇四〜〇五)が明治日本の近代化=欧化、国民国家の形成のメルクマールであるとするならば、第一次世界大戦(一九一四〜一八)は大正日本に市民社会、大衆文化の出現をもたらした時代と言えよう。文壇では東京帝大、学習院などに在学中から注目を集め、二〇代半ばで職業作家となる青年たちが輩出した。四〇の歳まで大学教師を勤めた夏目漱石(一八六七〜一九一六)、生涯陸軍・官界に身を置いた森鷗外（一八六二～一九二二）の明治とは異質の文壇制度が誕生したのである。

一九一八年、すなわち大正七年の文壇では地滑り的な大変動が生じている。当時の代表的総合雑誌『中央公論』のこの年一月号を開くと、野上弥生子、永井荷風、正宗白鳥など明治以来の既成文学者とともに明治の末から登場してきた有島武郎（一八七八～一九二三）、小山内薫（一八八一～一九二八）、武者小路実篤（一八八五～一九七六）ら新進作家の作品が掲載されている。文芸誌『新潮』に至っては有島の「小さき者へ」、芥川龍之介（一八九二～一九二七）の「首が落ちた話」、武者小路の「ある父の手紙」がずらりと並び、新進大正作家がその誌面を埋めている。翌々年の文壇を「既に局面は転換した。文壇は旧人を葬つた代りに、新人を容れる余地はいくらもある。そこで幾多の新進作家が、続々文壇へ乗り出してきた。つまり今度は正反対に機会が新進作家を造り出したのである」と総括したのは芥川龍之介その人であった(28)。

しかしその後に続く昭和史は金融恐慌（二七年三月）、世界恐慌（二九年一〇月）を時代背景としてマルクス主義、ボルシェビズムが短期間隆盛したのち壊滅するいっぽう、満州事変（一九三一）から太平洋戦争を経て日本国家自体が滅亡に至る歴史であった。この昭和戦前期の精神史をめぐって、渡邊一民は「国家による排他主義が露骨に顕在化する以前に、思想や文学の領域においてまずマルクシズムの絶対化がおこなわれ、一九三〇年代前半に特定の立場からするきびしい統制のおこなわれる不寛容の時代がすでに現出していた」と指摘している(29)。

実は不寛容の時代は、芥川が「既に局面は転換した」と大正新人作家による文壇制覇を宣言した大正一〇年（一九二一）に始まっていた。この年の内務省文書は、『改造』『中央公論』など総合誌の誌面を分析して「実際運動に従事する者又は主義者は中間階級（「労働階級と資本家階級との中間に介在する知識階級及中産階級」を指す——藤井注）を目して資本家階級の傀儡なりとして排斥するを事とするが如し」と総括しているのだ。[30] 階級闘争の激化により中産階級が第一次世界大戦後に築いた市民社会は、早くも否定の対象となったのである。それとともに大正文壇も没落していく。大正天皇が死去し昭和と改元されて半年余り経った一九二七年七月二四日、芥川は「何か僕の将来に対する唯ぼんやりした不安」（「或旧友へ送る手記」）が動機であると書き残して自殺する。当時のジャーナリズムは芥川の自殺について考えられる限りの原因を語っているが、芥川の「ぼんやりした不安」という言葉は知識人たちにより不安の象徴として理解された。

7　芥川と文学革命期の中国

中国では清朝の倒壊（一九一一）そして独裁者袁世凱の死去（一九一六）以来分裂状態が続いたが、第一次大戦を契機に国民国家建設の要求が急速に力を得る。清末以来の西欧式教育制度に育成されてきた新興知識階級は、知的市場の狭隘に苦しみつつも国民国家建設運動の先頭に立っていた。

一九一七年雑誌『新青年』を舞台に胡適《こてき》（フー・シー、一八九一〜一九六二）、陳独秀《ちんどくしゅう》（チェン・トゥシウ、一八七九〜一九四二）らが文学革命論を提唱、これを受けて翌年には魯迅「狂人日記」、イプセン『人形の家』（羅家倫・胡適共訳）、周作人《しゅうさくじん》（チョウ・ツオレン、一八八五〜一九六七）の評論「人の文学」などが続々と発表されている。一九一八年の新文壇形成に至る文学革命とは、専制王朝イデオロギーとしての文言文および清末以来上海・天津などの開港場＝租界都市の買弁を主な読者として発展してきたいわゆる大衆文学鴛鴦《えんおう》蝴《こ》蝶《ちょう》派に対し、新興知識階級が中国に国民国家、共和国建設要求を表現しようと「文化城」北京、「学問山」北京大学を拠点に形成した言説として解釈できよう。

しかし、ロシア革命（一九一七）の衝撃下で国民党、共産党が相次いで革命党として組織化を始める二〇年代ともなると、知識階級は微妙な立場に立たされる。とりわけ民族ブルジョワジーもプロレタリアもほとんど存在せず、そのいっぽう全国の文化人と学生が集中していた北京では、革命諸党派の動きは先鋭化、観念化する傾向にあり、国民国家建設＝市民社会の形成を飛び越え一挙に日本の昭和戦前期を先取りするかのような不寛容な全体主義的状況さえ生まれていた。一九二一年五月に発表された短篇「故郷」はこの時期の動揺する魯迅の心境を語ったものと読めるだろう。

こうして第一次大戦期に足並みをそろえて変革期を迎える日中両国の文壇は、互いの変貌ぶりに注目していた。魯迅と弟の周作人が丸善など東京の書店を通じ、一九一七年以来大量の文芸書を購入していたようすは二人の日記などにより詳細にあとづけることができる。魯迅・周作人共訳で一九二三年六月刊行の『現代日本小説集』には、一五名の作家、三〇篇の短編が収められているが、そのうち武者小路・有島・菊池寛など大正作家が一一名、二一篇を占めていることからも、二人の関心が日本文学のばあい新興大正文壇にあったことは明かであろう。大正文壇のなかでも、魯迅が特に注目していた作家が芥川であった。

魯迅は一九一八年五月に『煙草と悪魔』を手始めに『鼻』『支那游記』など芥川の作品集を次々と購入していた模様であり、芥川が一九二一年四月から七月にかけて上海・北京など中国各地を旅行した際には「鼻」「羅生門」の二篇を北京の中国紙『晨報』に訳載、その後『現代日本小説集』に収めている。魯迅が同書に寄せた「「鼻」訳者附記」は、短いながら次のように記している。

芥川氏は日本の新興文壇における著名な作家である……彼の作品がもっとも多く取り上げるテーマは、希望が叶えられたのちの不安、あるいは不安のただなかにある時の心理であり、この作品はその良き見本であると言えよう。(31)

この一節は日本の文芸誌『新潮』一九一九年一月号掲載の田中純による「文壇新人論」からの引用に続くもので、田中の芥川論をほぼ踏襲している。日本の文芸誌にまでも目配りを怠らなかったことからも、魯迅が芥川に示した関心の深さが窺えよう。芥川の魯迅に対する影響は、倦怠した都市知識人が庶民の真心に触れ人間への信頼と希望とを取り戻す小事件を描いた芥川「蜜柑」と魯迅「小さな出来事」(32)、日露戦争における日本軍による中国人スパイの死刑執行を描いた芥川「将軍」の一場面と魯迅「『吶喊』自序」の「幻灯事件」の一節など個々の作品レヴェルにまで及んでいる。

いっぽう芥川の訪中は「嫩草《わかぐさ》の如く伸びんとして居る……若き支那の面目を観察(33)」すべく大阪毎日新聞社より派遣されたものである。芥川は北京滞在中に地元紙『晨報』で魯迅訳を目にし、「自分の心地がはつきりと現れてゐると喜び驚い」たと北京の邦字紙に語っており(34)、『現代日本小説集』刊行から二年近くのちの一九二五年三月に「日本小説の支那訳」というエッセーを書いて「現代日本に行われる西洋文芸の翻訳書に比べてもあまり遜色はないのに違ひない」と高く評価しているのである(35)。

このように魯迅と芥川との間には同時代文学者として親しい関係を持ち得た一時期が存在したのだが、日中両国が不寛容な時代を迎えると、芥川は神経衰弱による自殺に追い込まれていき、魯迅は別の道を歩んでいく。

このような魯迅と芥川龍之介とが共に本章のテーマである「さまよえるユダヤ人」伝説に深い関心を寄せている点は興味深い。

8　芥川の短篇小説「さまよへる猶太人」

さまよえるユダヤ人伝説をめぐって、芥川は「切支丹（キリシタン）もの」の一つとして短篇小説「さまよへる猶太（ユダヤ）人」を『新潮』一九一七年六月号に発表している。物語は作者芥川を彷彿させる語り手の「自分」が、近々入手した「文禄年間」古文書の中に、キリスト教布教のため一五四九年に来日したザビエル神父が平戸から九州本土へ渡る船中でアハスエルスに出会い、この永遠の旅人と交わした対話の記録を見つけた、という芥川一流の虚実絡み合いのうちに展開される。アハスエルス（小説では洗礼を受けてヨセフという名を貰っている）はザビエルに問われるままイエス「御受難の御有様」を語り始めるが、やがて芥川の筆はアハスエルスの内面の解剖へと進む……。

「行けと云ふなら、行かぬでもないが、その代り、その方はわしの帰るまで、待つて居れよ」というイエスの呪いを耳にするや、彼は「熱風よりもはげしく、刹那に彼の心へ焼けつくやうな気持ち」を覚え「思はず往来に跪いて、爪を剥してゐるクリストの足に、恐る恐る唇をふれよう」として、「云ひやうのない後悔の念が、心の底から動いて来るのを意識」する。そして最後にアハスエルスはザビエルにむかい次のように言い切るのである。

「されば恐らく、えるされむは広しと云へ、御主を辱めた罪を知つてゐるものは、それがしひとりでござらう。罪を知ればこそ、呪もかゝつたのでござる。罪を罪とも思はぬものに、天の罰が下らうやうはござらぬ。云はゞ、御主を磔柱《はりき》にかけた罪は、それがしひとりが負うたやうなものでござる。但し罰をうければこそ、贖ひもあると云ふ次第ゆゑ、やがて御主の救抜を蒙るのも、それがしひとりにきはまりました。罪を罪と知るものには、総じて罰と贖ひとが、ひとつに天から下るものでござる。(36)」

本来贖罪を主題とする「さまよえるユダヤ人」伝説に対し、罪を自覚した者こそが救われるという自覚者の誇りと救済の確信という新しい解釈を示したところに、芥川の才気が窺われよう。イエスに対する罪の意識にさほど悩むこともなく、永遠の歩みに苦痛を覚えているふうでもない芥川版アハスエルス——このような「さまよえるユダヤ人」像は、若き文壇の旗手芥川の溢れるほどの自信と、大正期市民社会の未来に対する楽天的ともいうべき信頼に裏づけられていたのであろう。

芥川は同作発表から二年後、短篇小説「尾生の信」で「昼も夜も漫然と夢みがちな生活を送りながら、唯、何か来るべき不可思議なものばかりを待つてゐる」とも記した。(37)自覚者のみに訪れる救いを待ち続けた芥川は、その後も漂泊者を主人公とする小説のなかで登場人物たちに「さまよへる猶太人」の名をかぶせている（一九二四年四月「第四の夫から」、一九二六年一一月「彼第二」）。しかし知識階級が革命に対する罪を問われ市民社会の楽園を追放されようとしたとき、芥川は罪人アハスエルスの道を歩むことなく自死の道を選んだのである。

9　魯迅における贖罪としての歩み

芥川龍之介の「さまよへる猶太人」発表と芥川の自殺とのほぼ中間時点にあたる一九二一年、魯迅は短篇小説「故郷」を発表している[38]。同作は、「希望とは本来あるとも言えないし、ないとも言えない。これはちょうど地上の道のようなもの、実は地上に本来道はないが、歩く人が多くなると、道ができるのだ」という言葉で結ばれている。「故郷」以後の魯迅文学には、西方の呼び声に駆られて歩み続ける中年の男を描いた詩劇「旅人」、伊東幹夫の詩「われ独り歩まん」の翻訳など、しばしば歩みのテーマが登場しており、しかもこの歩みのテーマと同時期に魯迅は「愛と死」、「凧」、「私の父」など恋人や肉親に対する贖罪し得ぬ罪のテーマを繰り返し描いている。特に「愛と死」が「僕は新たに生きる道に向かって第一歩を踏み出さねばならず、僕は真実を深く心の傷の中に隠し、黙って進まなくてはならない――忘却と嘘とを僕の道案内にして……」という言葉で終わっていることは、すでに述べた。

それにしてもなぜに罪は歩みという行為により贖われるのか。一九二三年一二月北京女子高等師範学校で行った講演「ノラは家を出てからどうなったか」を再び思い出そう――『人形の家』の主人公を中国における自由恋愛、女性解放のシンボルとして崇拝する女子大生たちに向かい、一時的な激情に駆られ過激な行動に出ていたずらに犠牲を増やすのではなく、粘り強い闘いにより女性の経済的権利獲得を目指すべきであると説きながら、魯迅は講演末尾で一転して「進んで犠牲となり苦しむことの快適さ」を語り始め、その特殊な例として呪いを受け永遠に歩み続けるアハスエルスに触れ、「歩みのほうが安息よりまだ心地よい、ですから絶え間なく狂ったように歩み続けるのです」と述べていたことを。

贖罪としての歩み——それは「さまよえるユダヤ人」伝説がある種の触媒作用を果して魯迅文学に現出せしめたものであるといえよう。芥川作品の翻訳に際し、『煙草と悪魔』を通読した魯迅は、この作品集に収められた「さまよへる猶太人」にも目を通し、このふしぎな伝説を心の片隅にとどめ置いたものであろう。のちに不寛容の時代を迎えたとき、魯迅は、誇りと自信に充ちた芥川のさまよえるユダヤ人像に対し、罪とその自覚の意味を今一度新たに解釈し直すことにより、贖罪のため自らに永遠の歩みを課す新しいアハスエルス像を創り出したのではあるまいか。

市民社会の形成、国民国家建設と同時にボルシェビズムの統制を受けねばならなかった魯迅の場合、「罪」の観念はその自覚が故に「救抜」をもたらすとともに「罪」がゆえに歩み続けねばならぬという二重の相反する心理的拘束をもたらした。それは「絶望の虚妄なることは、まさに希望に相同《あいおな》じい」（一九二四年一月、『野草』「希望」の章）という魯迅の矛盾に充ちた、しかし透徹した認識に連なるものである。魯迅と芥川における「さまよえるユダヤ人」伝説受容の過程で露わとなった微妙な、しかし生死を分けるほどに決定的な解釈の差異は、二人の資質的相違とともに日中両国における近代化の時間差、空間差によるものであったといえよう。

II——魯迅から日本作家へ

第5章――魯迅と佐藤春夫
両作家の相互翻訳と交遊

1 佐藤春夫の同時代中国・台湾へのまなざし

佐藤春夫（一八九二～一九六四）の家系は中国の詩文を好み、祖父は鏡野隠逸と名乗って漢詩集『鏡村詩集』を残し、父もまた鏡水と号したという。これについて佐藤は「偶々わが家は医家としてその修業上漢文の必要が多かつた上に代々聊かは詩文の嗜好を持つた人があつたから自然明清文化の影響を受け……」と述べている（「からもの因縁――「支那雑記の序として」」）。このような家系の影響を受けてか、彼自身も『車塵集』（一九二九）、『玉笛譜』（一九四八）など中国古典詩の翻訳を上梓した。佐藤はこのように中国古典への造詣が深かっただけでなく、同時代の中国・台湾にも深い関心を寄せていた。

佐藤が一九二〇年の訪台をきっかけとして小説「女誡扇綺譚」や旅行記「殖民地の旅」などで語り始める日本の植民地支配に対する批判と台湾ナショナリズムへの共感については、私は拙著『台湾文学この百年』（東方書店、一九九八）所収の論文「大正文学と植民地台湾」で詳しく述べた。この台湾旅行の一年後には、中国からの留学生でのちに著名な文学者となる田漢《でんかん》（ティエン・ハン、一八九八～一九六八）、郁達夫《いくたっぷ》（ユイ・ターフー、一八九六〜一九四五）らを自宅に招き、親しく交際している。日本と中国・台湾との近代文学はその誕生以来、深い交流の歴史を刻んできたが、佐藤はその歴史の中でも大正期から昭和初期にかけて、「友愛」のまなざしを中国・台湾の文学者に注いでいたのであり、魯迅との深い友情はそのような友愛のまなざしの内で結ばれたのである。

2　魯迅編訳『現代日本小説集』

若き留学生の郁達夫が東京で佐藤春夫に入門した頃、北京では魯迅が弟の周作人《しゅうさくじん》（チョウ・ツオレン、一八八五〜一九六七）と共に『現代日本小説集』の刊行を準備中であった。同書は日本の同時代作家一五名による三〇篇の短篇を収めた中国初の近代日本文学アンソロジーで、一九二三年六月に中国最大手の出版社であった上海・商務印書館から刊行され、その後の中国文壇に大きな影響を与えている(1)。魯迅が翻訳したのは夏目漱石・森鷗外・有島武郎・江口渙・菊池寛・芥川龍之介の六名による一一篇であり、残りは周作人が担当した。この周作人訳の中に佐藤春夫のエッセー、小説計四篇が収められているのだ。佐藤の作品選択に際しては、魯迅の意向が作用していたようすで、一九二一年八月二九日に、当時北京郊外で病気療養中だった周作人に魯迅から送られた次のような手紙が残されている。

『日本小説集』目録はこれで大変結構だが、たとえば加能など数人の数篇は省いてもよいだろうし、また佐藤春夫はもう一篇別のを加えた方がよいのではないか(2)。

「加能」とは自然主義作家で、当時『支那人の娘』『誘惑』などの短篇集を出していた加能作次郎（一八八六〜一九四一）のことであろう。魯迅の提案により加能作次郎の作品は選から漏れ、佐藤春夫が四篇収録されることになったのである。

『現代日本小説集』には「附録」として簡単な作家紹介が記されており、佐藤の項目は以下の通りである。


佐藤春夫（Sato Haruo）は一八九二年に生まれ、現代の詩的小説家である。芥川龍之介はこう述べている。

「佐藤春夫は詩人なり……されば作品の特色もその詩的なる点にあり。

佐藤の作品中、道徳を諷するものなきにあらず、哲学を寓するもの亦なきにあらざれど、その思想を彩るものは常に一脈の詩情なり。

佐藤の詩情は最も世に云ふ世紀末の詩情に近きが如し。繊婉にしてよく幽渺たる趣を兼ぬ。」

彼の作品にはまた豊富な想像が満ちており、これも特徴といえよう。谷崎潤一郎は彼の『病める薔薇』に序を記して次のように述べている。〔以下略〕(3)

こうして芥川の人物記「佐藤春夫氏の事」（『新潮』一九一九年六月号）と谷崎の言葉を引用した佐藤紹介は訳者の周作人の筆によるものと推定されるが、作品選択の経緯を考えると、おそらく魯迅の意見をも反映したものであったろう。『現代日本小説集』については芥川が佐藤の名も含む同書収録作者の一覧を掲げた上で「現代日本に行われる西洋文芸の翻訳書に比べてもあまり遜色はないのに違ひない」(「日本小説の支那訳」一九二五年三月)[4]と高く評価しており、魯迅兄弟による翻訳紹介の一件はおそらく佐藤の耳にも届いていたものと思われる。

この紹介は、収録四作品が『幻灯』『美しき町』『お絹とその兄弟』(一九一九〜一九二一年刊行)三冊の短篇集から選出されたことも明らかにしている。

「私の父と父の鶴の話」は「藤野先生」「范愛農」などで知られる魯迅の自伝的小説『朝花夕拾』と相通じる題材と筆致である。本作は語り手の父に飼われていた丹頂鶴が、泥棒猫退治のためお抱えの人力車夫により仕掛けられた毒入り餅を食べて死ぬまでを描いている。魯迅『朝花夕拾』にも幼年期にペットの小鼠を養育係のメイドに踏み殺されたときの怒りを綴った短篇「犬・猫・鼠」が収められている。本作に啓発されて魯迅が『朝花夕拾』を執筆した可能性も想像できよう。最初『大阪朝日新聞』夕刊に一九一九年七月二三日から八月二日まで連載された「わが生ひ立ち」という幼少期の連作回想文の内の一作で、佐藤の短篇集『幻灯』(新潮社、一九二一年一〇月)に収録された。

「「たそがれの人間」」は語り手で作家の「僕」が、自分のところに届いた二二歳の「少年作家」の手紙を全文紹介するという短篇小説で、その高等遊民にして頽廃的な暮らしぶりからは郁達夫の短篇小説「茫々たる夜」(一九二二)が連想される。題名にはかぎ括弧が付されており、一九二一年一〇月発行の『文章倶楽部』に発表されたのち、『幻灯』に収録された。

「形影問答」は語り手の「私」による、「月から、この哀れな星」に「孤独と退屈との研究」のために来た人にして「私」の影でもある者との対話の記録である。魯迅の散文詩集『野草』にも同様の形式の作品「影の告別」（一九二四年九月作）がある。一九一九年四月発行の『中央公論』に発表されたのち、『美しき町』（天佑社、一九二〇年一月）に収録された。(5)

「雉子の炙肉」は『論語』「郷党」編に見える野鳥のキジをめぐる孔子とその弟子の子路との応酬をめぐる一節を短篇小説としたものである。『論語』のこの一節は幾つもの解釈がなされてきた「よく分からない、謎のような章」であり、佐藤は老年の孔子の枯れた心境を若い子路が食欲と誤解したと解釈している。(6)このような古典に取材した小説は、魯迅が『故事新編』（一九三六年刊行）で描く伯夷叔斉兄弟が忠孝の倫理に殉じて餓死した物語「采薇」や、老子が函谷関の西方に去ったという伝説に取材した「出関」などを連想させる。『読売新聞』一九一六年一一月一二日に掲載後、佐藤の短篇集『お絹とその兄弟』（新潮社、一九一九年二月）に収録された。

私は本書の各章で夏目漱石『坊っちゃん』、森鷗外「舞姫」、芥川龍之介「毛利先生」らの魯迅への影響を指摘しているが、佐藤春夫作品の魯迅における受容も忘れてはなるまい。

3　佐藤訳岩波文庫『魯迅選集』

『現代日本小説集』による佐藤紹介から一〇年ほどが過ぎた一九三〇年代には、今度は日本における魯迅紹介の労を佐藤が執ることになる。そしてこの三〇年代日中文壇交流においてメッセンジャー役を勤めたのが中国文学者の増田渉であった。東京帝国大学文学部支那文学科在学中から佐藤に師事していた増田は、一九三一年三月に佐藤より上海・内山書店の経営者内山完造宛の紹介状を得て当地に渡った。魯迅は内山書店に毎日のように姿を現しここを客間代わりとしており、増田によればその後の展開は次の通りである。

佐藤氏の紹介状を内山氏に渡し、内山氏は私を魯迅に引き合わせてくれたわけだが、それから一二月の末まで、上海事変直前の不穏な空気から、やむなく上海を引き上げるまで、私は魯迅の家に毎日出かけ、中国の文学について、いわば個人教授をうけることになった。(7)

魯迅の「強烈な人格に打たれた」増田が「いまの中国にはこのような人のいることを、このような人の出てくる中国の現実とともに日本に報らせたい」と願って一〇〇枚ほどの「魯迅伝」を書き上げて佐藤に送ったところ、佐藤は「魯迅伝は早速一読、甚だ面白しと存じ候、面白きに非ずして魯迅先生の偉大に感じたりと申す方適切」と感動し、折から刊行されていた松浦圭三訳『阿Q正伝』を「小生早速一読、最大の感心を致候、幸に時代を同じくせるに、不幸所を異にして靴の紐を解く不能を歎じ、貴君の幸福を羨望し居る次第也、〔中略〕ともあれ、先生に対する小生が最大の敬意をお伝へ下され候よう願上げ候」という返事を送ってきたという。それればかりか無名の新人であった増田の原稿が『改造』『中央公論』という当時の二大総合雑誌では採用にならないと知るや、佐藤は『改造』社長の山本実彦に「社員ではわからぬ、君が直接よんでくれ」と直談判するという「未曾有の努力」をして「魯迅伝」の『改造』一九三二年四月号掲載に尽力したのであった。この年の『中央公論』一月号にも佐藤は自ら魯迅の短篇「故郷」を訳している。

このように魯迅紹介に尽力していた佐藤のもとに岩波文庫版『魯迅選集』刊行の話が持ち込まれると、佐藤は増田と共訳でこれに応えている（図5－1）。佐藤自身の訳は「故郷」と「孤独者」の二篇であるが、日本の代表的作家が編訳した文庫本が、魯迅を広く日本に紹介するのに大いに役立ったことは言うまでもあるまい。増田によれば『魯迅選集』は「だいたい十万部くらい」売れたという。この時期には佐藤は健康の優れぬ魯迅を日本での療養に招こうと奔走しており、そんな佐藤の厚情に対し、魯迅は内山完造宛ての日本語書簡で、次のように謝辞を述べている。

> 日本に行ってしばらくの間生活する事は先から随分夢見て居たのですが併し今ではよくないと思ひましてやめた方が善いときめました。〔中略。魯迅の日本生活を支える為に——藤井注〕佐藤先生も増田様も私の原稿の為に大に奔走なさるだろーの〔ママ〕ですから、そんな厄介なものが東京へ這入込むと実によくないです。私から見ると日本にも未、本当の言葉を云ふ可き処ではないので一寸気を附けないと皆様に飛んだ迷惑をかけるかも知りません。〔中略〕皆様の御好意は大変感謝します。増田君の「アドレス」を知らないから御伝言を願ひます。殊に佐藤先生に。私は実に何と云って感謝の意を表はすべきか知らないほど感謝して居りま

図5-1 『魯迅選集』佐藤春夫・増田渉訳，岩波文庫，1935年

す。〔一九三二年四月一三日〕[8]

4 「『北平箋譜』一部を佐藤春夫君に送る」

和歌山県新宮市にある佐藤春夫記念館には晩年の魯迅から贈られた『北平箋譜《ほくへいせんぷ》』がその文雅なる姿を広げている。『北平箋譜』とは魯迅が友人の鄭振鐸とともに編集に取り組み、一九三三年に「中国版画史上に不朽の傑作でないまでも、まずは小品芸術史の足跡を見てとれる」[9]という序文を付して刊行した、明清時代から北京に伝わる木版水印の大型便箋の復刻である。三〇〇余枚を収集し限定一〇〇部で刊行したもので、人物・山水・花鳥の美しい絵が淡い彩りで描かれそれぞれに詩文が添えられている。

魯迅が『北平箋譜』を増田渉に贈ったのは一九三四年二月のこと、翌月には増田から受け取りの礼状が届いている。おそらくその中で増田は佐藤がこの美装本を所望していると知らせたのであろう、三月二七日の魯迅日記には「『北平箋譜』一部を佐藤春夫君に送る」と記されている。しかし何らかの理由で配達が遅れたようすで、四月一一日には魯迅は増田に「四月六日の手紙は拝見しました。／佐藤先生には三月二十七日にもう北平箋譜一函小包にて送りましたが四月五日に未つかないのだからどうもおそ過ぎます」と書き送っている。そして同月二八日の日記に記された「佐藤春夫より手紙」とは美本の到着を待ち焦がれていた佐藤からの礼状であったのだろう[10]。

一九三六年一〇月一九日上海にて魯迅逝去の報せに接した佐藤は、『中外商業新報』一〇月二一日号にエッセー「月光と少年と」を寄せて、次のように追悼している。

魯迅の作品を少し注意して読むと〔中略〕きつとどこかに月光の描写と少年の生活とが表れてゐるのは不思議なばかりである。惟ふに、月光は東洋の文学の世界に於ける伝統的な光である。また少年は魯迅の自国に於ての将来の唯一の希望であつた。中華民国の全部が自分を殆んど絶望させるにしてもまだ真に絶望するには足らぬ、この国にも無数の子供等がゐるといふやうな意味を魯迅の文中から読んだのを忘れないでゐる。月光を魯迅の伝統的な愛とすれば少年は将来への希望と愛とであつた。

一九三七年に日中戦争が始まると、佐藤は往年のリベラリズムを捨て、文学者海軍班の一員として武漢作戦に従軍し戦意高揚の戦争詩集を刊行するなど、日本の中国侵略を支持している。その間には郁達夫をモデルとして中国文化人の対日協力を描いたシナリオ「アジアの子」(『日本評論』一九三八年三月号)を発表、これに激怒した郁が、日本の文士は下等な娼婦よりもなお劣る、と痛罵する「日本の娼婦と文士」を発表して師弟関係を謝絶する事件も起きている。佐藤と魯迅との親密な交流に注目する人が少ないのは、このような佐藤の戦争協力問題にも原因があるのだろう。それでも佐藤の故郷新宮市に立つ佐藤春夫記念館の一隅を飾る美本『北平箋譜』は、かつての二文豪交遊の美しき証言者と言えよう。その扉裏には「佐藤春夫先生雅鑒　魯迅　一九三四年三月二十七日　上海」という献辞が記され、奥付には全一〇〇部中の第八四部と書かれているのである。

第6章——魯迅と太宰治

竹内好による伝記小説『惜別』批判をめぐって

1　魯迅日本留学時代の伝記小説

太宰治（一九〇九〜四八）の『惜別』という作品は、日本留学時代の魯迅をモデルとして、太平洋戦争末期に執筆された小説である。「東北の片隅のある小さい城下町」出身で、その後は東北地方の某村で開業している老医師が、「四十年も昔」に仙台医学専門学校（現在の東北大学医学部）で同級生であった魯迅との交友、担任教授の藤野先生との交流を回想するという形式で語られている。こうして書きあげられた伝記小説は、事実関係もよく押さえた上で、太宰らしい豊かな想像力でナイーブな若い中国人留学生像を描き出しており、一種のすぐれた「初期魯迅」論となっている。しかし『惜別』によい評価が与えられることは少ない。

『惜別』は日本敗戦の翌月である一九四五年九月に朝日新聞社から刊行されたが、創作準備は前々年から開始されており、その様子は、太宰の友人作家で『魯迅伝』（一九四一）の著者でもある小田嶽夫らに宛てた書簡から窺える（一九四四年一月二八日、同年八月二九日）。太宰は小田の『魯迅伝』や日本語版

『大魯迅全集』全七巻（改造社、一九三六〜三七）を読んだ上、その年の一二月には「仙台医専の歴史調査のため……仙台市の歴史を知るため」現地に滞在してもいるのだ。(1)

尾崎秀樹が指摘するように、この作品は大東亜会議（一九四三年一一月）における「大東亜各国は相互に自由独立を尊重し……大東亜の親和を確立する」という共同宣言に則り、内閣情報局と日本文学報国会との委嘱と助成金を得て書かれた。(2) 日本にとって太平洋戦争開戦の目的は、米英の経済封鎖に対し資源と市場を確保するためのいわゆる「自存自衛」であり、一九四一年一二月の開戦後は、東アジアにおいて英・米・蘭の帝国主義諸国に代わる新たな侵略者として君臨していた。だが四三年四月中国大使から外相に就任した重光葵は、来るべき日本の敗戦を予測した上で、アジア諸国に独立を与えアジア解放の理念を戦争目的の正面に据えようと図った。日本が中国・南京政権に対し四三年一月外国租界を還付し治外法権を撤廃したのを皮切りに、アジア諸国に次々と独立を与えたのはこのような大東亜外交の実践であり、東京における大東亜会議はその総仕上げであったのだ。(3)

このような状況下における太宰の戦争協力をめぐっては、浦田義和が「大東亜各国独立親和」宣言の主題化という「公」的側面と文学が本来持つ「私」的側面との葛藤という図式で読むいっぽう、川村湊はむしろ太宰がこの公的課題に答えるものを持つことなく、「私」的な「道徳観、清潔感」しか提示できなかった点を指摘し、「太宰は、魯迅の文学も人間も、ほとんどとらえそこなっている」と批判している。(4) はたしてそうであろうか。

2 「竹内『魯迅』の衝撃」という誤読

そのいっぽうで川村湊は「竹内好の『魯迅』が、太宰に衝撃を与えたのは当然のこと」とも述べている。竹内好（たけうちよしみ、一九一〇～七七）とは太宰とほぼ同年の中国文学研究者で、東京帝大で現代中国文学を学び、一九三四年三月の卒業前後に武田泰淳らとともに中国文学研究会を発足させ、戦時中の四三年一一月に評論『魯迅』を書き上げている。彼は脱稿の翌月に召集令状を受けて入隊、中国戦線へと送られ、『魯迅』が盟友武田の校正により四四年一二月に刊行された際には、竹内の希望で太宰にも献呈されていた。そして太宰も竹内『魯迅』をめぐって「『惜別』あとがき」で次のように記しているのである。

小田氏にも、「魯迅伝」といふ春の花のやうに甘美な名著があるけれども、いよいよ私がこの小説を書きはじめた、その直前に、竹内好氏から同氏の最近出版されたばかりの、これはまた秋の霜の如くきびしい名著「魯迅」が、全く思ひがけなく私に恵送せられて来たのである。私は竹内氏とは、未だ一度も逢つた事が無い。しかし、竹内氏が時たま雑誌に発表せられる支那文学に就いての論文を拝読し、これはよい、などと生意気にも同氏にひそかに見込を附けてゐたのである……その本の跋に、この支那文学の俊才が、かねてから私の下手な小説を好んで読まれてゐたらしい意外の事実が記されてあつて、私は狼狽し赤面し、かつはこの奇縁に感奮し、少年の如く大いに勢ひづいてこの仕事をはじめたというわけである。

太宰がここで小田『魯迅伝』を「春の花のやうに甘美」と評したのに対し、竹内『魯迅』を「秋の霜の如くきびしい」と評したのには、以下のような理由があるのだろう。それは前者がもっぱら感動的偉人伝に終始しているのに対し、竹内『魯迅』がなんの批評も解説もせぬまま「魯迅の小説はまずい」と独断した上で、魯迅の名作短篇を次から次へと「「石鹼」は愚作であり、「薬」は失敗作である」「「傷逝」［「愛と死」――藤井注］を私は悪作と思う」などと批難し、政治と文学をめぐって魯迅論としては不毛な議論を行っていたためであろう。(5)私が「不毛」と評価するのは、戦時下の竹内自身にとってはその著『魯迅』で主題とした「政治と文学」は極めて深刻な意味を持っていたのであるが、魯迅が生きた一九〇〇年代から三〇年代の中国における政治と文学の状況は、竹内が直面していた戦時日本的状況とは相当に異なっていたからである。

太宰は竹内の批評の名にも値しない独断的魯迅批判に対し強い違和感を覚えながらも、おそらく中国文学者である竹内が、他ならぬ中国戦線に送られたという悲劇的な状況に同情して、「秋の霜の如くきびしい」と遠回しに異論を唱えたのであろう。ところがこの「秋の霜の如くきびしい」という太宰の竹内批判が、いつの頃からか太宰が竹内『魯迅』に「深い衝撃を受けた」と誤読されたのである。たとえば奥野健男は新潮文庫版『惜別』の解説（一九七三）に次のように記している。

自分と違う、つまり自分には引寄せきれぬ魯迅像を知り、小田嶽夫の『魯迅伝』をもとに形成された小説世界の破綻を感じた。しかし戦争最末期の何が何でも小説を書こうという百姓の糞意地である。竹内好の魯迅をも、自分に引き寄せ、魯迅を借りて内容は魯迅ならぬ太宰治自身の自己表白の物語を書いた。

だが太宰は竹内『魯迅』に「自分には引寄せきれぬ魯迅像を知り……小説世界の破綻を感じた」などとは一言も語っておらず、それどころか「この奇縁に感奮し、少年の如く大いに勢ひづいてこの仕事をはじめた」と書いているのである。竹内『魯迅』の思い込みたっぷりの気負った文体の独断的感想文風の魯迅批評を読んで、むしろ太宰はこの「やはりこの世の中には、文芸といふものが無ければ、油の注入の少い車輪のやうに、どんなに始めは勢ひよく回転しても、すぐに軋つて破滅してしまふものかも知れない」という思いを再確認したのではあるまいか。「やはり……」という引用の一句は、『惜別』において語り手の「私」が青年魯迅の語る文芸論に対する感想である。

竹内『魯迅』の衝撃→小田『魯迅伝』に基づく構想の破綻→留学生魯迅の描写ではなく太宰自身の自己表白――このような一面的な『惜別』批判の構図が形成されるに際しては、敗戦後の一九四六年六月に中国戦線より復員してきた竹内自身が、誤読と偏見とによる独断的な『惜別』批判を行ったことも大きく影響しているのであろう。竹内の最初の『惜別』批判である「『藤野先生』」（一九四七年三月）から引用したい。

日露戦争の幻燈を見て喝采し、その幻燈の一枚に、スパイとして銃殺される中国人が出て来、それ

> を「取囲んで見物している群衆も中国人」であり、それを見ている「教室の中にはまだ一人私もいた」のを構わずに、というより構いようのないことを当惑せずに、無心に喝采を送る一般学生や、の〔ママ〕中に雑って藤野先生はいたのである。医学をやめて文学に転ずるという理由で、「惜別」と書かれた藤野先生の写真一枚を懐にして、仙台を立去ることによって、魯迅はこの屈辱から逃れている。〔中略〕「藤野先生」が書かれるまでには、屈辱が愛と憎しみへはっきり昇華して回顧されるための長い生活の時間が費されているのである。そして、魯迅が作品行動によって仙台退去を確実なものにした後でも、世話好きな好人物や、小心な学生幹事や、恐らくは藤野先生でさえも、魯迅の仙台退去原因については、その当時理解しなかったと同じように今でも理解してはいない。〔中略〕太宰治の「惜別」は、この問題を解決していない。「惜別」の中の魯迅が、太宰式の饒舌であったり、また「孔孟の教」という、魯迅の思想とはまるきり反対の、一部の日本人の頭の中だけにある低級な常識的観念をふり撒いたり、また嘲笑者であるべきはずの「忠孝」の礼讃者であることなどは、この作品とその作家が持っている制約を基として論じなければならぬだろうから、私は問わない。〔中略〕魯迅の受けた屈辱への共感が薄いために愛と憎しみが分化せず、そのため、作者の意図であるはずの高められた愛情が、この作品には実現されなかったのではないかと思われる。[6]

竹内の太宰批判は、主に①幻灯事件への理解が不足、②魯迅思想を歪曲して儒教礼讃をさせた、の二点に集約できよう。①幻灯事件についてはすでに本書第1章で述べたが、魯迅作品の「藤野先生」によれば、藤野教授は解剖学担当で、「幻灯事件」は細菌学の授業で起きており、「幻灯事件」の現場に「藤野先生はいた」というのは竹内の誤読である。[7] このような誤読に基づいて、竹内は太宰に対し「魯迅が受けた屈辱への共感が薄い」と批判しているが、むしろ竹内の方が過剰に「屈辱への共感」を抱いているために、自らの誤読に気付かなかったのではあるまいか。そもそも「藤野先生」が書かれたのは、魯迅の仙台留学時代より二〇年以上ものちのことであるのを忘れてはなるまい。幻灯事件とはこの長い歳月を経て魯迅の胸中に形成された「物語」であり、それは回想された当時(一九〇五)を語るというよりも回想する現在の自己を語ったものと考えるべきであろう。

②儒教礼讃に関して、竹内好は約一〇年後の二度目の太宰批判エッセーである「花鳥風月」(一九五六年一〇月)でも、次のように繰り返している。

花鳥風月は、しかし日本人の心性には向いているので、たとえば一見、花鳥風月には反対のような太宰治の『惜別』にしろ、私はどうも花鳥風月を感じる。これはまた、おそろしく魯迅の文章を無視して、作者の主観だけででっち上げた魯迅像——というより作者の自画像である。たとえば作中の魯迅が、儒教の礼讃をやるなど、かりに留学時代の魯迅の文章をよまなかったにせよ、晩年の文章だけ見ても、儒教的秩序に反抗したくて日本へ留学したとハッキリ書いてあるのに、強引にそれを無視している。この作品を書いたときの事情が、作者に曲筆を強いたという説には、私は同意しない。作者は曲筆のつもりではいないのだ。[8]

竹内は最初の太宰批判エッセー「『藤野先生』」では、魯迅が『惜別』において「『忠孝』の礼讃者であることなどは、この作品とその作者とが持っている制約を基として論じなければならぬだろうから、私は問わない」と留保していた。陸軍に招集されて中国戦線に送られた経験を持つ竹内は、太宰が受けていた戦時中の言論統制を考慮していたのだろう。しかし初回の太宰批判から九年後の「花鳥風月」では、戦時中の「この作品を書いたときの事情」による「曲筆」の可能性を否定して、さらに厳しく太宰を批判したのだ。

確かに『惜別』の中には魯迅が「天皇陛下の御ためにつくせ、と涼しく言ひ切つてゐますね。まるで、もう natürlich なのですね。日本人の思想は全部、忠といふ観念に einen されてゐるのですね」と語る場面もある。戦時中の厳しい検閲下ではこのような表現が必要であったという事情も想像されるが、そもそも東京で入営する兵士を送る幟旗に「戦死を祈る」と記されているのを目撃した梁啓超《りょうけいちょう》(リアン・チーチャオ、一八七三〜一九二九)が、明治日本の尚武の精神を讃美したのは、魯迅来日のわずか数年前ではなかったか(9)。梁啓超といえば清朝の構造改革をめざして挫折した戊戌政変(一八九八)の指導者の一人であり、彼が編集していた革新派機関誌『時務報』は、日本留学以前の魯迅の愛読誌であった。そして魯迅自身も仙台医専入学前年に東京で「スパルタの魂(10)」という古代ギリシアの第二次ペルシア戦争に取材した小説を書いて、古代スパルタ人夫婦の尚武の精神を賞讃しているのである。但しこのような尚武の精神は儒教本来の思想ではない。

また太宰は魯迅に儒教の礼の思想を讃美させてはいるものの、「儒者先生たちの見えすいた偽善の身振り」は、魯迅自身の文章に基づいてきっちりと批判している。ちなみに八〇年代の泉彪之助らの研究によれば、藤野先生自身が熱烈な儒者で、幼い息子に『孝経』を暗唱させていたという(11)。

竹内は二度目の太宰批判から約一年後に、三度目の批判となる「太宰治のこと」（一九五七年一二月）を発表した。

『魯迅』を書きあげて間もなく召集がきたときは、跋を武田にたのみ、あわせて、寄贈者名簿に太宰治の名を加えた。〔中略〕太宰治は私の留守宅あてにはがきの礼状をよこしていた。そこに彼らしいきちょうめんな一面が感じられた。のみならず、彼に『惜別』という作品があり、そこで私の『魯迅』が利用されていることをはじめて知った。しかし『惜別』の印象はひどく悪かった。彼だけは戦争便乗にのめり込むまいと信じていた私の期待をこの作品は裏切った。太宰治、汝もか、という気がして、私は一挙に太宰がきらいになった。〔中略〕この作品が彼の命とりになるかもしれないという予感がした。作品のできはともかくとして、『惜別』における魯迅の思想のとんでもない誤解にだけは抗議しなければならぬと、私は考えた。そして「藤野先生」という短い文章を『近代文学』に書いた。これを私は太宰治への挨拶のつもりで書いたのだが、反応はなかった。(12)

確かに太宰は一九四七年以後の晩年一年半の間には、太田静子と愛人関係を結ぶいっぽう、『斜陽』や『人間失格』を執筆するなど生き急いでおり、四八年六月に別の愛人の山崎富栄と心中してしまう。そのような最晩年の太宰には、生前の一九四七年三月に竹内が行った初回の『惜別』批判に目を通す余裕はなかったのであろう。いっぽう、竹内の太宰批判は、太宰の死後は粗略になっている。すでに述べたように、「『惜別』における魯迅思想のとんでもない誤解」とは、もっぱら竹内自身の魯迅作品の誤読に基づく偏見であり、『惜別』の魯迅像は竹内による批判とは反対に、魯迅の実像に肉迫しているというべきであろう。むしろ『惜別』は竹内好の「魯迅の小説はまずい」という「とんでもない誤解」に対する太宰の「抗議」としても読めるのではあるまいか。

魯迅が仙台医専を中退し文学運動を始めた原因を、太宰は幻灯事件にではなく、「彼は、文芸を前から好きだった……日本の当時の青年たちの間に沸騰してゐた文芸熱」[13]に求めている。この点に竹内は第一回太宰批判で最も不満を抱いていたのだが、魯迅が仙台から東京に移って文学運動を始めて以後の、いわゆる「初期魯迅」の論文がほとんど同時代の日本の文芸批評家や欧米文芸書の邦訳からの引用であったという、一九七〇年代以後の魯迅研究[14]に鑑みるに、私は竹内説よりも太宰説の方が、より魯迅の心境に近いと考えている。

『惜別』で太宰は青年魯迅に「東京の十分の一にも足りないくらゐの狭い都会……意味も無く都会風に気取つてゐるまち」と仙台を評させ、その仙台に対し「電車の線路が日に日に四方に延びて行つて、まあ、あれがいまの東京の Symbol でせう」という活気に満ちた東京を語らせてもいる。確かに当時の仙台は人口一〇万、日本で一一番目の中規模の都市であったが、人口規模から言えば魯迅の故郷の紹興城内と変わりがない。それにひきかえ来仙以前に二年間滞在した東京は、すでにアジア最大のメディア都市に成長しており、新聞発行部数や路面電車の総距離数などのメディア・インフラストラクチャーにおいて、上海・北京が東京の二〇世紀初頭レベルに到達するのは、二〇〜三〇年後のことであった。魯迅がわずか一年半の仙台医専在学中、冬春夏の長期休暇のたびに当時一二時間も汽車に揺られて東京に戻っていたのは、魯迅がメディア都市での快感昂奮を忘れられなかったためではなかったろうか。そしてついに魯迅が医学を中断したのは、メディア都市東京における最新ファッションとしての文学に魅了されていたからであろう。

実は魯迅は二〇年後にもう一度、いったん赴任した地方小都市での滞在を予定半ばで切り上げている。彼は一九二六年九月に厦門大学《アモイ》に中文系教授として招聘されて、北京から厦門に赴任しているが、わずか四カ月半後には辞職して、当時国民革命の中心都市広州へと旅立っているのである。広州には北京女子師範大学講師時代の教え子で、やがて広州到着後に同居を、そして翌年一〇月に上海転居後には同棲を始めるに至る愛人許広平が待っていたから、という事情もあろう。だが厦門が二〇余年前の仙台と同様の小都市であったことも、厦門撤退の原因の一つではないだろうか。厦門島はアヘン戦争後の南京条約により開港された五港の一つで、南西の小島鼓浪嶼に米・英・日・独・仏・蘭・西諸国が設置した共同租界には二〇〇〇名の外国人が居留していたものの、一九五六年に鷹厦鉄道と海堤（幅一九メートル長さ二二〇〇メートル）との建設により大陸と繋がるまでは、いわば孤島で人口も一九二七年で一一万七〇〇〇人にすぎなかった。東京や北京の都市文化に親しんだ魯迅の眼には、鉄道も路面電車もなく、紹興や仙台と同規模の地方小都市厦門は、さほど魅力的には映じなかったのであろう。「そうとうなモダーンボーイ(15)」としての魯迅の姿を竹内は全く見落としているが、太宰は的確に描いているのである。

戦後の竹内は魯迅および近現代中国文学の紹介につとめ、『世界文学はんどぶっく・魯迅』（一九四八）、『魯迅雑記』（一九四九）などの魯迅論や、岩波新書『魯迅評論集』、筑摩書房『魯迅作品集』（ともに一九五三）などの翻訳を相次いで刊行し、その魯迅解釈は「竹内魯迅」とさえ称されるに至る。注目すべきは、その間にも竹内の魯迅論は大きく変化していたことである。たとえば魯迅の代表作「狂人日記」をめぐって、戦時中の『魯迅』では、作品の価値は口語による創作とか反封建のテーマにあるのではなく、「この稚拙な作品によってある根柢的な態度が据えられたことに」あるのだと発言していたが、六六年の『魯迅作品集』解説では、この「回心」説は「中国の古い社会制度、とくに家族制度と、その精神的支えである儒教倫理の虚偽を曝露するという、魯迅の根本の、また最大のモチイフによって書かれた作品である」と、大きく変化しているのだ。

このような竹内の魯迅論が変質する際には、一九四九年の中華人民共和国建国、いわゆる人民革命の成功が大きな影響を与えていたと考えられよう。幕末以来の百年近い歴史において、日中両国は共に欧米にならい国民国家建設に邁進するライバル同士であったが、日清戦争(一八九四)以後、近代化競争に優位を占めた日本は、欧米の植民地主義にならって中国への進出を開始し、ついには満州事変を経て日中戦争という全面侵略に至るのである。しかし戦後には敗戦国日本が五二年の独立回復までアメリカ占領下に置かれていたのに対し、中国では国共内戦を経て共産党が国民党を駆逐し、バラ色の社会主義国家を建設した。戦前の先進日本、後進中国という構図は逆転して、多くの日本人の眼に社会主義の新中国が輝いて見えたのである。竹内好ら中国文学者をはじめ多くの日本人が人民共和国に過度の期待を抱き、社会主義中国を讃美した。その後も竹内は最晩年まで『現代中国論』『国民文学論』を上梓し、中国を鏡とする近代日本批判の評論家として活躍し、文化大革命(一九六六〜七六)も容認した。

このような戦後竹内の〝先進〟人民共和国の栄光を背負った現代中国評論家としての名声は、彼が戦中の著書『魯迅』で描き出した政治と文学の対立に苦悩する竹内流の魯迅像を日本の読書界に広め、太宰が『惜別』で描いたにこやかに笑う人間臭い個性的な魯迅像を駆逐していったのである。そのいっぽう、竹内が戦中の苦悩する魯迅像を戦後の人民共和国公認の革命的文学者魯迅像へと変更したことは、日本の読書界ではほとんど問われることはなかった。

魯迅紹介者、中国評論家としての竹内の名声のみが独り歩きするにつれ、「おそろしく魯迅の文章を無視して、作者の主観だけででっち上げた魯迅像」という『惜別』批判は、この作品に対する評価に強い影響を与えたものと思われる。だがこの竹内の言葉は、むしろ彼自身の著書『魯迅』には当てはまるにしても、太宰『惜別』に対しては不当な批判である。太宰はけっして「魯迅の文章を無視」したり、魯迅像を「主観だけででっち上げ」てはおらず、丁寧に全七巻の『大魯迅全集』を読み通し、魯迅の文章に則って『惜別』を書いている。むしろ魯迅を読み込みすぎたために、「松島の海浜の旅館」に泊まった魯迅が親友の「私」相手に延々と語る「自分の生い立ちやら、希望やら、清国の現状やら」(筑摩書房版『魯迅作品集』では二〇頁以上に及ぶ)は、ほとんど魯迅の自伝的小説集である『朝花夕拾』(一九二八)のダイジェストになってしまっているほどなのである。

3　竹内好の「政治と文学」論の誤読

さらに興味深いことは、『惜別』には、仙台医専を退学し文芸運動を起こすべく帰国する(事実は東京へ帰る)決意を固めつつある魯迅が「私」に文章一節を書き与える場面が挿入されている点である。引用してみよう。

文章の本質は、個人および邦国の存立とは係属するところなく、実利はあらず、究理また存せず。故にその効たるや、智を増すことは史乗に如かず、人を誡むるは格言に如かず、富を致すは工商に如かず、功名を得るは卒業の券に如かざるなり。ただ世に文章ありて人すなはち以て具足するに幾し。厳冬永く留まり、春気至らず、軀殻生くるも精魂は死するが如きは、生くると雖も人の生くべき道は失はれたるなり。文章無用の用は其れ斯に在らん乎。(16)

これは魯迅が東京で一九〇七年に執筆し、翌年東京刊行の中国人留学生の雑誌に発表した「摩羅詩《まらし》力説《りょくのせつ》」(17)という論文の一節である。魯迅は日本や欧米の文芸評論を種本に、バイロンからロシア・東欧の詩人たちに至るヨーロッパ・ロマン派の系譜を紹介し、詩人の声は人の心に逆らうものであるからこそ、彼は革命の先覚者たりうる。現代西欧文明の中核は、一九世紀のバイロンらロマン派詩人の「心声」であり、現在野蛮から文明へと進みつつあるロシア・東欧も、詩人の声によって文明の基本である精神が奮い起こされた。インド・エジプトなど古い文明国が亡んだのは、逆にこの詩人の声が絶えたためである。中国を新しく文明化して救うためには、ロマン派詩人の精神にこそ学ぶべきなのだ、と論じている。

なお「摩羅」とはサンスクリットのMaraの音訳であり、修道のさまたげをする悪鬼を意味する言葉で、普通は「魔羅」の字が当てられる。魯迅はバイロン以下いわゆるサタニック・スクールの詩人を論じるに際して、彼らを摩羅派詩人と呼び、その詩が有する「力」を述べるという意味で、「摩羅詩力の説」という題目を掲げたのであった。

この「摩羅詩力説」は『大魯迅全集』にも、岩波文庫『魯迅選集』（佐藤春夫・増田渉共訳、一九三五）や一巻本『魯迅全集』（井上紅梅訳、一九三二）にも収録されていない。竹内自身が後年記しているように[18]、太宰はこの「初期魯迅」の文学論を、竹内『魯迅』の「政治と文学」の章から引用しているのである。竹内『魯迅』はこの一節の引用に続けて次のように記している。

「文章無用の用」という言葉は、ここだけでは老荘的に見えるが、この後に続く「精神界の戦士」を自国に待望する条を併せ読めば、彼が老荘に安住したのではなく、老荘から孔墨への途上に居たこと、つまり私の云う政治と文学の対決の場所にいたことは疑えない[19]。

これに続けて、竹内は中国・国民革命期の一九二七年に魯迅が広州の革命軍士官学校で行った講演「革命時代の文学」へと飛躍して、次のような観念論を展開している。

何が文学者の態度か。政治に対して自己を否定する代りに、政治そのものを否定するより外にない。前に自己を否定したのは、相手を絶対としたからである。相手が相対に堕した今、自己否定は自己肯定に代らねばならぬ。無力な文学は、無力であることによって政治を批判せねばならぬ[20]。

しかし現在では長堀祐造らの研究により、魯迅の「文学無力説」とは、革命のためには「革命人」が必要であって、「革命文学」は急ぐ必要はなく、革命成功後、社会に余裕が生じて初めて革命文学が生まれるという「革命文学遅刻論」であり、ロシアの革命家トロツキーの文芸理論書『文学と革命』の影響を受けて形成されたものであることが明らかにされている[21]。

いっぽう、太宰はこの「摩羅詩力説」からの引用を受けて、『惜別』語り手の「私」に次のような感想を語らせたのである。

この短文の論旨は、あの人がかねて言つてゐるやうな「同胞の政治運動にお手伝ひするため」の文芸、とは多少ちがつた方向を指差してゐるやうにも思はれるが、しかし、「無用の用」といふ言葉になかなかの含蓄が感ぜられる。結局は、用なのである。ただ、実際の政治運動の如く民衆に対して強力な指導性を持たず、徐々に人の心に浸潤し、之を充足せしむる用を為すものだ、といふような意味ではなからうかと思はれる[22]。

この『惜別』の言葉を竹内の「無力な文学は、無力であることによって政治を批判せねばならぬ」という中国・国民革命期における政治と文学との関わりを大きく読み誤った議論と比べると、太宰の理解は竹内のそれと比べて日本留学期の魯迅の文芸観に遥かに深く共鳴するものといえよう。このように太宰治は決して竹内『魯迅』に「深い衝撃を受けた」のではなく、小田『魯迅伝』と同様に竹内『魯迅』をも材料として利用し尽くした上で、太宰なりの魯迅像を創り出したといえよう。その魯迅像とは竹内が批判するような太宰の「自画像」ではなかったのだ。

4　音痴でキザな青年魯迅

『惜別』で太宰は、中国人の日本留学生の中には、「れいの速成教育で石鹼製造法など学び」大儲けすると吹聴している者もいる、と繰り返し書いている。[23]これは魯迅が一九〇八年に「摩羅詩力説」と同じく東京『河南』誌に発表した「破悪声論」に出てくる「コルセットの製造法」を、しかもいい加減な製造法を学ぶ輩を非難するのに通じている。

また『惜別』には名勝松島で魯迅が歌う小学唱歌「雲の歌」を偶然耳にした語り手の「私」が、「調子はづれと言はうか、何と言はうか、実に何とも下手くそなのである」という感想を抱く場面がある。魯迅は幼少期から美術に深い関心を寄せており、東京時代に計画した文芸誌『新生』表紙にはイギリスの画家G・F・ワッツの「希望」を用いようとしたし、辛亥革命後の新生中華民国の教育部では美術教育を担当、北京大学の校章を自らデザインし、歴代の画冊や墓碑銘等の拓本を熱心に収集したのも、彼の美術を愛する精神によるものであろう。一九二七年以後の上海時代には日本の西洋美術史家板垣鷹穂《いたがきたかほ》の『近代美術史潮論』を翻訳するいっぽう、『ビアズリー画選』『ケーテ・コルヴィッツ版画選集』から日本の少女雑誌挿し絵画家である蕗谷虹児《ふきやこうじ》の詩画集までを豪華美装本で復刻している。さらにはハリウッド映画を好んでターザン映画の大ファンとなるいっぽう、日本プロレタリア映画運動の理論家、岩崎昶《あきら》の論文「宣伝・煽動手段としての映画」を翻訳してもいる。[24]このように視覚芸術に広く深い関心を示した魯迅であるが、不思議と音楽にはほとんど興味を示していない。太宰の魯迅音痴説はなかなか鋭い洞察といえよう。

この松島で音痴ぶりを披露した魯迅が、同級生「私」と旅館に一泊することになると「周さん〔魯迅の本名は周樹人〕は、宿のどてらに着替へたら、まるで商家の若旦那の如く小粋であつた」とも描かれている。魯迅が東京の下宿で和服に袴を穿いて畳に端座している写真は、現在では北京魯迅博物館編による図録『魯迅』（一九七六）など数々の魯迅写真集や『魯迅全集』図版などで容易に見ることができるが、『惜別』執筆時の太宰は、そんな留学生魯迅の写真に接する機会は得られなかったことであろう。「商家の若旦那の如く小粋」などてら姿の魯迅というのも、太宰の優れた想像力による迫真の描写であった。

太宰は「走れメロス」（一九四〇）の冒頭に、「メロスには政治がわからぬ」と記して、友情をめぐるメルヘンを書いた。その四年後に竹内『魯迅』を読んだとき、おそらく竹内の政治と文学をめぐる観念的議論に辟易したことであろう。『惜別』執筆前に文学報国会に提出した「『惜別』の意図」で、太宰は「魯迅の晩年の文学論には、作者は興味を持てませんので、後年の魯迅の事には一さい触れず、ただ一清国留学生としての「周さん」を描くつもりであります」とも書いている。魯迅晩年の「革命文学遅刻論」がトロツキー文芸理論書の影響を受けていたことを、太宰が察知していたか否かは不明だが、非合法左翼運動に参加した体験を持つ彼が、当局の検閲を予測して革命文学者としての魯迅を避けたものであろう。そのような用意が竹内『魯迅』の不毛な議論に対する免疫として機能したのかも知れない。

総じて『惜別』は、竹内『魯迅』の衝撃により構想が破綻し、太宰自身の自己表白に終わってしまった、というような失敗作ではなく、むしろ竹内『魯迅』の独断的魯迅批判に対して奮起し、「少年の如く大いに勢ひづいて」「中国の人をいやしめず、また軽薄におだてる事もなく、所謂潔白の独立親和の態度で若い周樹人を正しくいつくしんで」描いた希望の青春物語と見るべきであろう。竹内は戦中から戦後にかけて、魯迅の小説を「愚作、失敗作、悪作」と斬り捨て、作品「藤野先生」の誤読に基づいて「魯迅が受けた屈辱」の深さを強調したのだが、それこそ「おそろしく魯迅の文章を無視して、作者の主観だけででっち上げた魯迅像――というより作者の自画像」ではなかったか。太宰が『惜別』で描く青年魯迅は、音痴ではあるが「キザ」で、にこやかに笑っており、竹内のよりも遥かに豊かにして魯迅らしきイメージを形成しえていたのである。太宰が若き日の魯迅像を描き出した点は、日本における魯迅受容史を考える際にも重要な意味を持つものなのである。

5　太宰が拒んだ魯迅「贖罪の思想」

ところで本書第4章でも述べたように、魯迅には「父の病」（一九二六）というエッセー風の小説があり、作品前半部では、語り手は父の病を治せなかった故郷紹興の伝統的中国医（日本の漢方医に相当）に対し皮肉と冷笑を執拗に繰り返し、後半の父の臨終場面では父の苦しみを見かねて死の早い訪れを一瞬願ったという告白をしている。その直後、語り手の「私」は「罪を犯」したと思い、また、これは父を愛すればこそなのだ、とも思い直す。そして親戚の衍《イエン》奥さんに、息が止まらぬよう早くお父さんと呼びなさい、と促された「私」が憑かれた如く「父上!!」と叫んだところ、父はぜいぜいと喉を鳴らして「何だね？……やかましい……」と言ったまま目を閉じ、が「私」はそれでも「父上！　父上！」と呼び続けた。この自分の声が「今でも聞こえてくる」のであり、聞こえるたびに「父上！」と叫んだことが父に対する最大の「過ち」であったと思うと結ばれている。

実はこれらの中国医たちの処方は『本草綱目』（一六世紀末に明代の李時珍が集大成した薬物学書）に則った由緒正しい治療法であり、魯迅は彼らが伝統医学の枠組みの内では誠実な名医であったことは十分承知しながらも、彼らが「ペテン」で父を死に至らしめたという虚構を組み立てているのである。「父の病」の語り手である「私」は、秘かに父の安楽な死を願いながら臨終の際に「父上！」と叫んだことを自らの罪と自覚している。父を死に至らしめたのが中国医であるとすれば、「私」の贖罪とはこの伝統医学を完膚なきまでに否定することによって可能となり、魯迅においてはこのような贖罪の思想が伝統中国に対する革命の原動力となっていた、というのが私の解釈である。(25)

『惜別』で魯迅に「瀕死の病人の魂を大声で呼びとめるというのも、恥かしいみじめな思想だ……父の名を呼んだ、あのあさましい自分の喚き声……あの時の悲惨な声」と語らせた太宰は、魯迅の小説「父の病」から原罪感を読みとるのを拒んだのであり、おそらくそれは太宰自身と彼の父との葛藤によるものではなかったろうか。

第7章——魯迅と松本清張

「故郷」批判と推理小説「張込み」への展開

想ふに、希望といふものは一体所謂「ある」とも云へないし、所謂「ない」とも云へないものだ。それはちやうど地上の路のやうなものである。本当を言へば地上にはもともと路はあるものではない、行き交ふ人が多くなれば路はその時出来て来るのだ。(魯迅作、佐藤春夫訳「故郷」より)[1]

わが道は行方も知れず　霧の中（松本清張自筆の色紙より）[2]

1　清張邸書庫の中の魯迅

福岡県北九州市小倉にある松本清張（一九〇九～九二）の記念館には、清張の応接室、書斎、資料室などが、清張逝去時のまま移築されている。東京都杉並区高井戸にあった清張の「思索と創作の城」が、故郷の小倉に帰ったのである。展示室のガラス越しに二階建書庫を見渡せば、それは増改築を重ねた迷宮であり、清張記念館の圧巻といえよう。蔵書数は約三万冊であるが、藤井康栄館長によれば、清張は多数の書籍を知人に惜しみなく贈り、しばしば古書店に大量売却しており、蔵書の総数は三〇万冊に達するだろう、とのことである。

この清張記念館書庫には、二冊の魯迅関係の書が蔵されている。一冊は一九五八年刊行の『世界文学大系62　魯迅／茅盾』（竹内好ほか訳、筑摩書房）で、同書は「狂人日記」「孔乙己《コンイーチー》」「故郷」「阿Q正伝」など魯迅の主要作を収めている。もう一冊は岩波書店刊行の雑誌『文学』の一九五六年一〇月魯迅特集号である。文学研究専門誌の特集号も蔵するほどに、清張は魯迅に深い関心を寄せていたのであろう。魯迅の日本語訳と言えば、竹内好（一九一〇～七七）が著名で、竹内訳『魯迅作品集』正続（筑摩書房）が一九五三～五五年に刊行されている。しかしそれに先立って一九三五年、清張二六歳の年に岩波文庫『魯迅選集』が刊行されている。訳者の佐藤春夫は清張が愛読していた作家であり、清張の魯迅読書は『世界文学大系』入手よりも、さらに二〇年以上も溯る可能性も高かろう。

ちなみに岩波文庫では、一九五五年一一月には『吶喊』全訳の竹内好訳『阿Q正伝・狂人日記』が刊行されて、佐藤春夫訳版の『魯迅選集』は絶版となっている。

さて魯迅には「酒楼にて」「祝福」など、語り手の帰郷体験を描く一連の物語がある。そしてこの帰郷物語の原点とも言うべき珠玉の短篇「故郷」とは、次のような作品である――語り手が二〇年ぶりに帰郷したのは、実家の没落のために屋敷を処分し母や八歳の甥を彼が暮らしを立てている異郷の街へと迎え、故郷に永久の別れを告げるためであった。帰郷してみると語り手の記憶の中の美しい故郷は寂寞《せきばく》の里に変じており、語り手の前には幼友達で今や貧困のためでくの坊のようになった農民閏土《ルントウ》と、淑やかな豆腐屋の若奥さんだった頃とは一変して厚かましい中年婦人となった「豆腐西施《とうふせいし》」こと楊《ヤン》おばさんとが前後して現れ、語り手の心をいっそう暗くさせる。離郷時には閏土が碗と皿を盗もうとしていたという噂が伝わるが、そのいっぽうで甥の宏児《ホンアル》と閏土の息子の水生《シュイション》とは、再会を約束しあっていた——ちょうど三〇年前の語り手と閏土とのように。

「故郷」は帰郷／再会／離郷という三段構成の物語である。そして魯迅自身が一九一九年一二月に故郷の紹興に帰り、没落地主の実家の家屋敷を売り払って母や弟たち一族を北京に連れ戻った体験に基づく作品であり、閏土や水生らにも実在のモデルがいる。さらに語り手を、少年時代の閏土や楊おばさんに「迅《シュン》坊っちゃん」と呼ばせていることから、魯迅が私小説を意識して「故郷」を書いたとも考えられよう。実際に一九二〇年代から六〇年代に至るまで、中国の国語教科書の解説や設問では、語り手＝魯迅と明記されていたのである。[3]

いっぽう、松本清張は推理小説家として著名であるが、一九五一年のデビュー作は歴史小説の「西郷札」であり、翌年の「或る「小倉日記」伝」は、在野の森鷗外伝記研究者の不遇の生涯を描いて芥川賞受賞作となるなど、初期には幅広い分野での活躍を試みており、本格的に推理小説を書き始めるのは一九五五年の「張込み」発表以後のことである。そして「張込み」発表の三カ月前に文芸誌『新潮』に発表した作品に、「父系の指」という「自伝的」小説がある。「父系の指」も父の離郷と懐郷／息子の帰郷／息子の従弟妹との写真対面／息子の離郷／息子の親族との対面／息子の〝棄〟郷という六段構成の帰郷物語であり、魯迅「故郷」との影響関係が推定され得る作品でもある。あるいは魯迅「故郷」と「父系の指」とを比較して読むことにより、魯迅と清張との文学に対する新しい視点を得られるのではないだろうか。

2　初出誌版「父系の指」と魯迅「故郷」との比較

二〇一〇年に発表された横井孝の論文「父系の指・母系の唇――松本清張の原形質をもとめて」は、おそらく「父系の指」に関する唯一の先行研究であり、清張文学という「複雑・膨大にみえる水脈の源流」(4)は清張の父峯太郎にあると論じており、卓見といえよう。だが「父系の指」の概要を次のようにまとめている点に私は違和感を覚えるのだ。

「私」の父は伯耆の山村に生まれた。幼くして里子に出されたが、やや長じて故郷を出奔し、学歴のないこともあり職を転々としたが、どれもまともにならなかった。幼い「私」をつかまえては「今にのう、金を儲けたら矢戸に連れていってやるぞい」という。「私」が成長し、父の故郷矢戸へ行ってみると、一族みな栄達し、父のみが忘れられている。父の弟の家を訪れると、一族はみな歓待してくれた。叔父の子＝従弟がリンゴの皮をむいているのをふとみると、その指に肉親の血を感じ、父系の指への嫌悪の情が起こるのを「私」は押さえられなかった。(5)

そもそも『新潮』一九五五年九月号に発表された「父系の指」(以下「初出誌版」と略す)は、「宗太」を主人公とする三人称文体の小説である(図7-1)。全一〇節全二二頁の同作が翌一九五六年に角川書店の「角川小説新書」として刊行された清張短篇集『風雪』(以下「単行本版」と略す)に収録された際に、清全面的に加筆修整された。特に「宗太」はすべて「私」に書き換えられ、一人称文体の私小説風作品となったのである。同書あとがきで、清張は「「父系の指」はいわゆる私小説のかたちをかりた。私の父はこういう人物であつたが、事実はここに書かれた通りではない(6)」と述べている。おそらく横井論文は初出誌版を調査しなかったか、調査したとしても三人称から一人称へという文体における私小説化の意味に留意しなかったのであろう。本章では、初出誌版を各節ごとに単行本版および佐藤春夫訳魯迅「故郷」と比較しつつ考察してみたい。

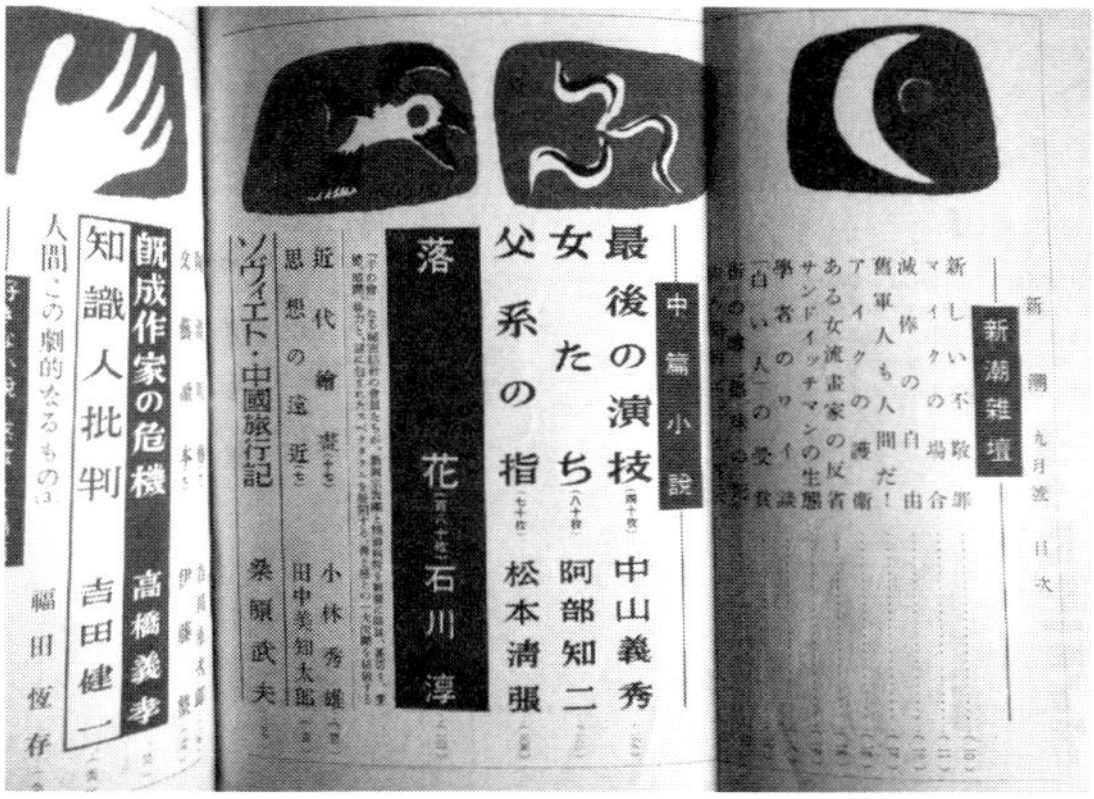
新潮 九月號 目次
新潮雑壇
中篇小説
最後の演技 中山義秀
女たち 阿部知二
父系の指 松本清張
落花 石川淳
近代繪畫 小林秀雄
思想の遠近 田中美知太郎
ソヴィエト・中國旅行記 桑原武夫
既成作家の危機 高橋義孝
知識人批判 吉田健一
人間・この劇的なるもの 福田恆存

図 7-1　松本清張「父系の指」が掲載された『新潮』の目次（1955 年 9 月号）

「一」の節（父の離郷）：宗太の父は中国山脈脊梁部の伯耆の山村で裕福な地主の長男として生まれながら、生後七カ月ぐらいで貧乏な百姓夫婦のところに里子に出され、そのまま実家に帰ることが出来なかった。父は一九歳で離郷したのちは書生から天秤棒を担ぐ魚売りまで多くの職業を転々としたが、貧困のため帰郷できず、宗太に幼い頃から「矢戸はのう、えゝ所ぞ、日野川が流れとつてのう、川上から砂鉄が出る。大倉山、船通山、鬼林山なぞといふ高い山がぐるりにある……」と何度も懐郷談を語っていた(7)。

鳥取県矢戸は、清張の回想的自叙伝『半生の記』にも登場する父峯太郎の生家がある山村で、大倉、船通、鬼林の三山は矢戸をそれぞれ東西南から囲む標高一〇〇〇メートルから一一〇〇メートルの中国山地の山である。『半生の記』(8)は、「父系の指」においては清張の父と実家との関係を「ほとんど事実のままに」書いたと記した上で、父は米子市に養子に出されたが小学校の頃には矢戸の実家にたびたび帰っていた、という父の従兄の証言も紹介している。(9)「父系の指」が宗太の父の養子先を矢戸の貧しい農家とし、宗太に「父は生家に行つたことはあるまい」と推測させているのは、離郷後の父が次節広島での弟との対面を果たす(「故郷」語り手と閏土との三〇年ぶりの再会に相当)、という物語設定を必要としたためではあるまいか。

魯迅「故郷」が語り手の二〇年ぶりの帰郷場面から始まるのに対し、「父系の指」は宗太の父の幼児期における母との離別および青年期における離郷に関する宗太の記憶から語り出される。「故郷」の語り手と同様に宗太の父は地主の息子であったが、里子に出された先の養家の貧しさが、彼の離郷原因の一つであり、懐郷の念を抱き続けたにもかかわらず帰郷できなかった主因が生涯にわたる貧困であった。宗太の父は姓も名も記されていないいっぽうで、その息子である主人公は長男らしい名で登場する。宗太という名は、戦前の長男相続制においては、長男の父が里子に出されなければ、地主の実家の財産を相続しており、宗太も父の長男として家産を世襲し得たことを意味しているのだ。

「二」の節(父の懐郷:弟との対面):正規の学問を受けていない父は、浅薄な雑学を自慢していた。宗太が生まれて間もない広島のK町の陋屋《ろうおく》に、実の弟民治が「父の生家の姓」である西田を名乗って訪ねてきた。彼は山口の高等師範学校に入学する途中に立ち寄って、母からの土産を届けたのであり、父によれば一晩語り明かしたというが、兄弟の対面は生涯このときだけだった。

「浅薄な雑学を自慢」する父の姿は、魯迅の短篇小説「孔乙己」の主人公、すなわち酒好きで野垂れ死ぬ貧乏書生を連想させる。そして故郷から異郷の兄を訪ねてきた叔父民治が「父を見て、眩しさうに、兄さん、と云つた。云つて了つて泪をぽろ〳〵落した」という劇的場面は、魯迅「故郷」で語り手が三〇年ぶりに幼馴染みの農民閏土との失意の再会を果たすのとは正反対である。だが「父が弟に会つたのは、生涯を通じて、そのときだけである。父が弟にもつてゐたひそかな愛情と尊敬にもかゝはらず、縁のうすい兄弟であつた」という語りが、この再会の記憶は多分に父自身により美化されたものであることを暗示している。

「三」「四」の節（父の懐郷：弟との対面の後日談①）：宗太が三歳のとき、一家が九州対岸のS市に転居し餅屋を始めた頃、民治からハガキが来て九州南端のO市で中学校教師をしており、妻も「学校の先生」であったと報せてくる。やがて父は米相場で儲け安芸者のフジの元に入りびたり、「一字も解せぬ無教育の」母と離別すると言い出した。しかし父は相場で大損して借金取りに追われ、木賃宿に隠れ住む身となり、宗太が鎹《かすがい》となって両親はよりを戻す。このエピソードは魯迅「阿Q正伝」の主人公阿Qが、祭りの夜に賭博で大儲けしながら、胴元の奸計によるらしき喧嘩騒ぎのドサクサで、銀貨の山を奪われてしまう一段を連想させる。

因みに単行本版では芸者の名は「ユキ」に改められており、清張晩年の自伝的短篇小説「夜が怕い」では主人公啓作の父の生母の名が「ユキ」となっている(10)。

民治の勤務校が九州南端と記されているのは、彼が鳥取県の矢戸に帰省する際には、下関とおぼしきS市を通過するにもかかわらず、民治がもはや宗太の父の元を訪ねようとはしなかったことを、示唆するためであろう。なお『半生の記』では清張の実在の叔父は「大分の中学校に赴任し、そこで妻を娶った」と記されている[11]。

「五」「六」の節（父の懐郷：弟との対面の後日談②）：一家が九州Y市に夜逃げし、父は露天商となる。宗太が高等小学校二年に進んだ頃、民治が自ら主筆を務める中学受験用学習雑誌を毎月送ってくるようになったが、貧困のため進学できない宗太にとっては読書価値はなかった。宗太の母には鉄道に勤める弟がおり、この叔父は宗太の父の悪口を言い、宗太の伸ばすと反る位に長い指を見ては「お前の指の恰好は親爺そつくりぢや」と嘲笑した。この叔父が東京出張の折に、父に頼まれ民治を訪ねたところ本人は不在ではあったが、豪邸に住んでいると報告したので、父は民治に手紙を書くが返事はない。宗太は電工見習をしながら、「W大学（単行本版では「早稲田大学」）中学講義録」をとって読んだが、貧困のため中止した。

異郷で成功した民治に父は借金を申し込んだのであろうか。その場合には、父の立場は「故郷」で語り手に向かって「お前さんは道台（大官）になつてゐながら、エラクないだつて……」と大げさに出世ぶりを言い立てて物をねだる楊おばさんのそれと近似したものになるだろう[12]。

「七」「八」の節（息子の帰郷、従弟妹との写真対面および息子の離郷）：「そのやうな記憶の時から二十年の歳月」が経ち、宗太は活版所の小僧、植字工などを経た末、商事会社の下級役職を「かち得て」結婚し、子供も二人持ち、「母は死んだが、父は七十を超して生きてゐた」。終戦後三、四年が過ぎた年の暮れ、宗太は大阪出張の帰りに父の中国山地の故郷を訪ね、西田一族の本家で医者の善吉の大邸宅を訪ねる。馬に乗り往診に出ていた善吉を待つ間に、宗太は近親者が集う婚礼写真で、民治の次女で「お茶の水を出た……ウェッディング・ドレスをきた従妹」の披露宴など「立派すぎる婚礼写真」を見て、自らのみすぼらしい結婚を思い出す。宗太は「他人だつたら、もつと素直になれた。その人々が血がつゞいてゐるだけに、愉快でない気持は抑へ切れなかつた」。「アルバムを見てゐるのが辛抱出来」なくなった彼は、善吉の帰りを待たずに暇を告げ、本家を出てしまう。帰宅後の宗太が「つまらん所やつた」と語り、父の「大倉山や船通山を見たか?」という問いにも首を振ると、「父の空虚な寂しさ」が心に伝わってきたので「今度、時候のえゝ時に一しよに行かうな」と答えてしまう。宗太が礼状に「矢戸は父が一度は見たい故郷で昔からの夢であった」と書いたところ、西田善吉から、「隆文館」の社長となった「御尊父様の御舎弟民治氏」ら親族は「一族結束相互扶助にて恙なくやつてをります」との返事があり、父は民治の東京・田園調布の邸宅に手紙を書留で出すが、返事はこなかった。

　魯迅「故郷」の語り手は独身で子供がいないと推定されるが、離郷の際には故郷から老母と甥の宏児を引き取っている。同作末尾の「私と閏土とは竟にこんなにかけ隔てられてしまつたのだ、だが私たちの後輩にしてもやはり同じやうで、現に宏児はいま水生のことを思つてゐる……彼等は私たちがまだ見も知らないやうな新しい生活をしなければならない[13]」という一句は、成人後の宏児が帰郷したら故郷はどのように変化しているか、閏土の息子の水生とどのような再会を果たすか、という「故郷」の後日談の想像へと読者を誘っているのだろう。「父系の指」では永遠に帰郷の夢を果たせない父に替わって、宗太が広島経由で矢戸へと五〇年前の父の離郷を逆方向に辿って帰郷するのだが、親族は「一族結束相互扶助にて恙なく」暮らしており、宗太はそこで見た民治一家の豪奢な婚礼写真に不快感を覚える。それは「故郷」の語り手が、自分と閏土とのあいだに階級差という「悲しむべき厚い障壁[14]」が聳えているのに気付くのとは逆の体験といえよう。

そして宗太が「汽車で再び中国山脈を南に超〔ママ〕え」て父の故郷と別れるとき、その山河の風景は「見てゐると単調な窓外の風景がまるで色彩がなかつた。白い雲が黝《くろず》んで感じられる」。父が繰り返し語っていた「日野川が流れとつてのう……大倉山、船通山、鬼林山なぞといふ高い山がぐるりにある」という懐かしい風景は黒く塗り潰されようとしているのだ。

魯迅の「故郷」とは、「西瓜畑の上に銀の頸輪をしてゐた小英雄」(15)閏土少年という回想の風景の劇的な登場と、この回想の風景から閏土少年が消失するという、希望と寂寞との二つの風景を中心に構成された作品でもある。「父系の指」は少年一人が消失するのではなく、山河の風景全体を黒く塗り込めているのである。魯迅が月夜の風景に将来の希望を託しているのに対し、清張は暗い風景に絶望を託したといえようか。

「九」「十」の節(息子の親族との対面および〝棄〟郷)：二年後、東京に出張した宗太は民治の豪邸を訪ねて、自分は民治さんの兄の息子ですと名乗る。「三十五六の身ぎれいにした……この家の主婦らし」い女が「宗太を大きい瞳で凝視した」ので、宗太は「身内でなければこのやうに愕く筈はなかつた……自分の従妹に当たる人ではないか」と思う。応接室に通されると、「背のひくい六十七八の老婦」の民治の妻が現れ、「主人は一年ほど前に亡くなりました」と告げる。

未亡人は民治が「極端に人づきあひが嫌ひ」なので宗太の父の手紙も夫の没後に初めて見たこと、先ほど出たのが長男の嫁であることなどを語る。そこに「宗太より少し下かと思はれる齢ごろの、小肥りの中年の紳士」である民治の長男が急ぎ帰宅し、夕食会冒頭で「親父の時に出来なかつた親戚同士のお付合ひを。〔ママ〕われ〳〵の代で復活したい」と語り、叔母は自分の長男が大卒後に民治の会社を継いだこと、長女、次女そして三女は結婚して麴町や鎌倉、スエーデンなど高級住宅地や外国に住んでいること、末娘は「津田を出ましてね……アメリカに留学に参つてをります」と民治との間の子供たちを紹介するが、宗太はこの従姉妹達に「なまな感情は湧か」ない。ところが従弟が父の民治の分骨を故郷の矢戸に埋めようと思う、「お宅も将来お父さまが万一の時さうなすつては如何です?」と言いながらリンゴの皮をむく手の指は「宗太の指にそつくり似た指だつた」。宗太はその瞬間、この従兄弟を肉親と感じて動揺し激しく反発して、本作は結ばれている。

肉親の血のいやらしさだけが彼の胸を衝き上げてきた。父の性格の劣性をうけついでゐると自覚るしてゐ〔ママ〕宗太が、父系の指への厭悪と憎悪の感情であつた。それは彼の父と叔父との間のやうに、同じ血への反撥であり、相手に対する劣等意識であつた。

宗太は、九州に帰つたら、この親切な叔父の遺族に、はがき一枚出すことはないだらうと思ひ、自分ながらひねくれてゐると考へながら、矢戸に父の墓をたてるなど、とんでもないと思つた。いくら父が生涯帰りたがつてゐた土地でもいやであつた。

宗太の故郷訪問後、父が西田民治に書留で手紙を出しても返事はこなかったというのに、なぜ宗太は東京出張の際に、わざわざ民治の家を訪ねたのだろうか。この問いを解く鍵は、「宗太を大きい瞳で凝視した」「この家の主婦らし」い女を自分の従妹かと思ったという宗太の錯覚にありそうだ——彼女は民治の長男の嫁であるにもかかわらず――。宗太は父の故郷の本家で民治の子供達の婚礼写真を見ているが、その最初の写真が民治の次女のもので、「お茶の水を出た……ウェッディング・ドレスをきた従妹」の「顔は白く写つてゐるだけで特徴は分からなかつた」という。高等師範卒業後に旧制中学教師、そして大出版社社長となった父民治と、結婚前は教師であった母との間に生まれ、お茶の水女子大学という旧女子高等師範の名門校を卒業し豪奢な結婚式を挙げたという従妹の、宗太とは対照的な人生が、彼に深い印象を与えたのであろう。因みに単行本版では「お茶の水」は「津田」に書き換えられている。

西田邸宅訪問前に、宗太は「長い間の音信の不通は、お互の生活の相違と共に兄弟の感情よりも他人の感情をつくり上げてゐるに違ひなかつた」と覚悟を決めていたのだが、民治の兄の息子と名乗った彼を「大きい瞳で凝視」するほどに愕いた従弟の妻を従妹と錯覚したとき、宗太は父とその弟民治との間の「兄弟の感情」は次世代間の「従弟妹の感情」へと継承されていることに気付いたのであろう。続いて登場した同世代の親切な従弟すなわち民治の息子の指が、自らの「父系の指」と「そつくり似」ていることに気付いた宗太は、この従弟を肉親と実感して動揺し、この従弟妹たちと断絶しようと思うのであった。

単行本版では先に引用した最末尾の一節から、「自分ながらひねくれてゐると考へながら、」が削除され、「矢戸に父の墓をたてるなど、とんでもないと思つた。いくら父が生涯帰りたがつてゐた土地でもいやであつた。」が「矢戸に父の墓を彼らとならんで誰がたててやるものかと思った。」と書き換えられている。(16)「自分ながら……」という留保的表現を削り、「いやであつた」という嫌悪感を、「誰がたててやるものかと思った」とさらに強調することにより、離郷した父の帰郷願望が、帰郷を果した息子においては〝棄〟郷願望へと変じていることを明確に語ったのであろう。それは魯迅「故郷」の語り手が、同作末尾で自らの甥の宏児が閏土の息子水生と幸せな再会を持てるようにという次世代の帰郷への希望を語っている点と、全く逆の関係といえよう。

3　〝棄〟郷する貧者の憎悪

以上、「父系の指」の構成を魯迅「故郷」と比較しながら見てきたが、両作の異同を表で示すと次のようになるであろう。

テーマ ＼ 作家作品	魯迅「故郷」	松本清張「父系の指」初出誌版
①父の離郷と懐郷		父の幼児期の母との離別および青年期の離郷と高等師範学校に入学時の弟西田民治来訪による兄弟再会
②帰郷	語り手が二〇年ぶりに見る寂寞とした故郷への帰郷	宗太の二〇年後の父の故郷訪問、親切な親族との対面
③再会（対面）	激変した楊おばさん 激変した閏土	豊かな民治とその子供たち（従弟妹）との写真対面 民治一家の名流の暮らしへの反感

	回想の風景からの閏土少年の消失	
④離郷	甥・息子世代の幸せな再会への希望	宗太の視界からの山河の消失
⑤息子の親族との対面		宗太のさらに二年後の叔父民治の邸宅訪問、従兄弟との直接対面、劣等意識による反発
⑥息子の〝棄〟郷		故郷・親族との断絶を決意する

ここから読み取れることは、魯迅「故郷」が、語り手を主人公として、彼の②帰郷→③再会→④離郷という体験を描く単線的三段構造であるのに対し、清張「父系の指」が「故郷」の構造の前後に、①父の離郷と懐郷、⑤息子の親族との対面、⑥息子の〝棄〟郷の三段を付加することにより、父子二代にわたる離郷、帰郷、〝棄〟郷という反復的な六段構造へと複雑化していることであろう。

また「故郷」語り手の呼び名「迅哥儿（迅坊っちゃん）」から魯迅自身が連想されるように、語り手とは作者魯迅と同様に他郷で「エラク」ないにしても、都会で中産階級の暮らしをしているであろう没落地主の息子であることが想像される[17]。これに対し清張「父系の指」は貧農の養子で生涯雑業に従事してきた父と、高等小学校卒業で雑業を経験後ようやく会社員となった息子という、閏土同様に貧しい父子二代にわたる離郷と帰郷そして〝棄〟郷の物語である。そのいっぽうで、帰郷と〝棄〟郷において焦点となる父の弟の民治とは、その経歴や暮らし向きにおいて「故郷」の語り手に相当する人物なのである。言うなれば「父系の指」とは「故郷」の豊かな知識人の視点を逆転して、閏土やその息子水生ら貧者の視点から語り直された帰郷物語といえよう。

一九七二年刊行の『松本清張全集　35』（文藝春秋）の「あとがき」で、清張は次のように述べている。

「父系の指」は、これまでの作品の中で自伝的なものの、もっとも濃い小説である。私は自分のことをナマには語りたくなかった。いわゆる私小説というものには私は不適当であり、また小説は自分をナマのかたちで出すべきではないという考えを持っていた。この小説でも全体の半分ぐらいは事実だが、半分は虚構になっている。(18)

「自分のことをナマには語」らぬという配慮のためであろうか、「父系の指」初出誌版は「宗太は……」という三人称叙述ではあったのだが、単行本版で「宗太」という名前を抹消し、「宗太は」をすべて自動的に「私は」という一人称叙述に置き換えている。単行本版はまさしく私小説であり、単行本あとがきで清張が同作を「いわゆる私小説のかたちをかりた」ものと認めている点は前述の通りである。

それでは清張は魯迅「故郷」の三段構造を反復的六段構造へと複雑化させて、次世代への希望の替わりに、息子の宗太に劣等意識を炸裂させ、故郷を棄てさせたのはなぜであろうか。向学心があり勤勉であったにもかかわらず、家庭の事情により貧家に養子に出されたため一生涯貧乏暮らしを続けた父、そのような父を持ったために旧制中学への進学も叶わず苦労し続けた宗太——この父子のことなど忘れて「一族結束相互扶助にて恙なく」開業医として暮らす故郷の親族と、地主である実家の豊かな資産に支えられて高等教育を受け、東京の出版業界で成功しながら、貧乏な兄も甥も無視あるいは忘却して一家の繁栄だけを謳歌していた叔父民治およびその妻子達に対し、良識で許される限りの抗議を宗太に語らせること、それが「父系の指」テーマではなかったか。

また「父系の指」は魯迅「故郷」に対する貧者側からの回答とも読めよう。「故郷」の語り手である「迅坊っちゃん」は、没落地主の息子とはいえ、「子沢山で、不作つづき、税金は苛い、軍人、掠賊、お役人方、旦那衆」[19]の圧迫により混乱疲弊した農村の人々、たとえば口達者の楊おばさんによる「お前さんは道台〔大官〕になつてゐながら、エラクないだつて、お前さんは現に三人のお妾さんを持つて、外へ出ると云へば八人舁ぎの轎で出るくせに、エラクないだつて」言うのか、という嫌味を甘受せねばならない階級の人なのである。

「父系の指」にお妾三人は登場しないものの、民治の三人の娘は東京会館、帝国ホテル、雅叙園と戦災を免れた当時一流の式場で結婚式を挙げており、民治の「会社のあとをやつて」いる長男は、「八人舁ぎの轎」の替わりに、自動車のクラクションを鳴らして帰宅する。物語の現在は敗戦から五、六年後であり、社長専用車もまだ珍しかったのであろう、初出誌版ではクラクションを「クランク」と誤植している。この作品末尾では他にも正しくは「自覚してゐる」を「自覚るしてゐ」とも誤植しており、おそらく清張が原稿やゲラで幾度も書き直したため、誤植が増加したのではないだろうか。大幅に加筆修整したのち単行本版で一人称叙述の「私小説」に定まるまで、清張の改作欲求は続いていたのであろう。

そもそも学士会館で結婚披露宴を開き、「親父、タイラントでしたから」と会話に英単語を挟む民治の長男は、おそらく東京帝国大学の卒業生であり、高等小学校卒業後、下積みの労働者として働いていた宗太とは、ほとんど対極的地位にある。魯迅「故郷」の語り手に対する楊おばさんの「道台〔大官〕になつてゐながら……」という言葉は過剰な想像の産物であろうが、民治叔父一家の成功ぶりは、まさに楊おばさんならぬ宗太や彼の父の想像を超すものであったといえよう。

同じく中国山地の山村地主の家に生まれながら、宗太の父は貧農の家に養子に出されたため、その弟の民治とは正反対の貧困生活を送らねばならず、宗太も従弟妹たちとは別世界で暮らさねばならなかった。民治には「兄弟の愛情が無いのか薄いのかに違ひない」と宗太は想像したが、「善良」な父は民治に「愛情と尊敬」を抱き続けた。民治の妻や長男によれば、民治は「極端に人づきあひが嫌ひで、人さまに対して好き嫌ひが強く」「変人……タイラント」であったものの、一見民治を批判するようでありながら実は夫／父を自慢する遺族の傲慢さが宗太に自らの父を連想させ、父と自分の存在を忘却して裕福な暮らしを享受してきた彼らに対する憎悪を掻き立てるのであろう。

4 「故郷」の小さな盗難事件と清張文学の推理小説への展開

ところで魯迅「故郷」では小さいながら一つの盗難事件が起きている。帰郷した語り手と変わり果てた閏土との再会後、語り手の母は、不要品はなるべく閏土にあげよう、彼自身に好きなように選ばせたらいい、と語り手に言い、閏土は香炉と燭台などを選び、さらに炊事のために燃やした稲藁《わら》の灰を肥料にするため丸ごと欲しい、語り手一家の出発時に船で来て運んでいく、と言う。ところが灰の中に茶碗や皿が隠されているのが見つかり、楊おばさんの推理で犯人に閏土が評定された、と語り手は離郷後の船中で母から聞かされるのである。

人民共和国建国後の中国では、革命政権支持基盤の農民階級出身の閏土を潔白であると強調するいっぽうで、犯人探しが行われ、「ブローカー臭い小市民」である楊おばさんが「うまい汁を吸おうとして閏土に濡れ衣を着せようとした」[20]という説まで登場した。しかし作品「故郷」において、語り手は藁灰に碗と皿を隠した犯人は閏土であるのか、それとも別人であるのか、閏土であるとすれば動機は何か、という推理や調査を行うことはない。そして自分一人が隔離されている気分に浸ってひどく落ち込み、あのスイカ畑の銀の首輪の小さな英雄のイメージを喪失したことを深く悲しみながら、「希望といふものは一体所謂「ある」とも云へないし、所謂「ない」とも云へないものだ。それはちやうど地上の路のやうなもの……」という、作品末尾の有名な希望の論理を語るばかりである。作中では貧者閏土父子が、ほとんど沈黙している点も注目に値しよう。

これに対し「父系の指」は、閏土およびその息子水生に相当する貧者の視点から帰郷物語を語り、〝棄〟郷へと展開していく帰郷者の憎悪の論理と感情を描いた点はすでに述べた。清張は「父系の指」では盗難事件を起こしていないが、その三カ月後にいわゆる中間小説誌の『小説新潮』に「張込み」を発表している。同作は「張込みの刑事の眼から見た一人の女の境涯」であるが[21]、それは離郷した女の元に、彼女が故郷で三年前に付き合っていた恋人が強盗殺人を犯したのちに会いにやってくる、再会の物語でもある。

同作は清張短篇集『顔』（大日本雄弁会講談社、一九五六）と『松本清張選集4　推理小説・張込み』（東都書房、一九五九）とに収録されており、両者とも初出誌『小説新潮』版とはほとんど異同が無く[22]、三カ月前に発表された「父系の指」が単行本収録に際して大幅に改作されているのとは対照的である。この両作における改作状況の大きな差違からも、清張が「父系の指」発表とその改作とにより、新しい文学的境地を切り開いたことが窺えるのではあるまいか。以下、「父系の指」と同様に初出誌『小説新潮』版により「張込み」を読んでみたい。

「張込み」に描かれる事件は、物語の現在から一カ月前に東京の目黒で起こったことで、「ある重役の家に賊が入り、主人を殺し、金を奪つて遁げた」。犯人は原籍地が「山口県の田舎で、現に兄弟も親戚もある。三十歳で独身。故郷は三年前に出て、東京で働いていた。はじめは商店の住みこみ店員だつたが、のちに失職し……日雇人夫や血液を売つたりした」。強盗仲間によれば「胸を患つているようで、俺はどうせ自殺するんだと冗談のように」言いながらも「故郷に帰りたいとよく呟」き、また彼が「東京に出奔したあと一年ばかりで、九州にわたり他家」で後妻となった「昔の女」を懐かしがっていた。

同僚刑事が犯人の故郷へ行くいっぽうで、柚木刑事が犯人の「昔の女」「さだ子」の家の前で張込むことになったのは、「世に敗れて追われている彼は、もう一度女の愛情にたとえ五分間でも甘えたいのだ」という柚木自身の見込による。張込んで五日目、犯人との密会に出かける「さだ子」を尾行すると、森を抜けた先の用水池で「男の膝の上に、女は身を投げていた。男は女の上に何度も顔をかぶせた。女の笑う声が聞こえた。女が男のくびを両手で抱え込んだ」。この様子を見て、柚木刑事は「二十も年上で、吝嗇で、いつも不機嫌そうな夫と、三人の継子に縛られた家庭から、この女は、いま解放されている。夢中になつてしがみついている。……五日間張込んで見ていたさだ子ではなかつた。あの疲労したような姿とは他人であつた。別な生命を吹きこまれたように、躍り出すように生き生きとしていた。炎がめらめらと見えるようだ」と思うのである。

強盗殺人犯と知ってか知らぬか、三年前の故郷の恋人と再会して「生命を燃やした」女——その様子は魯迅「故郷」における禁欲的な閏土とは全く異なっている。閏土が幼馴染みの「迅坊っちゃん」と再会するときのようすを、佐藤春夫は「顔には歓ばしさに雑つて打解けない表情があつた。唇を動かしてはゐたが声に出さなかつた。彼の態度は堅苦しいものになつて、はつきりと叫んで言ふには、／「旦那さま」」と訳している。(23)

「張込み」は、東京警視庁の刑事柚木の年齢・経歴などについては何も語っていないが、彼が同僚たちから「文学青年と笑われて」おり、九州行きの列車でもひとりになると「文庫本の翻訳の詩集」を読むいっぽうで、「心を躍らせて東京に出てきた男が、失業したり、日雇人夫になつたり、血を売つたり、土工になつたりして果ては胸を疾む絶望」を想像するようすも描いている。さらに柚木刑事はS市の署長らに「この事件はこの土地の新聞記者には絶対に勘づかれないようにしてください。その女は石井とは関係のない人妻です」と念を押し、犯人逮捕後には「さだ子」に「奥さんはすぐにバスでお宅にお帰りなさい。今からだとご主人の帰宅に間に合いますよ」と助言し、「さだ子」が自ら招いた貞節の危機から彼女を救うのである。

犯人とその元恋人に対し深い同情を抱き、犯行に至る動機や不倫に走る心情を細かく推理する柚木刑事は、閏土らの内面に立ち入ろうとせず、もっぱら自らの心情を語り続ける「故郷」の語り手とは対照的な観察者といえよう。ここにも魯迅「故郷」に対する清張作品による逆転が見られるのである。

清張は私小説「父系の指」から推理小説「張込み」へと展開していく際にも、魯迅「故郷」を改作すべき窃盗物語として意識していたのではあるまいか。離郷した貧者が絶望の余り罪を犯し、自殺の前に帰郷すべきか迷った末に、同じく離郷した「昔の女」を訪ねる。彼女もまた「疲労」の日常から逃れようとして不倫に踏み出し、「躍り出すように生き生き」と燃えあがる——貧者の内面を推理することのなかった魯迅「故郷」に対し、清張「張込み」は法律と道徳とに背くに至る貧者の論理と情念とを、刑事の推理により見事に描き出したといえよう。

「張込み」以後、清張は数々の名作推理小説を発表していくが、その中には『砂の器』『ゼロの焦点』など離郷、再会、〝棄〟郷により引き起こされる事件が少なくない。そしてこれらの事件は、貧者あるいは元貧者の犯人の論理と情念をそれに共感する「文学青年」風の刑事役が読み解くことにより、解決されていくのである——しばしば悲劇的な結末を迎えながら。

それにしても魯迅「故郷」は、松本清張による強い反発を受けるべき私小説だったのだろうか。すでに述べたように、魯迅は語り手に年上の閏土を「閏土哥（閏兄ちゃん）」と呼ばせているのに対し、少年時代の閏土には「迅哥儿（迅坊っちゃん）」と呼ばせている。たとえ語り手の方が無邪気に年上の閏土を兄ちゃん呼ばわりしても、閏土の方はあくまでも語り手を地主の息子として意識していたのである。二人の間には少年時代からすでに壁があったにもかかわらず、語り手は迂闊にも三〇年後に再会し、「老爺（旦那様）」と呼ばれて初めてこの壁の存在に気付いたのである。

また魯迅は語り手に、再会から九日後の語り手たちの出発の日に再来した閏土が、息子の水生を同行せず、五歳の娘だけを連れてきて船の番をさせていた、とも語らせている。閏土が語り手の甥の宏児と親しくなった水生少年ではなく、まだ幼い娘を連れてきたのはなぜか——自らが味わった階級差別の悲哀を息子に追体験させたくないという閏土の苦悩の現れ、というのが現代日本文学研究者の田中実・都留文科大学教授の解釈である。[24] しかし語り手は又もや迂闊にしてこのような閏土の精神的葛藤を想像しようとはしない。

このように「故郷」は私小説的構造を持ちながらも、作者が語り手の迂闊さ、自己中心的思考を批判している作品なのである。「故郷」の中にすでに「故郷」批判が埋め込まれているのである。

かりに清張が「故郷」の中の「故郷」批判を誤読していたとすれば、それはなぜであろうか？　それは佐藤春夫から竹内好に至るまでの翻訳者が「迅哥儿（迅坊っちゃん）」を「迅ちゃん」と翻訳することに代表される誤訳意訳を行っていたことにより誘導されたという要素も少なくないであろう。これに清張自身の語り手よりも圧倒的に閏土に近いという出自が加わって、清張の誤読を生み出したのであろう。

本章冒頭に引用した「想ふに、希望といふものは一体所謂「ある」とも云へないし、所謂「ない」とも云へないものだ。それはちやうど地上の路のやう……」という「故郷」末尾の一句は、比較的富裕な知識人の「私」により語られる言葉である。松本清張が「わが道は行方も知れず　霧の中」という言葉を揮毫するとき、「故郷」のこの一句を思い浮かべてはいなかったろうか。これは「故郷」の語り手に対する閏土やその息子、そして清張の父や清張自身らの、明日には犯罪者に転落しかねないという貧者の論理と情念とを語る言葉ではなかったろうか。魯迅「故郷」は清張文学の反面教師的原点であったのかもしれない。

魯迅「故郷」という補助線を引くことにより、私小説から推理小説へという清張文学展開の径路を読み取れるように、清張文学も魯迅「故郷」の新しい読み方を示唆しているのではあるまいか――私小説「故郷」から貧者の論理と情念とを描く「阿Q正伝」への展開という魯迅文学の課題を。

第8章——魯迅と村上春樹
『1Q84』の中の「阿Q正伝」の亡霊たち

「罰《ばち》当たり、子孫《こまご》が絶える阿Q!」(未荘の酒屋の前で阿Qからセクハラを受けた若い尼僧が泣きながら叫ぶ声(1))
「私はね、ただあなたのその禿げ頭が好きなの。その形が好きなの。わかった?」(東京のバーで中年男性を誘惑する青豆が苛立って語る言葉(2))

1　「今覚えている小説家は魯迅です」

かつて村上春樹(一九四九〜)は香港人学者のインタビューに「今覚えている小説家は魯迅です」と答えたことがある。彼は高校時代に魯迅を愛読したのであろう。村上のデビュー作『風の歌を聴け』(一九七九)冒頭の一節「完璧な文章などといったものは存在しない。完璧な絶望が存在しないようにね」とは、魯迅が散文詩集『野草』に記したことば「絶望の虚妄《きょもう》なることは、まさに希望に相同《あいおな》じい」に触発されたものであったろう。後に村上は『若い読者のための短編小説案内』(一九九七)で本格的文芸批評を試みたとき、魯迅の作品に触れて次のように述べている。

魯迅の「阿Q正伝」は、作者が自分とまったく違う阿Qという人間の姿をぴったりと描ききることによって、そこに魯迅自身の苦しみや哀しみが浮かび上がってくるという構図になっています。その二重性が作品に深い奥行きを与えています。

「阿Q正伝」（一九二一）は魯迅の代表作で、自らの屈辱と敗北をさらなる弱者に転嫁して自己満足する阿Q式「精神勝利法」をペーソスたっぷりに描いて中国人の国民性を批判するとともに、草の根の民衆が変わらぬ限り革命はあり得ないとする国家論を語ったといえる。また丸尾常喜は『魯迅「人」と「鬼」の葛藤』(3)で、中国の民俗・宗教の深みにまで降りながら、魯迅は内なる「鬼（亡霊）」に苦しみつつ伝統的な「鬼」の形象を巧みに借りて阿Qや孔乙己《コンイーチー》という孤独で寂しい人々を造形したと論じたうえで、阿QのQとは中国語で幽霊を意味する「鬼《クエイ》」に通じると指摘している。

このような阿Q像に村上は深い共感を抱いたのであろう、日本がポストモダンを迎えて間もない八〇年代にエリート・サラリーマンを諷刺する短篇小説「駄目になった王国」（一九八二年発表、のちに『カンガルー日和』に収録）を書く際には、主人公を「Q氏」と呼んでいるのである。その後も「Q氏」の兄弟たちを描き続けており、たとえば『ダンス・ダンス・ダンス』（一九八八）に登場する映画スターの五反田君は、虚像を演じるのに疲れ「無意味で卑劣なことをやることによってやっと自分自身が取り戻せる」ほどに高度経済成長からバブル経済へと至る日本社会の急激な変化の中で病んでいる。

魯迅は伝統的帝国の清朝から近代的国民国家としての中華民国、そして中華人民共和国へと中国が大変貌を遂げる際に、主体的に変革に参加しない膨大な群衆、あるいは参加しようにも参加できない過去の幽霊のような人々を、厳しくしかし共感を抱きつつ阿Q像として描き出し、新しい時代の国民性を模索した。村上春樹も戦後日本の中産階級を中心とする「市民社会」や、エリート・サラリーマンを核とするポストモダン社会に対し、この阿Q像を援用しながらラディカルな批判を行っているのではあるまいか。私は拙著『村上春樹のなかの中国』[4]で、以上のような村上と魯迅「阿Q正伝」との関わりを論じた。

このような視点から村上春樹の『1Q84』BOOK1～3（二〇〇九～一〇）を読むと、物語のあちらこちらから「阿Q正伝」の亡霊たちの姿が現れる。そもそも魯迅は自作の冒頭で、「阿Qのために正伝を書こう」と思いながら、考えれば考えるほど「いったい誰が誰によって伝わるのか、しだいにわけがわからなく」なった語り手の「僕」に、「頭の中にお化けでもいるかのよう」だと告白させている。私は本章で『1Q84』を読む私の頭の中に現れる亡霊たちについて語ってみよう。ただし亡霊を語る前に、『1Q84』の主要登場人物のモデルと推定されるある現代中国文学者について紹介しておきたい。

2　「ふかえり」父と『阿Qのユートピア』の著者

「1Q84」年とは一七歳の美少女・深田絵里子（通称「ふかえり」）が新人賞に応募した小説『空気さなぎ』で創り出した世界である。その小説とは、「ふかえり」がカルト教団風のコミューン「さきがけ」で出会った「リトル・ピープル」という謎の精霊のような者を描いている。「ふかえり」を「さきがけ」

に導いたのは彼女の父深田保であり、この人物について深田と大学で同僚だった元・文化人類学者の戎野《えびすの》は次のように紹介している。なお戎野は深田保の親友であり、深田に命じられて「さきがけ」を脱走した後の「ふかえり」を匿う人物である。

彼は当時毛沢東の革命思想を信奉しており、中国の文化大革命を支持していた。文化大革命がどれほど酷い、非人間的な側面をもっていたか、そんな情報は当時ほとんど我々の耳には入ってこなかったからね。毛沢東語録を掲げることは一部のインテリにとって、一種の知的ファッションにさえなっていた。彼は一部の学生を組織し、紅衛兵もどきの先鋭的な部隊を学内に作り上げ、大学ストライキに参加した。彼を信奉し、よその大学から彼の組織に加わるものもいた。そして彼の率いるセクトは一時けっこうな規模になった。大学側からの要請で機動隊が大学に突入し、立てこもっていた彼は学生たちと一緒に逮捕され、刑事罰に問われた。そして大学からは事実上解雇された。〔中略〕彼は大学を離れたあと、紅衛兵部隊の中核をなしていた十人ばかりの学生をひきつれて『タカシマ塾』に入った。学生たちの大半は大学から除籍されていた。とりあえずどこか行き場所が必要だった。（BOOK1、二二一頁）

そして「タカシマ塾」については『1Q84』BOOK1、2の偶数章の主人公で「ふかえり」の小説のリライトをする天吾が「コミューンのような組織で、完全な共同生活を営み、農業で生計を立てている。酪農にも力を入れ、規模は全国的です。私有財産は一切認められず、持ち物はすべて共有になる」（BOOK1、二二二頁）と述べている。
このような深田保の思想と実践は、現代中国文学者であった故・新島淳良《にいじまあつよし》（一九二八〜二〇〇二）を彷彿させる。新島については七〇年代の人名事典に要を得た説明があるので引用したい。

中国研究者。一九二八（昭和三）年二月七日東京神田に生まれる。戦後、地域の子供図書館活動に携わる。結核再発のため四八年旧制一高を中退。五三年に中国研究所所員となる。六〇年早大政経学部講師、六三年助教授、六八年教授。この間に『中国の教育』『現代中国教育史』（共著）、『現代中国の革命認識』などを著す。六六年ごろから中国の文化大革命を積極的に評価し、日本共産党から再三批判される。その立場は六六〜六九年の『毛沢東の哲学』『毛沢東の思想』『新しき革命』などに示されている。七〇年に編著『毛沢東最高指示』を出し、中国研究所との関係を絶たれる。七一年山岸会の特別講習研鑽会に参加し、その思想に共鳴。蔵書や不動産を処分し、娘をイギリスのサマーヒル・スクールに留学させて、七三年に早大を退職。児童教育に専念、三重県阿山町にヤマギシズム幸福学園を建設する活動をつづけている。（『現代人物事典』朝日新聞社、一九七七年）

補足すれば、新島は一高時代には中国語クラスに属し、東京商科大学（現・一橋大学）予科教授で一高「華語」講師でもあった中国文学者の工藤篁《たかむら》（一九一三〜七四）から大きな影響を受けていた。工藤はその後、一九五〇年に東大教養学部助教授となり、同文学部中国文学科大学院をも兼担している。新島は工藤の導きにより魯迅への関心を深め、結核で一高を中退後も、「元同級生や後輩たちといっしょに魯迅研究会というサークルをはじめ」た（新島『魯迅を読む』一一頁）。同研究会には私の恩師丸山昇（一九三一～二〇〇六）ら、戦後日本の中国人文学研究を担った俊英が集まっている。新島がヤマギシ会を一時離れていた一九七九年に刊行した『魯迅を読む』は、「日本人でなくては書けない魯迅」[5]（同書あとがき）を書こうと試みた、優れた文芸批評である。

そして『魯迅を読む』の前年七月刊行の『阿Qのユートピア』は、新島がヤマギシ会体験を語った報告書であり、手元の同書奥付によれば七カ月後には第三刷が出ており、それなりに話題になった本なのだろう。同書で新島が語るところによれば、ヤマギシ会は「無所有社会」（九七頁）であり、「ユートピアをめざすコミューンのひとつ」であるという。ヤマギシ会のコミューンは「実顕地」と称され各地に点在しており、新島は自らが属していた「実顕地」を次のように語っている。

ヤマギシカイは、ひとつの社会である。夫婦・こどもを単位にする家族も一〇〇世帯ぐらいあるし、株式会社や有限会社や農事組合法人のような法人もいくつかあるし、また、炊事や洗濯や育児や冠婚葬祭や医療を共同化してひとつ財布でやっている。だから家族も会社も共同体もある、ひとつの社会だといっていいのじゃないかと思う。／ヤマギシカイは、自然発生的にできた村ではなくて、ある理想をもった集団がつくりあげた、人工的なムラである。その思想をヤマギシズム（山岸イズム）とよぶ。[6]

村上春樹は一九六八年に早稲田大学第一文学部演劇科に入学、七五年に同科を卒業しており、その在学期間は新島の文革派教授としての活躍から早大辞職、ヤマギシ会入会の時期と重なっている。魯迅や日中間の歴史の記憶に関心を寄せていた村上が、新島の言動を知らなかったとは思えない。ヤマギシ会と『1Q84』の「タカシマ塾」は、私有財産を否定しユートピアをめざす農業中心のコミューンなどの点で一致しており、前者が後者のモデルであると考えられよう。しかし『1Q84』の深田保が一九七四年に「タカシマ塾」から分かれて新生コミューン『さきがけ』を建設し、やがてカルト教団の教祖風を彷彿とさせる「リーダー」となっていく点は、新島淳良とヤマギシ会との関係とは異なっており、おそらくほかの人物や団体をモデルとしているのだろう。

新島淳良は『魯迅を読む』序章で「魯迅の処女作「狂人日記」は「月光」からはじまる。〔中略〕そして「狂人日記」のなかで狂人が昏迷におちいるときは「まっ暗だ」と記され、月光がない。この基本的なパターンはその後の作品をつうじてあらわれる」と述べ、「阿Q正伝」に関しては「阿Qが捕らえられるのは「闇の夜」であるが」と留保しつつも、魯迅作品を貫く月の狂気を指摘している。この点を村上の1Q84年の世界に二つの月が浮かんでいることと考えあわせるのも興味深いだろう。

また『1Q84』奇数章に登場する「必殺仕掛人」風主人公の「青豆」は、「広尾にあるスポーツ・クラブにインストラクター」として勤務中に、毛沢東思想を語っている。スポーツ・クラブで女性用護身術「素早い睾丸攻撃」を提唱する際に、彼女は「毛沢東も言っています。相手の弱点を探し出し、機先を制してそこを集中撃破する。それしかゲリラが正規軍に勝つチャンスはありません」と毛の抗日戦争論である『持久戦論』を真剣に引用するのである——あたかも新島淳良の著書を愛読していたかのように。但し彼女が『1Q84』の作中で読むのは「一九三〇年代の満州鉄道についての本」であり、そ

の満州から終戦の年に「無一文で引き揚げてきた」のが、「天吾」の父親であった。(7)

3 「青豆」と「阿Q正伝」の女たち

それにしても「青豆」とは不思議な姓だ。村上春樹は新聞記者のインタビューに答えて「居酒屋のメニューにあった『青豆とうふ』から連想」したと語っているが、(8) はたして名前の由来は居酒屋の豆腐だけなのだろうか。

魯迅作品の「故郷」では農民閏土《ルントウ》が語り手「僕」に「冬なもんで何もありません。これっぽっちの干し青豆ですが家《うち》で天日にさらしたものでして、旦那様に召し上がっていただこうと……」と贈る農作物として登場する。そのいっぽうで、中国の古典詩では「青豆」は僧侶を指す言葉として用いられてもいる。僧侶といえば、予備校数学教師で小説家志望のもう一人の主人公の名前「天吾」も、仏教用語の「大悟」を彷彿とさせる。以上はこの不思議な姓からの連想に過ぎないが、いずれにせよ「青豆」という特異な名前は、阿Qという無名性と不思議な対照をなしているのだ。本書第1章で述べたように、私は夏目漱石から村上に至る東アジアの「阿Q像の系譜」をめぐり、「阿Q像」とは通常の名前を持たず、家族から孤立し、旧来の共同体の人々の劣悪な性格を一身に集めて読者を失笑苦笑させたのち犠牲死して、旧共同体全体の倫理的欠陥を浮き彫りにし、読者を深い省察に導く人物、と定義している。

ところで「青豆」はスポーツ・インストラクターを表の職業とするいっぽうで、家庭内暴力を自分の妻に振るって重傷を負わせる男を殺害するという裏の職業を持っている。余談だが魯迅の同郷の革命家秋瑾《しゅうきん》（チウ・チン、一八七五〜一九〇七）は、清朝打倒のため紹興の町での軍事蜂起を企図して逮捕され処刑されており（図8-1）、日本留学時代の彼女が和服姿で抜き身の短刀を構えて撮った写真が残されている。秋瑾は東京の留学生会館で彼女の過激な革命運動方針に反対した魯迅に対し、刀をつきつけ死刑を宣告したこともあったという。毛沢東のゲリラ戦理論には、このような秋瑾たち革命烈士の都市蜂起失敗に学んで編み出された、という側面もあるのだろう。

ちなみに村上春樹の大学入学の年には、作家の武田泰淳（一九一二〜七六）が秋瑾をモデルにした小説『秋風秋雨人を愁殺す』を発表しており、おそらく村上は同書を読んでいるのではあるまいか。「春愁」の四月にDV男を、「秋風」の九月にカルト教団のリーダーを暗殺するテロリスト「青豆」は、革命家秋瑾を彷彿とさせるのだ。

図8-1　秋瑾像（紹興市・解放北路軒亭口，著者撮影）

さて『1Q84』BOOK1第5章では殺人後の「神経の高ぶりをほぐしておく」ため、「青豆」は「一流ホテル」のバーに出かけ、東京出張のため宿泊中の「一流企業に勤め、管理職に就いている」と思しき中年のサラリーマンを「あなたのおちんちんは大きい方？……ひとつ見せてもらいましょうか」と誘惑し、彼の部屋で性交する。バーのカウンターで突然「おちんちんは……」と問われてたじろぐ男に対し「青豆」が語る殺し文句が、本章冒頭に掲げた一句「私はね、ただあなたのその禿げ頭が好きなの。その形が好きなの。わかった?」である。
禿げといえば、それは阿Qの体質上の欠陥でもあり、魯迅は阿Qの禿げコンプレックスを次のように述べている。

阿Qは「昔は金持ち」で、見識豊か、しかも「働き者」なので、本来は人としてほとんど「完璧」なのだが、惜しいことに体質上の欠陥があった。いちばんの悩みは頭の地肌にあり、いつのころからか疥癬《かいせん》あとのハゲが幾つもできていることだった。これは阿Qの身体の一部とはいえ、阿Qの考えによれば、やはり高貴なものとは思えぬようすで、それが証拠に彼は「ハゲ」という言葉とそれに近い発音をすべて忌み嫌ったので、しまいには禁句の範囲を押し広げて、「光る」もダメ、「明るい」もダメ、さらには「灯り」や「ロウソク」までもが禁句となった……

そもそも阿Qが地主の趙家を略奪した盗賊と間違われて刑死に至るのは、彼自身のセクハラに端を発しているのだ。阿Qは日本留学中に弁髪を切ったもう一軒の地主銭家の長男を嫌い、彼を「にせ毛唐」と呼び、すれ違いざまに「ハゲ頭。阿呆……」と悪態をついたため、この若旦那にステッキで殴られてしまう。そこで阿Qは自らの屈辱と敗北をさらなる弱者に転嫁して自己満足する独自の「精神勝利法」を実行して、次に酒屋の前で出会った若い尼僧に対し「ツルツル頭!　とっとと帰れ、和尚が待っとるぞ……和尚のお手付け」とからかい、彼女の「頬をギュッとつね」る。これに対し遠くから若い尼僧が泣きながら叫ぶ言葉が、やはり本章冒頭に掲げた「罰当たり、子孫が絶える阿Q!」なのである。

その後、阿Qは尼僧をつねった自分の親指と人指し指が怪しくスベスベしているように感じるいっぽう、「子孫が絶える阿Q！」という彼女の言葉から「子や孫が絶えたら〔自分の死後に〕誰も茶碗一杯のご飯もお供えしちゃあくれない……そうだ、女がいるんだ」と考えるに至る。その夜、趙家で米つき仕事の休憩の際に「若後家さん」の呉媽《ウーマー》（呉という姓の女使用人という意味）の前で突然跪《ひざまず》き「二人で寝よう、俺とおまえで寝よう！」といきなり性交を迫るのだった——「あなたのおちんちんは……」と誘惑する「青豆」より些か紳士的ではあるが。

若い尼僧に対する第一のセクハラは酒屋の飲み仲間の喝采を浴びたが、地主趙家の呉媽に対する第二のセクハラは、地主による厳しい懲罰を引き起こし、阿Qは未荘にいられなくなって県都に出かけ、窃盗犯の手伝いをするはめとなる。辛亥革命後にこの盗賊幇助が疑惑を呼んで、阿Qは趙家略奪の犯人として銃殺されるのだ。

魯迅はこの間の阿Qの行動と心理は詳しく描写しているが、セクハラを受けた女性たちの経歴や心理はほとんど描いていない。若い尼僧の出家の理由、結婚を断念するいっぽうで、和尚の愛人役を強いられる可能性を指摘されたときの彼女の心情、あるいは呉媽の若い寡婦としての情念と論理などは、「阿Q正伝」ではほとんど語っていない。しかし呉媽はその後、一九二四年の魯迅短篇小説「祝福」[9]のヒロイン祥林嫂《しょうりんそう》（シアン・リンサオ）に生まれ変わり、最貧の農婦の情念と論理を語ることとなる。

ところで若い尼僧の「子孫が絶える（断子絶孫）」という言葉は、中国では典型的な悪罵として用いられる。若い尼僧は建て前としては結婚せず、従って出産もしないはずなのだが、この言葉が作品発表当時の中国の読者から現代日本の読者に至るまで、違和感を感じさせることがなかったのはなぜだろう。

それは恐らく婚前に公衆の面前でセクハラを受けた下層階級の若い娘が、彼女の怒りと悲しみを表現するのに許される最大限のステレオタイプ的罵倒、としてこの言葉が理解されてきたからであろう。ちなみに魯迅よりほぼ二世代下の老舎《ろうしゃ》（ラオショー、本名は舒慶春、一八九九〜一九六六）は、初恋の人が出家して和尚の妾となることを悲しみ、ロマン主義および象徴主義的色彩が濃厚な小説『微神』を書いたと言われている(10)。

阿Qから突如「二人で寝よう」と懇願された呉媽は、「キャー！」と叫んで外に飛び出し、走りながらわめき泣き出し、貞節を守ったという証を立てるため首吊り自殺を試みている。前述の「祝福」は、農村の貧しい寡婦の悲劇を描いた短篇小説であり、主人公の祥林嫂は亡夫の家の姑に他家に嫁として売られ、二度目の夫に力ずくで迫られて妊娠出産するものの、その夫と子供とも死別し、更に義兄により亡夫の家から追い出されてしまう。幾重もの不幸に追い討ちをかけるかのように、別の信心深い寡婦が祥林嫂に「将来冥土に行ったら、あの二人の死んだ夫のあいだで取り合いが始まるよ……閻魔大王は仕方がないからあんたを鋸《のこぎり》で真っ二つにして、二人に分けてやるしかない」と脅すのだ。

百年前の阿Qの時代の未荘の村では、若い尼僧に公然とセクハラをする阿Qを懲らしめる人もいなければ、阿Qが同じく下層階級の若い寡婦に性交を求めることは元より、彼女が阿Qを「あなたのその禿げ頭が好きなの」と誘惑することも許されなかった。「阿Q正伝」の中の無名の尼僧や呉というよくある姓でしか呼ばれない女性使用人に対して、「青豆」は極めて個性的な姓を持ちDV夫を誅殺し中年男を誘惑する現代東京の「クールな」女性である。

「私はね、ただあなたのその禿げ頭が好きなの」という一句は、百年前の中国の未荘の村で、阿Qの

「精神勝利法」によるセクハラを受けた尼僧や呉媽が亡霊となって百年後の東京に現れ、「青豆」に憑依して語る呪いの詞のように私の耳には響くのである。ちなみに先に紹介した丸尾常喜の著書によれば、未荘とは中国語で「幽霊の村」と同義であるという。

4　第三の主人公「牛河」と「阿Q」のアナグラム

二〇一〇年四月、『1Q84』BOOK3が発売されたとき、多くの読者が驚いた。BOOK1とBOOK2では奇数章で「青豆の物語」が、偶数章で「天吾の物語」が交互に描かれていたのに対し、この最新巻では悪徳の元弁護士牛河を主人公とした「牛河の物語」が加わっていたからだ。その結果、第一、四、七……章が「青豆」、第二、五、八……章が「天吾」、第三、六、九……章が「牛河」の物語となって、『1Q84』の物語構造に大きな変化をもたらしていたのである。

実は「牛河」はBOOK2ですでに脇役として登場し、次のように異形異様な人物として描かれている。

……牛河は背の低い、四十代半ばとおぼしき男だった。胴は既にすべてのくびれを失って太く、喉のまわりにも贅肉がつきかけている。……三十二歳から五十六歳までどの年齢と言われても、言われたとおり受け入れるしかない。歯並びが悪く、背骨が妙な角度に曲がっていた。大きな頭頂部は不自然なほど偏平に禿げあがっており、まわりがいびつだった。

……いったいどのような人間が、進んでこの男の友だちになるのだろう、と天吾はふと疑問を抱いた。……牛河という男は天吾に、地面の暗い穴から這い出てくる気味の悪い何かを連想させた。(11)

そしてBOOK3で第三の主人公となると、「牛河」は改めて次のように描かれるのだ。

記憶している限り、生まれてこの方誰かに好印象を持たれたことは一度もない。彼にとってはいわばそれが通常の状態だった。

牛河は小学校に良い思い出を持っていない。彼は体育が不得意で、とくに球技が苦手だった。ちびで足が遅く、目には乱視が入っている。それにもともと運動神経というものが具わっていないのだ。体育の時間はまさに悪夢だった。学科の成績は優秀だった。頭の出来はもともと悪くないし、よく勉強もする（だからこそ二十五歳で司法試験に合格できたのだ）。しかし彼はまわりの誰にも好かれなかったし、敬意も払われなかった。運動が得意ではないこともおそらくその原因のひとつだった。もちろん顔の造作にも問題があった。(12)

「牛河」の「顔の造作」とは、「頭はとても大きく、いびつなかたちをしています。てっぺんが扁平でほとんど禿げて、背が低く手足が短く、ずんぐりしています」。そしてこのような「かなり奇妙な外見」(同)は、「福助」に喩えられている。(13)「福助」とは足袋装束卸問屋として明治一五年、大阪・堺で創業された老舗企業で、その商標は丁髷を結って正坐し、お辞儀をしかけている武士であり、その顔は可愛い「阿Q」の兄弟のようである。(14)

「牛河」はカルト集団「さきがけ」の顧問弁護士格であり、「さきがけ」の教祖である「リーダー」を暗殺した「青豆」の行方を追って、秘密裏に「天吾」の監視と尾行を続けているが、「青豆」と「天吾」との秘密を知る直前に処刑されて死ぬ。通常の名前を持たず、家族から孤立し、旧来の共同体の人々の劣悪な性格を一身に集めて読者を失笑苦笑させたのち犠牲死して、旧共同体全体の倫理的欠陥を浮き彫りにし、読者を深い省察に導く人物——「牛河」はまさに「阿Q」の末裔と言ってよいであろう。彼は「青豆」がホテルのバーで囁いた「私はね、ただあなたのその禿げ頭が好きなの。その形が好きなの。わかった?」という言葉に誘《おび》き出されたかのように、彼女を追い求めて、若い尼僧と呉媽とに対し阿Qが行ったセクハラの罪を罰せられるかのように処刑されるのである。

文芸批評家の小山鉄郎は、村上の長篇小説『ダンス・ダンス・ダンス』(一九八八)に登場する流行作家の牧村拓(MAKIMURAHIRAKU)という名前が、MURAKAMIHARUKI(村上春樹)のアナグラムであることを指摘している。村上はあたかも読者の注意を促すかのように、作中でこのユニークな脇役——彼は霊感あらたかな一三歳の美少女ユキの父でもある——の名前に繰り返し「まきむら・ひらく」とルビを振っているのだ。(15)

牛河がBOOK2で初登場した際に「Ushikawa Toshiharu」というローマ字表記の名刺を天吾に手渡すのは、村上からのアナグラムへの手招きではあるまいか。そこで姓を訓読ではなく音読して、「ぎゅうか・としはる」と読んでみると、"GYUKATOSHIHARU"から"HARUGI TO AKYUS(ハルギと阿

Qたち〟という一句が浮上するのだ——H一字が余ってしまうが。あるいは「牛河」の二文字を逆転して「かぎゅう、KAGYU」と音読してアナグラム的に組み直せば、Gの一字余りではあるが〝AKYU（阿Q）〟という名前が現れる。村上春樹はこのような文字遊びによって、読者に「牛河」が「阿Q」の亡霊であることを暗示しているのではあるまいか。

「阿Q」は一九二二年北京紙『晨報』連載の「阿Q正伝」最終回で銃殺刑に処されて以来、亡霊となって多くの魯迅読者の脳裡に住み着いてきた。しかし現代日本の「阿Q」の亡霊である「牛河」が、処刑直前において、「天吾」のアパートを訪ねてきた「ふかえり」に、牛河が設置した秘密の監視カメラから逆透視されている点は興味深い。

彼女はサングラスを取ってコートのポケットに突っ込んだ。そして眉を寄せ、窓の隅に偽装された望遠レンズに目の焦点をあわせた……牛河は日焼けしたカーテンの隙間からその後ろ姿を見送った。……セブンスターを口にくわえ、……力はなかなか回復しなかった。いつまでも手脚に痺れが残っていた。そして気がつくと、彼の中には奇妙なスペースが生じていた。それは純粋な空洞だった。その空間が意味するのはただ欠落であり、おそらくは無だった。……ふかえりと彼とのあいだに生まれたのは、言うなれば魂の交流だった。(16)

「阿Q」の亡霊である「牛河」は、「1Q84」年に再び刑死するものの、刑死前に「ふかえり」により救済されている点は、特筆に値しよう。もっとも死体となった「牛河」の口から現れ出て来る者たちを見ると、「阿Q」の系譜はさらに続くようにも思われるのだが。

注

まえがき

（1）下地慎栄「現代日本文学における魯迅の影響への一考察——魯迅「祝福」と山田宗樹『嫌われ松子の一生』の比較を中心に」『東京大学文学部中国語中国文学研究室』第一六号、二〇一三年一一月。

第1章　夏目漱石と魯迅

（1）江藤淳『漱石とその時代　第二部』新潮社、一九七〇年、五四～五五頁。
（2）夏目漱石『漱石全集　第十三巻　日記及断片』岩波書店、一九六六年、八頁。
（3）『漱石全集　第十三巻　日記及断片』一〇頁。
（4）『漱石全集　第十二巻　初期の文章及詩歌俳句』岩波書店、一九六七年、一四、三四頁。
（5）『漱石全集　第十三巻　日記及断片』四九頁。
（6）『漱石全集　第十四巻　書簡集』岩波書店、一九六六年、一八九頁。
（7）『漱石全集　第十四巻　書簡集』二二二頁。
（8）夏目漱石「入社の辞」、『東京朝日新聞』一九〇七年五月三日、『漱石全集　第十一巻　評論雑篇』岩波書店、一九六六年、四九三頁。
（9）一九一一年八月の大阪朝日新聞社主催夏期講演会では、八月一三日明石公会堂では牧巻次郎「満州問題」と漱石「道楽と職業」、八月一五日和歌山県公会堂では牧「列国の対支那政策」と漱石「現代日本の開化」などが講演されており、八月一八日大阪市公会堂では牧が「開会の辞」を述べ、漱石が「道徳と文芸」を講演している。

(10) 朝日新聞合資會社編『朝日講演集』大阪・朝日新聞合資會社、一九一一年、二〇三、二〇四、二一〇、二一一頁。

(11) 夏目漱石「道楽と職業」『漱石全集 第十一巻 評論雑篇』二九五頁。

(12) *Leonid Andreyev: a critical study* by Alexander Kaun, New York: B.W. Huebsch 1924, p. 15.

(13) *Essays on Russian Novelists* by William Lyon Phelps, New York: The Macmillan 1911, p. 269.

(14) 日本におけるアンドレーエフ受容史に関しては、塚原孝「上田敏とアンドレーエフ」および同「アンドレーエフ翻訳作品目録」(川戸道昭、中林良雄、榊原貴教編集『明治翻訳文学全集翻訳家編17 上田敏集』東京・大空社、二〇〇三年に収録。二五三〜二七〇、二七一〜三二三頁)を参照。

(15) エリセイエフは一九〇九年一月に雑誌『趣味』誌上に「最近の露国文壇」という文章を発表して、この作家の作風の変遷を手際良く紹介し、小宮は漱石にすすめられて俳句雑誌『ホトトギス』に「レオニド・アンドレイエフ論」を発表した。

(16) 文芸誌『スバル』編集者の平出修も相馬訳『七刑囚』を同誌一九一三年七月号で紹介している。平出は法律家でもあり、大逆事件被告の弁護士をつとめ、その経験にもとづき、法廷における被告人の心理を担当弁護人の眼を通して描く『逆徒』(一九一三年九月)など一連の短篇小説を著し、大審院判決の不法性を訴えており、アンドレーエフ『七刑囚』からの影響を相馬が平出宛の九月四日付書簡で指摘している。(『平出修集〈続〉』春秋社、一九六九年、五三四頁)なお『逆徒』掲載誌の『太陽』は発禁処分を受けた。

(17) H・N・ブレイルズフォード著、岡地嶺訳『フランス革命と英国の思想・文学』八王子・中央大学出版部、一九八二年。

(18) 村岡勇編『漱石資料』岩波書店、一九七六年、九頁。

(19) 漱石が一九〇六年一〇月に発表した短篇小説『二百十日』の主人公が語り合う言葉。『漱石全集 第二巻 短篇小説集』岩波書店、一九六六年、六〇〇頁。

(20) 小宮豊隆宛一九〇九年三月一三日書簡。『漱石全集 第十四巻 書簡集』七四九頁。

(21)小宮豊隆『漱石　寅彦　三重吉』岩波書店、一九四二年、一九一頁。
(22)小宮豊隆『漱石　寅彦　三重吉』一九一頁。
(23)柴田勝二『漱石のなかの〈帝国〉――「国民作家」と近代日本』翰林書房、二〇〇六年、一一、一二四、一二五、一二九、二七六頁。
(24)柴田勝二『漱石のなかの〈帝国〉』一二九頁。
(25)『漱石全集　第四巻　三四郎　それから　門』岩波書店、一九六六年、六二三頁。
(26)小平武「漱石とアンドレーエフ――『それから』の不安の描法」(『えうゐ』一〇号、一九八二年)九七～一〇六頁。
(27)アンドレーエフ著、二葉亭四迷訳『血笑記』東京・易風社、一九〇八年八月、二七～二八頁。
(28)一九一三年一二月第一高等学校での講演「模倣と独立」。『漱石全集　第十六巻　別冊』岩波書店、一九六七年、四一六～四二六頁。
(29)『漱石全集　第十三巻　日記及断片』三九九頁。
(30)「昨朝の地震に就て(大森博士の談話)」『東京朝日新聞』一九〇九年七月四日、二頁。
(31)夏目漱石『それから』「第十一回　三の二」『東京朝日新聞』一九〇九年七月七日、三頁。『漱石全集　第四巻　三四郎　それから　門』三四三頁。なお漱石は一九〇九年六月一九日に『それから』二〇回分を朝日新聞社に送っている。
(32)芥川龍之介「東京小品」の中の「漱石山房の秋」。一九二〇年一月一日『大阪毎日新聞』掲載。『芥川龍之介全集　第五巻』岩波書店、一九九六年、二七七頁。
(33)『漱石全集　第十三巻　日記及断片』三九九頁。
(34)述者夏目鏡子、筆録者松岡譲『漱石の思ひ出』東京・岩波書店、一九二九年一〇月第一刷、二〇〇三年一〇月第一四刷改版、二七五頁。
(35)平岡敏夫・山形和美・影山恒男編『夏目漱石事典』東京・勉誠出版、二〇〇〇年、二六一頁。
(36)平岡敏夫ほか編『夏目漱石事典』二六一頁。
(37)述者夏目鏡子、筆録者松岡譲『漱石の思ひ出』二七四頁。

(38) 述者夏目鏡子、筆録者松岡譲『漱石の思ひ出』二七五頁。
(39)『漱石全集　第十三巻　日記及断片』三九九頁。
(40) 森田草平編「漱石先生言行録（未定稿）二　真面目な中に時々剽軽なことを仰しやる方　山田房子（談）」『漱石全集月報　昭和三年版昭和十年版』岩波書店、一九七六年四月、二〇二頁。
(41) 述者夏目鏡子、筆録者松岡譲『漱石の思ひ出』五～六、一一七頁。
(42) 述者夏目鏡子、筆録者松岡譲『漱石の思ひ出』一一九～一二〇頁。
(43)『漱石全集　第十三巻　日記及断片』三九七頁。
(44) 中村古峡『変態心理の研究』東京・大同館書店、一九一九年一一月発行。
(45)『漱石全集　第十三巻　日記及断片』四〇〇頁。
(46) 小森陽一『世紀末の予言者・夏目漱石』東京・講談社、一九九九年、一七九頁。
(47)『漱石全集　第二巻　短篇小説集』三五一頁。
(48) 五女の雛子は「夜の支那人」事件の翌年の一九一〇年三月に生まれたが、一歳で死亡した。
(49) 述者夏目鏡子、筆録者松岡譲『漱石の思ひ出』二七五頁。
(50) 平岡敏夫ほか編『夏目漱石事典』二六一頁。
(51) 阿部洋『中国の近代教育と明治日本』第2版、龍渓書舎、二〇〇二。
(52) 北岡正子『魯迅——日本という異文化のなかで』関西大学出版部、二〇〇一、四三頁。
(53) 廣岡治哉『近代日本交通史』法政大学出版局、一九八七年、五一～五六頁。
(54) 斉藤俊彦『轍の文化史』ダイヤモンド社、一九九二年、九〇頁。
(55) 石井寛治『情報・通信の社会史』有斐閣、一九九四年、五三、二〇五頁。
(56) 永嶺重敏『雑誌と読者の近代』日本エディタースクール出版部、一九九七年、一一～一二頁。
(57) 魯迅、伊藤正文・丸山昇ほか訳『魯迅全集』第三巻、学習研究社、一九八五年、二一三頁および五一五～五一六頁の拙稿訳注。以下、『学研版魯迅全集』と略す。

(58)『魯迅全集』第一巻、北京・人民文学出版社、二〇〇五年、四三八頁。以下、『〇五版魯迅全集』と略す。魯迅『故郷／阿Q正伝』光文社古典新訳文庫、二〇〇九年、二五三頁。

(59)『〇五版魯迅全集』第一巻、四三八〜四三九頁。魯迅『故郷／阿Q正伝』二五三〜二五四頁。

(60)太宰治『太宰治全集8』筑摩書房、一九八九年、二七七頁。

(61)太宰治『惜別』の評価に関しては、本書第6章「太宰治と魯迅」を参照。

(62)周遐壽（周作人の筆名）『魯迅的故家』上海・上海出版公司、一九五三年、二〇一頁。

(63)周作人『魯迅的故家』一九〇〜一九二頁。

(64)『〇五版魯迅全集』第一六巻「日記」一九三五年一二月一七日、一九三六年一月三〇日ほか。

(65)『〇五版魯迅全集』第一一巻、「書信」一九二一年六月三〇日周作人宛て書簡、三九〇頁。

(66)『漱石全集　第二巻　短篇小説集』一三七頁。

(67)『〇五版魯迅全集』第一〇巻、二三八〜二三九頁。

(68)『〇五版魯迅全集』第四巻『二心集』「翻訳に関する通信」三八四頁。『学研版魯迅全集』第六巻、二〇五頁。但し、本書では他の魯迅作品と同様に拙訳を用いる。

(69)『〇五版魯迅全集』第一五巻、三六四頁の一九一九年四月九日の日記に「東京堂が『新潮』三月号一冊を送って来る」と記されている。

(70)有島・江口・菊池・芥川といった当時の若手作家の選択にもそれは反映されている。大正六年以後には、日本における漱石評価が、自然主義派の「余裕の文学」説から、漱石門下を中心とする人文主義系の則天去私説へと変化しつつあったのを、魯迅は察知していたことであろう。それにもかかわらず、これに一顧だに払うことのなかった点も、興味深い。

(71)周作人『魯迅的故家』一八一頁。伍舎については『魯迅の会会報』第三号（一九八一年）中の岡崎昌史氏のレポートに詳しく記されている。

(72)一九〇六年一二月二六日および一九〇七年九月二八日高浜虚子宛てはがき、『漱石全集　第十四巻　書簡集』五三

三、六四五頁。
(73) 周作人『魯迅的故家』一八一頁。
(74)『漱石全集　第一巻　吾輩は猫である』岩波書店、一九六五年、一六一頁。
(75) 周作人「魯迅について　その二」、魯迅先生紀念委員会編『魯迅先生記念集』一九三七年、「悼文第一輯」三一頁。
(76) 許欽文「在老虎尾巴的魯迅先生」、中国社会科学院文学研究所魯迅研究室編『1913-1983 魯迅研究学術論著資料匯編』第三巻、北京・中国文連出版公司、一九八七年、二二九頁。『宇宙風乙刊』一九四〇年一〇月一六日号掲載、のちに『学習魯迅先生』（上海・上海文芸出版社、一九五九年）に収録。
(77)『〇五版魯迅全集』第一五巻「日記」六一九頁、一九二六年五月五日。『学研版魯迅全集』第一八巻、八六頁。
(78) 周作人「関于魯迅　二」『宇宙風』第三〇期、一九三六年一二月一日原載、『1913-1983 魯迅研究学術論著資料匯編』第二巻、北京・中国文連出版公司、一九八六年、九三頁。
(79) 藤井省三「日本介紹魯迅文学活動最早的文字」『復旦学報』社会科学版、一九八〇年第二期、九一～九二頁。
(80) 魯迅によるアンドレーエフ作品「嘘」「沈黙」の翻訳については参照林敏潔論文「「誠」と「愛」――魯迅訳「黙」と「謾」について」東方学会『東方学』二〇〇一年一月、第一〇一期、一三二～一四六頁。
(81) 魯迅「『中国新文学大系』小説二集序」『中国新文学大系小説二集』（一九三五年七月刊行）収録、『〇五版魯迅全集』第六巻、『且介亭雑文二集』、二四七頁。
(82) 魯迅「「靄の中へ」訳者附記」『〇五版魯迅全集』第一〇巻「訳文序跋集」二〇一頁。『学研版魯迅全集』第一二巻、二四七頁。
(83) 平川祐弘「クレイグ先生と藤野先生――漱石と魯迅、その外国体験の明暗」『新潮』第七〇巻第三号、一九七三年三月。平川祐弘『夏目漱石――非西洋の苦闘』（新潮社、一九七六年）、及び同書講談社学術文庫版（一九九一）に収録。「「藤野先生」――留学体験という縁」『しにか』一九九六年一一月号。『内と外からの夏目漱石』東京・河出書房新社、二〇一二年、一五二～一五六頁。
(84) 日中両国における魯迅と漱石の比較研究史に関しては、参照潘世聖『魯迅・明治日本・漱石』（汲古書院、二〇〇二年）の第六章「中国と日本における「魯迅と漱石」研究の史的考察」。
(85) 竹内好「「阿Q正伝」の世界性」『世界小説』一九四八年九月号原載、『竹内好全集』第一巻、東京・筑摩書房、一九八一年、二三九〜二四〇頁。
(86) 平岡敏夫「『坊つちやん』の周辺」『国語通信』一九六五年六月。同著「「坊っちゃん」試論――小日向の養源寺」『文学』一九七一年一月号（同著『漱石序説』東京・塙書房、一九七六年、七五〜一〇三頁に収録）。
(87) 米田利昭「「坊っちゃん」と「阿Q正伝」」伊藤虎丸ほか編『近代文学における中国と日本』東京・汲古書院、一九八六年、一九七、二〇五、二〇六頁。
(88) 潘世聖『魯迅・明治日本・漱石』第九章「価値転倒の視点と「文明批判」の様相――『阿Q正伝』と『吾輩は猫である』を中心に」二五二頁。潘は同章題と同名の論文を二〇〇〇年に『比較社会文化研究』（九州大学）第八号、二三〜三一頁に発表している。
(89) 欒殿武『漱石と魯迅における伝統と近代』（東京・勉誠出版、二〇〇四年）第二部「漱石と魯迅の近代」第一章「魯迅文学における漱石の投影」二二二頁。欒は同章題と同名の論文を『国際文化研究所紀要』第八号（二〇〇二年一〇月）三五〜五一頁に発表している。
(90) 夏目漱石「談話」『文芸誌』一九〇六年九月号、『漱石全集　第十六巻　別冊』五一六〜五一七頁。
(91) 江藤淳『夏目漱石』東京ライフ社、一九五六年、八一頁。
(92) 井上ひさし「「坊つちやん」――百年の日本人　夏目漱石」『読売新聞』一九八四年一月一一日。引用は『日本文学研究大成　夏目漱石Ⅰ』（国書刊行会、一九八九年、四八頁）より。
(93) 平岡敏夫「「坊っちゃん」試論」（一九七一年一月）。平岡敏夫『漱石序説』九九頁。
(94) 柴田勝二『漱石のなかの「帝国」――「国民作家」と近代日本』東京・翰林書房、二〇〇六年、五二、五四頁。
(95) 欒殿武「漱石と魯迅の比較研究の試み――『坊ちゃん』と『阿Q正伝』の接点を中心に」『語文論叢』一九九八年三月、第二五号、四六頁。
(96) 欒殿武「漱石と魯迅の比較研究の試み」四三頁。

(97) 江藤淳『漱石とその時代 第三部』新潮社、一九九三年、二五四～二五五頁。
(98)『漱石全集 第二巻 短篇小説集』二四四頁。
(99) 渥見秀夫は四国への赴任が決まった主人公が「清」に別れを告げる際に、「〈清〉は、ここで初めて「坊っちゃん」と呼びかける。ここまで〈おれ〉への〈清〉の言葉は、周到に〈坊っちゃん〉の呼称抜きで、読者に届けられていた」と指摘しているが、漱石による巧みなカギ括弧の用法については指摘していない（「「坊っちゃん」論――閉じない円環」『愛媛国文と教育』第二九号、一九九六年、二九頁）。
(100)『漱石全集 第二巻 短篇小説集』三七七頁。
(101) 金澤庄三郎編『辞林』三省堂出版、一九〇七年、一三九九、一四二〇頁。なお「坊つちやん」の一つ目の意味は「身分ある人の幼き男の子の敬称」である。金澤は一九二五年九月に『広辞林』を三省堂から刊行しており、『魯迅日記』および『魯迅手跡和蔵書目録3』（北京魯迅博物館編、一九五九年）によれば魯迅は一九二四年一一月二八日に北京・東亜公司で『辞林』第一二版を購入し、一九二八年三月一四日と三三年六月二四日に上海・内山書店で『広辞林』を購入している。二八年購入の『広辞林』は張梓生への贈り物で、張は紹興出身の上海で活躍していた編集者である。魯迅は一九二六年七月にファン・エーデン（オランダ、一八六〇～一九三二）の童話『小さなヨハネス』を翻訳した際に、『辞林』を活用した旨を「『小さなヨハネス』序文」および「『小さなヨハネス』動植物訳名小記」に記している（『〇五版魯迅全集』第一〇巻、二八五、二九六頁）。おそらく魯迅は東京留学時代にも『辞林』を愛用していたのであろう。
(102) 渥見秀夫「再読する漱石――自筆原稿での『坊つちやん』再読」『愛媛国文と教育』第三九号、二〇〇七年二月、四頁。同著「「坊っちゃん」論――閉じない円環」（『愛媛国文と教育』第二九号、一九九六年）も参照した。
(103) 成模慶「漱石文学の受容と再生産――「坊っちゃん」の映画化を中心に」『比較文學研究』七八号、二〇〇一年八月、七三頁。
(104)『漱石全集 第二巻 短篇小説集』二四一、三六七頁。
(105) 周作人『魯迅的故家』二〇一頁。北京魯迅博物館編『魯迅手跡和蔵書目録3』一九五九年七月、四四頁。

(106) 魯迅が北京・八道湾の邸宅で周作人と同居していた時期には図書を共同購入しており、現代文学を周作人が、古典を魯迅が管理・記録していたようすで、両者の購入状況は魯迅博物館蔵『周作人日記（影印本）』上冊（鄭州・大象出版社、一九九六年）と『魯迅日記』に各々記録されている。『周作人日記』一九一九年末尾の「八年（民国八年、すなわち一九一九年）書目」七月の項目には、「漫画坊チャン　近藤浩一路／漫画我（ママ）輩ハ猫デアル」と記されている。両書は武者小路実篤『向日葵』以下六冊と澤田順次郎『変態性欲論』との間に記録された七冊の内の二冊であり、日記本文七月二〇日に「在中西屋爲小児買玩具二種（一）武者小路君著作四部」と、七月二五日に「至神田買変態性欲論一冊」と記されているため、この両日の間の二三日に周作人が「至銀座及神田爲（沈）兼士（銭）玄同買書」の際に、『漫画坊つちやん』『漫画吾輩は猫である』の二冊を購入したものであろう（『周作人日記』上冊、四〇、九〇、九一頁）。また『〇五版魯迅全集』第一六巻『魯迅日記』一九三三年四月一七日の記載にも「従内山書店買『新潮文庫』二本」とあり、日記同年篇末に両書の書名と値段「〇・三〇」元および購入月日が記されている（三七二、四一九頁）。

(107) 『周作人日記　中』三五九頁の一九二三年八月の書目に「ローマ字坊ちゃん　夏目漱石」（書名は原文ママ）とあるが、同書について刊記等は不明である。丸善からの小包み受領については、二三日と三一日に記載されている（三二三・三二四頁）。

(108) 『周作人日記　中』四一九頁、一九二四年一一月の書目に「坊ちゃん　夏目漱石」（書名は原文ママ）とある。東亜公司での購入については一一月四日に記載されている（四〇八頁）。

(109) 『〇五版魯迅全集』第一巻、五〇二頁。魯迅『故郷／阿Q正伝』五四頁。原文：我认识他时，也不过十多岁，离现在将有三十年了；那时我的父亲还在世，家景也好，我正是一个少爷。

(110) 『〇五版魯迅全集』第一巻、五二一頁。魯迅『故郷／阿Q正伝』九〇頁。

(111) 魯迅『故郷／阿Q正伝』一〇八頁。原文は「本不是大村鎮」（『〇五版魯迅全集』第一巻、五三二頁）なので、「未荘はもともと大きな村や町ではなく」と直訳できるが、未荘には酒屋と茶館各一軒の店舗しかないので、中規模の村を想像して良いだろう。

(112) 『〇五版魯迅全集』第一巻、五二五頁。魯迅『故郷／阿Q正伝』九七頁。

(113)『〇五版魯迅全集』第一巻、五一七頁。魯迅『故郷／阿Q正伝』八二頁。
(114)『〇五版魯迅全集』第一巻、五二四頁。魯迅『故郷／阿Q正伝』九四頁。
(115)江藤淳『漱石とその時代　第三部』二五〇頁。
(116)小野一成「「坊ちゃん〔ママ〕」の学歴をめぐって」によれば、物理学校とは正式には東京物理学校、現在の東京理科大学の前身であり、「入学は比較的易しいかわり、進級・卒業が非常に難し」く、「坊っちゃん」と同期生は「ストレートで卒業した可能性」は「二割にも満たない数」であり、「最短年数で卒業した坊っちゃんは、実際は大変な秀才」であり、物理学校から送り出された人々は「明治時代を通してトップクラスの帝大出エリートに次ぐ集団を形成していった」という（片岡豊・小森陽一編『坊っちゃん・草枕』東京・桜楓社、一九九〇年、一二〇～一二五頁。初出は『戸板女子短期大学年表』一九八五年一〇月）。
(117)欒殿武「漱石と魯迅の比較研究の試み――『坊ちゃん』と『阿Q正伝』の接点を中心に」三九～四一、四三、四四頁。
(118)『漱石全集　第二巻　短篇小説集』三八二頁。
(119)『漱石全集　第二巻　短篇小説集』三八二頁。
(120)小野一成「「坊ちゃん〔ママ〕」の学歴をめぐって」『坊っちゃん・草枕』一二四頁。
(121)平岡敏夫「『坊っちゃん』の周辺」『国語通信』一九六五年六月。同著「「坊っちゃん」試論――小日向の養源寺」『文学』一九七一年一月号（同著『漱石序説』東京・塙書房、一九七六年、七五～一〇三頁に収録。引用文は九五頁）。
(122)『〇五版魯迅全集』第一巻、五二六頁。魯迅『故郷／阿Q正伝』九八頁。
(123)魯迅の自伝的短篇集『朝花夕拾』には、幼児期の「養育係」として古手の女中の「お長（原文：阿長）」が登場する。彼女は「おそらく若くして夫に先立たれた後家さん」（『〇五版魯迅全集』第二巻、二五五頁。魯迅『故郷／阿Q正伝』一七五、一八五頁）であり、息子が産まれる前に夫が亡くなったため、婚家に居られず、魯迅の家で女中奉公をしていたのであろう。薛綏之主編『魯迅生平史料匯編』第一巻（天津・天津人民出版社、一九八一年）二八七頁の長媽媽（?～一八九九）の項によれば、彼女には五九という名で裁縫師をしていた養子がいたという。

(124)『〇五版魯迅全集』第一巻、五二七～五二八頁。魯迅『故郷／阿Q正伝』一〇〇～一〇二頁。
(125)『〇五版魯迅全集』第一巻、五三三頁。魯迅『故郷／阿Q正伝』一一三頁。
(126)『〇五版魯迅全集』第一巻、五三八、五三九頁。魯迅『故郷／阿Q正伝』一二二、一二三頁。
(127)『〇五版魯迅全集』第一巻、五四〇～五四一頁。魯迅『故郷／阿Q正伝』一二六頁。
(128)『〇五版魯迅全集』第一巻、五五一頁。魯迅『故郷／阿Q正伝』一四五～一四六頁。
(129)『〇五版魯迅全集』第一巻、五五二頁。魯迅『故郷／阿Q正伝』一四八頁。
(130)『孫中山全集』第六巻、北京・中華書局、一九八五年、四一二頁。
(131)『〇五版魯迅全集』第一巻、五五二頁。魯迅『故郷／阿Q正伝』一四七頁。
(132)『〇五版魯迅全集』第一巻、五五二頁。魯迅『故郷／阿Q正伝』一四七頁。
(133)『〇五版魯迅全集』第一巻、四五五頁。魯迅『故郷／阿Q正伝』二九一頁。

第2章　森鷗外と魯迅

(1)　原文は『〇五版魯迅全集』第二巻、一〇三頁。「孤独者」の謎に関しては拙著『魯迅事典』(三省堂、二〇〇二年)八五頁を参照。「孤独者」「愛と死(原題：傷逝)」の二作品間の謎の関係については、林敏潔「増田渉直筆注釈本による『吶喊』『彷徨』の新研究――魯迅の短篇小説「孤独者」「傷逝」および翻訳『労働者シェヴィリョフ』を中心に」(『東京大学文学部中国語中国文学研究室紀要』第一七号、二〇一四年一二月)が新資料に基づく深い考察を行っている。
(2)　たとえば周作人は魯迅が本作を書きあげる九日前に同じく「傷逝」という題名のエッセーを北京の日刊紙『京報副刊』に発表している。これは古代ローマの詩人カトゥッルスの弟の死を悼む詩を翻訳紹介したもので、あわせてビアズリーの挿絵も紹介している。詳しくは清水賢一郎「もう一つの「傷逝」――周作人佚文の発見から」『しにか』一九九三年五月号。
(3)　魯迅「ノラは家を出てからどうなったか」(原題：娜拉走後怎様)。『〇五版魯迅全集』第一巻収録。本編は一九二三年一二月二六日北京女子高等師範学校文芸会で行われた講演を、翌年同校の雑誌『文芸会刊』第六期に発表したもので、同年八月一日上海『婦女雑誌』第一〇巻第八号転載時に加筆訂正され、論文・エッセー『墳』（一九二七年三月）に収録された。

（4）魯迅「父の病（原題：父親的病）」。前掲『〇五版魯迅全集』第二巻収録。本編は一九二六年一〇月七日に厦門（アモイ）で執筆され、同年『莽原』一一月一〇日号に発表された。同作の虚構性については、参照拙稿「魯迅「父の病気」再考――再出発としての中国伝統医学批判」『日本中国学会創立五十年記念論文集』汲古書院、一九九八年一〇月、一〇七一～一〇八五頁。

（5）魯迅「行人（原題：過客）」『〇五版魯迅全集』第二巻収録。本編は一九二五年三月九日『語絲』第一七期に発表された。

（6）伊東幹夫、魯迅訳「われ独り歩まん（原題：我独自行走）」北京魯迅博物館編『魯迅訳文全集　第八巻』福州・福建教育出版社、二〇〇八年、一三四～一三五頁。本編は一九二五年三月一五日『狂飆』第一六期に発表された。原作者の伊東幹夫は当時北京に滞在していた日本人で、魯迅とともに文芸誌を刊行していた高長虹の友人であるが、詳細は不明。

（7）魯迅「凧（原題：風箏）」、前掲『魯迅全集』第二巻収録。本編は一九二五年二月二日『語絲』第一二期に発表された。

（8）初出は藤井省三「魯迅と「さまよえるユダヤ人伝説」」『月刊百科』一九八六年一一～一二月号。本書第四章を参照。

（9）『象牙の指輪』の原題は『象牙戒指』。一九三一年六～一二月『小説月報』連載後、一九三四年五月上海・商務印書館刊行。

（10）「愛と死」関連の批評の調査に際しては、中国社会科学院文学研究所魯迅研究室編『1913-1983 魯迅研究学術論著資料匯編』第一巻（北京・中国文連出版公司、一九八五）を用いた。

（11）『1913-1983 魯迅研究学術論著資料匯編』第一巻、一八三頁。

（12）『1913-1983 魯迅研究学術論著資料匯編』第一巻、一七九～一八二頁。

(13) 『1913-1983 魯迅研究学術論著資料匯編』第一巻、一一〇七～一一一〇頁。

(14) 杉野元子「悔恨と悲哀の手記――魯迅「傷逝」と森鷗外「舞姫」」『比較文学』一九九四年三月号、三一～四一頁。

(15) 原題は「我怎麼做起小説来」。編末に「三月五日」の日付が付されており、一九三三年六月上海・天馬書店出版の『創作の経験』に収録された。

(16) 現行の『鷗外全集　第一巻』(岩波書店、一九七一)収録の「舞姫」は、一九一五年刊行の短篇集『塵泥』に収録された同作を底本とする。「舞姫」の版本に関しては、長谷川泉編『森鷗外『舞姫』作品論集』(東京・クレス出版、二〇〇〇年)を参照。

(17) 「愛と死」の字数は藤井省三訳『酒楼にて/非攻』(光文社古典新訳文庫、二〇一〇年)収録作品による。

(18) 鷗外漁史(森鷗外)著『美奈和集』八版、東京・春陽堂、一九〇八年一〇月、八〇～八一頁。『鷗外全集』第一巻、四二六頁。「舞姫」は『美奈和集』八版と『鷗外全集』とでは、「われ」を「我」に変えるなどの改変は行われているが、本章では魯迅が愛読した可能性のある前者から引用する。

(19) 『美奈和集』八版、八一頁。

(20) 『美奈和集』八版、八四～八六頁。

(21) 森林太郎著、木下杢太郎ほか編『鷗外全集』第二二巻「舞姫に就きて気取半之丞に与ふる書」東京・岩波書店、一九七一～一九七五年、一六〇頁。同作は最初、雑誌『しがらみ草紙』明治二三年(一八九〇)四月号に発表された。

(22) 『酒楼にて/非攻』一二六頁。『〇五版魯迅全集』第二巻、一二八頁。

(23) 会館とは、同郷会や同業者組合が都市に設立したもので、長短期の宿泊や集会のために利用された。魯迅自身も教育部官僚として北京勤務を始めた一九一二年から六年間は、紹興会館に住んでおり、一八年に北京・八道湾に四合院邸宅を購入して母親と三人兄弟で大家族生活を始めるに至って、会館から退去した。吉兆胡同は北京市東四北大街の東側を並行して走る朝陽門北小街の東隣に実在する短い裏通りで、魯迅が「『公理』の手品」(一九二五、『華蓋集』)で「女師大事件」での論敵であった陳源(チェン・ユアン、ちんげん、一八九六～一九七〇)、丁西林(ティン・シーリン、ていせいりん、一八九三～一九七四)、高一涵(カオ・イーハン、こういっかん、一八八五～一九六八)ら『現代評論』

派の北京大学教授が住んでいる場所と指摘している。

(24) 杉野元子四〇頁、注(14)。

(25) 戦前の北京の風俗を英語で小説形式で書いたH. Y. Lowe（羅信耀）の *The adventures of Wu: the life cycle of a Peking man* (Princeton, N. J.: Princeton University Press, 1983. 邦題『北京風俗大全』）によれば、一九三〇年代後半でも親同士こそ互いの家を訪問し、未来の嫁と婿とを検分し合うものの、当人たちは相手の写真さえ見せてもらえず、結婚話が女性側に知らされるのは婚約成立後のこと。結婚式の時に、しきたり通りに花婿が花嫁の頭にかけられた紅絹のベールを竿量りの竿の先に引っかけて取り除き、初めてご対面となった。羅信耀『北京風俗大全――城壁と胡同の市民生活誌』藤井省三、佐藤豊、宮尾正樹、坂井洋史共訳、東京・平凡社、一九八八年、四二六～四五三頁。

(26) 羅信耀『北京風俗大全』四三九頁。

(27) 一九八一年製作の映画『愛と死（原題：傷逝）』（北京電影製片廠製作、監督：水華（シュイホワ、すいか、一九一六～一九九五））の張瑶均（チァン・ヤオチュン、ちょうようきん、一九三〇～）、張磊（チァン・レイ、ちょうらい、一九三三～）姉弟による脚本では、子君の叔父が涓生が既婚者であることを仄めかしている。「『傷逝』（電影文学脚本）」（張磊著『一位歴史学家的芸術情縁』広州・広東人民出版社、二〇〇八年）二〇頁あるいは『電影劇作集』（北京・中国電影出版社、一九八一年）七〇頁を参照。

(28) 『酒楼にて／非攻』一〇四頁。原文は『〇五版魯迅全集』第二巻、一一六頁。

(29) 西成彦『世界文学のなかの「舞姫」』みすず書房、二〇〇九年、六三～六六頁。

(30) 『酒楼にて／非攻』一三四～一三五頁。原文は『〇五版魯迅全集』第二巻、一三三頁。

(31) 『酒楼にて／非攻』一〇六頁。原文は『〇五版魯迅全集』第二巻、一三三頁。

(32) 盧隠『象牙戒指』一四〇、一四七、二〇九、二一〇頁。

(33) 宋声泉・馬勤勤両氏（それぞれ二〇一二年当時は中国・南開大学と北京大学博士課程の大学院生）のご教示による。なお陳開玖論文「大半就為着這阿随――《傷逝》主題意象解読」は、金の指輪とイヤリングは子君の父か叔父が子君に贈ったもの、と推定している（『語文学刊』二〇〇四年、第一期、一二三頁）。

(34)『酒楼にて／非攻』一〇二頁。原文は『〇五版魯迅全集』第二巻、一一五頁。

(35)『酒楼にて／非攻』一〇三頁。原文は『〇五版魯迅全集』第二巻、一一五～一一六頁。

(36)『酒楼にて／非攻』一〇四頁。原文は『〇五版魯迅全集』第二巻、一一六頁。

(37)劉思平、邢祖文選編『魯迅与電影（資料匯編）』（北京・中国電影出版社、一九八一年）六三～六七頁。

(38)*American silent film comedies: an illustrated encyclopedia of persons, studios, and terminology* by Blair Miller' N. C.: McFarland & Co. 1995, pp. 238-241. G・サドゥール著、丸尾定訳『世界映画史』第二版、みすず書房、一九八〇年、九三頁。

(39)『晨報』一九二四年一一月三〇日。

(40)http://www.weblio.jp/content/%E7%AC%91%E7%8E%8B%E3%83%99%E3%83%B3%E3%82%BF%E3%83%BC%E3%83%94%E3%83%B3（二〇一一年八月二〇日検索）

(41)http://www.zaeega.com/archives/53049640.html（二〇一一年八月二〇日検索）

(42)『酒楼にて／非攻』一〇五頁。原文は『〇五版魯迅全集』第二巻、一一六頁。

(43)『酒楼にて／非攻』一〇〇頁。原文は『〇五版魯迅全集』第二巻、一一四頁。

(44)廬隠『象牙戒指』七七頁。『復活』は一九〇九年アメリカの監督グリフィスらにより、繰り返し映画化されている。

(45)『酒楼にて／非攻』一〇二頁。原文は『〇五版魯迅全集』第二巻、一一五頁。

(46)金築由紀「「傷逝——涓生の手記」——悲恋物語に見る彷徨者の姿」『しにか』一九九六年一一月号、四七頁。

第3章　芥川龍之介と魯迅1

(1)李何林主編、魯迅博物館魯迅研究室編『魯迅年譜』第一巻、北京・人民文学出版社、一九八一年北京第一版、二〇〇〇年（増訂版）北京第一次印刷、三七三～三七四頁。

(2)『新青年』版元の上海・群益書社が同誌同号の広告を上海紙『申報』に載せたのが六月一一日、『北京大学日刊』

「図書館書目室布告」欄が「『新青年』四巻五号二冊」本日新着と通知したのが六月一八日、『周作人日記』に「収第五号新青年十冊」と記載されているのが六月一五日、『魯迅日記』に「寄季市《新青年》」と記載されているのは六月一七日である。「狂人日記」末尾に「一九一八年四月」と付記されたのは、同作が『吶喊』に収録されるに際してのことであり、一九一八年四月の『魯迅日記』は、「狂人日記」について何も触れていない。詳しくは拙著『魯迅事典』（東京・三省堂、二〇〇二年）六一頁を参照。『申報』影印版は上海・上海書店より一九八三～一九八七年刊行。

（3） 北京・『晨鐘報』一九一八年五月一日から五月二六日。同影印版は北京・人民出版社より一九八〇年刊行。

（4） 『魯迅年譜』第一巻、三七五頁。

（5） 呉暁峰「〝錯雑無倫次〟:「狂人日記」的語言狂歓」『国際商務（対外経済貿易大学学報）』二〇〇八年（S一期）、二二頁。

（6） 孟真「一段瘋話」一九一九年四月一日『新潮』第一巻第四号。中国社会科学院文学研究所魯迅研究室編『1913-1983 魯迅研究学術論著資料匯編』第一巻、北京・中国文連出版公司、一九八五年一一頁。

（7） 魯迅「対于《新潮》一部分的意見」一九一九年五月『新潮』月刊第一巻第五号、北京・人民文学出版社『魯迅全集』第七巻、二〇〇五年、二三六頁。

（8） 『魯迅年譜』第一巻、三八四頁。

（9） 『申報』一九一九年九月二二日、二五日。

（10） 魯迅的《吶喊》与成仿吾的《〈吶喊〉的評論》一九二四年三月一四日《商報》（上海）。『1913-1983 魯迅研究学術論著資料匯編一』。

（11） 《〈吶喊〉》、一九二四年四月一三日《晨報副刊》。一九二五年一月三〇日《現代評論》第一巻第八期。『1913-1983 魯迅研究学術論著資料匯編一』。

（12） 台静農編《関于魯迅及其著作》上海・開明書店、一九二六年七月。李何林《魯迅論》上海・北新書局、一九三〇年四月。

（13） 李長之《魯迅批判》一九三六年一月北新書局、『1913-1983 魯迅研究学術論著資料匯編一』一二九三頁。

(14) 秦同培選輯『中学国語文読本』全四巻、世界書局、一九二四年。
(15)『〇五版魯迅全集』第一巻、四六一頁。藤井省三訳『故郷/阿Q正伝』(光文社古典新訳文庫、二〇〇九年)二八頁。
(16)「毛利先生」は芥川龍之介『芥川龍之介全集』第四巻(岩波書店、一九九六年)の八一~一〇一頁に収録されている。
(17)『〇五版魯迅全集』第一巻、四五八頁。『故郷/阿Q正伝』二〇~二一頁。
(18)『〇五版魯迅全集』第一巻、四五九~四六〇頁。『故郷/阿Q正伝』二五頁。「多《た》ならんや? 多ならざるなり!」は『論語』子罕篇の言葉。ただし孔乙己は原意とは無関係に使っている。
(19)『〇五版魯迅全集』第一巻、四五九頁。『故郷/阿Q正伝』二四頁。
(20)『〇五版魯迅全集』第一巻、四六〇~四六一頁。『故郷/阿Q正伝』二七~二八頁。
(21)『〇五版魯迅全集』第一巻、四六一頁。『故郷/阿Q正伝』二八頁。
(22) 魯迅博物館蔵『周作人日記(影印本)』上冊(鄭州・大象出版社、一九九六年)一九一八年六月の記載に「一四日(中略)得東京堂廿九日寄小包内新春等七冊」(七五五頁)、同年「書目」六月の記載に「新春 徳富健次郎/物見遊山 岡本一平/マッチノ棒 又/煙草ト悪魔 芥川龍之介/夢ト六月 相馬泰三/手品師 久米正雄/神経病時代 広津和郎」(八〇五~八〇六頁)とある。また『〇五版魯迅全集』第一五巻『魯迅日記』一九一八年六月一四日の記載にも「上午得東京堂寄書籍一包」(三三〇頁)とある。
(23)『周作人日記(影印本)』中冊、一七頁。同日の『魯迅日記』の記載にも「上午東京堂寄来小説一冊」とある。
(24)『〇五版魯迅全集』第一〇巻、二五〇頁。
(25) Henry Wadsworth Longfellow, *Poems and other writings*, New York: Literary Classics of the United States, 2000, p. 3.
(26)『魯迅全集』第一巻、四五八頁。『故郷/阿Q正伝』二二頁。

第4章　芥川龍之介と魯迅2

（1）『聖書』東京・日本聖書協会、一九六五年、「新約聖書」二七頁。

（2）講演録は最初北京女子高等師範学校「文芸会刊」一九二四年第六期に発表され、同年八月上海「婦女雑誌」第八号に魯迅による加筆修正を経て発表された。現在は『〇五版魯迅全集』第一巻『墳』一六五〜一七三頁に収められている。邦訳は全二〇巻の完訳版『学研版魯迅全集』第一巻『墳』にも収録されている。但し本書では他の魯迅作品と同様に拙訳を用いている。

（3）『〇五版魯迅全集』第一巻、一七〇頁。

（4）SOD には Ahasver または Ahasuerus も立項されていない。

（5）「さまよえるユダヤ人」伝説については杉田六一『ユダヤ史研究余談』（教文館、一九六二年）第五章に詳しい。

（6）詳しくは拙著『魯迅――「故郷」の風景』（平凡社、一九八六年）所収の論文「復讐の文学」を参照。

（7）胡従経『柘園草』湖南人民出版社、一九八二年、三二六頁。

（8）『クオヴァディス』は明治三〇年代から高山樗牛・上田敏・島村抱月らによって盛んに論じられていた（『世界文学全集25・クォ・ヴディス』（新潮社、一九二八年）所収の木村毅「解説」）。また松本雲舟の邦訳刊行直後には正宗白鳥が短篇「何処へ」を発表するなど日本の文壇も大きな影響を受けていた（平岡敏夫「「何処へ」の方向――とくに『クオ・ヴァディス』等と関連して」『日本の近代文学』角川書店、一九七八年所収）。日本留学時代に魯迅が発表した文学論「摩羅詩力説」（一九〇七年）には、血を流して闘い観衆の喝采を博する剣闘士に詩人を喩えた一節があるが、この剣闘士のイメージは『クォヴァディス』第二三章のコロセウムにおいてウルススが美女リギア姫を救うために野牛と死闘する場面から得たものと思われる。

（9）魯迅・周作人共訳の『現代日本小説訳集』（一九二二）にもシェンキェビチの短篇三作が収められており、そのほかに周作人には一九〇八〜〇九年にかけて中篇小説『炭画』の翻訳もある（刊行は一九一四年）。

（10）『聖書』「新約聖書」四六〜四七頁。

(11)『〇五版魯迅全集』第三巻「華蓋集」所収「北京通信」五四頁。
(12) 創刊当初は『青年雑誌』という誌名であったが、一年後の一九一六年に『新青年』と改称された。
(13) ボルシェヴィズム時代における魯迅文学の展開については前掲拙著『魯迅――「故郷」の風景』を参照。
(14) 山上正義「魯迅を語る」『新潮』一九二八年三月号所収。山上について詳しくは丸山昇『ある中国特派員――山上正義と魯迅』(中公新書、一九七六年)六二頁を参照。
(15)『〇五版魯迅全集』第一巻、一六六～一六七頁。
(16) 魯迅訳の伊東幹夫「我独自行走(われ独り歩まん)」は北京魯迅博物館編『魯迅訳文全集 第八巻』(福建教育出版社、二〇〇八年)一三四～一三五頁に収録。
(17) 高長虹に関しては、南雲智「高長虹と石評梅」『人文学報』二三四号(東京都立大学、一九九二年)、同「雑誌『莽原』をめぐる高長虹と韋素園」『中村璋八博士古稀記念東洋学論集』(汲古書院、一九九六年)、山内一恵「魯迅と高長虹」『日本中國學會報』第51集(一九九九年)を参照。
(18)『〇五版魯迅全集』第二巻「野草」所収、原題は「過客」。『学研版魯迅全集』第三巻では「行人」と訳されている。
(19)「自言自語」は現在『〇五版魯迅全集』第八巻「集外集拾遺補編」に、「父の病」と「凧」は『〇五版魯迅全集』第二巻「朝花夕拾」と「野草」にそれぞれ所収されている。
(20)「僕の父」の中の「人が荒れ山に向かって叫んでいる」という一句は、ロングフェローなどの詩から取られた可能性も考えられるが、現在、詳細は不明である。
(21)「父の病」の翻訳は『故郷/阿Q正伝』(藤井省三訳、光文社古典新訳文庫、二〇〇九年)を用いた。なお魯迅は「父の病」で伝統的中国医(中国語で「中医」)を故意に貶めて描写している。この点について詳しくは参照拙稿「魯迅「父の病気」再考――再出発としての中国伝統医学批判」(『日本中国学会創立五十年記念論文集』汲古書院、一九九八年一〇月、一〇七一～一〇八五頁)。
(22)『知堂回想録』香港三育図書文具公司、一九七〇年、三一一頁。
(23) 周建人口述『魯迅故家的敗落』(湖南人民出版社、一九八四年)によれば、魯迅に父の名を呼ばせたのは乳母の阿長であったという。なお周建人は魯迅の末弟であり、このときは七歳であった。

(24)『〇五版魯迅全集』第二巻『彷徨』所収、一一三～一三四頁。

(25) 丸山昇「『傷逝』札記」東京大学中哲文学会『中哲文学会報』第六号（一九八一年）所収。

(26)「愛と死」の構成については、丸山昇が前掲論文で「魯迅という人は小説を散文のように書いているかに見えながら、実は細部にわたって小説的構成を考えていた人」と示唆に富む指摘をしている。

(27) 許欽文『学習魯迅先生』上海文芸出版社、一九五九年。

(28) 芥川龍之介「大正九年の文芸界」『芥川龍之介全集』第七巻、岩波書店、一九九六年、一〇三頁。

(29) 渡邊一民『林達夫とその時代』岩波書店、一九八八年、二四頁。

(30) 内務省文書「出版物より観たる国民思想の変遷」国立公文書館蔵、一九二一年。

(31)『〇五版魯迅全集』第一〇巻、二五〇頁。

(32) 成瀬哲生「芥川龍之介の「蜜柑」と魯迅の「一件小事」」（『徳島大学国語国文学』第四号、一九九一年）を参照。

(33)『大阪毎日新聞』一九二一年三月三一日「支那印象記　芥川龍之介氏／新人の眼に映じた新しき支那／近日の紙上より掲載の筈」。

(34)『北京週報』一九二三年九月二三日号。

(35) 芥川龍之介「日本小説の支那訳」『芥川龍之介全集』第七巻、二五三頁。芥川の北京訪問に関しては、参照飯倉照平「北京の芥川龍之介」（『文学』一九八一年七月号）。

(36) 芥川龍之介「さまよへる猶太人」『芥川龍之介全集』第二巻、一二一～一二二頁。

(37) 芥川龍之介「尾生の信」『芥川龍之介全集』第五巻、二六三頁。

(38)「故郷」は『新青年』第九巻第一号に発表された。同誌目次および奥付では「一九二一年五月一日出版」と記されているが、実際の刊行は二、三カ月遅れであったと推定される。上海紙『申報』には五月から八月までのあいだ同誌刊行の広告は掲載されていないため、正確な刊行日は推定できないものの、同年八月一七日の周作人宛て書簡で、魯迅が友人の宋子佩が同号を書店で見つけて買ってきてくれた、と記しているからである。『吶喊』収録時に編末に「一九二一年一月」と執筆年月らしきものが書き加えられているが、二月八日（旧暦正月）の日記に「新青年社に原稿一編を送る」という記載があり、最終稿は二月上旬に完成した可能性が高い。

第5章　魯迅と佐藤春夫

（1）『現代日本小説集』の中国文壇への影響については、参照秋吉收「近代中国における大正文学の受容――『現代日本小説集』及び芥川龍之介を手掛かりとして」（『言語文化論究』第三三号、一九～三七頁、二〇一四年一〇月、九州大学大学院言語文化研究院）。
（2）『〇五版魯迅全集』第一一巻「書信」四一三頁。
（3）周作人編訳『現代日本小説集』上海・商務印書館、一九二三年、三八一頁。
（4）芥川龍之介「日本小説の支那訳」『芥川龍之介全集』第七巻、二五三頁。
（5）佐藤春夫「形影問答」と魯迅「影の告別」との影響関係については、秋吉收「魯迅と佐藤春夫――散文詩集『野草』をめぐって」『東方学』第一二六輯、二〇一三年七月が詳しく論じている。
（6）吉川幸次郎著『論語（上）』朝日選書、一九九六年、三五三頁。
（7）増田渉著「佐藤春夫と魯迅」『魯迅の印象』（角川書店、一九七〇年）二七〇頁。
（8）『〇五版魯迅全集』第一四巻「書信　致外国人士部分」一九七～一九八頁。
（9）「『北平箋譜』序」『〇五版魯迅全集』第七巻「集外集拾遺」四二八頁。
（10）『〇五版魯迅全集』第一四巻「書信　致外国人士部分」二九三～二九四頁。『〇五版魯迅全集』第一六巻「日記二十三〔一九三四年〕」四四〇、四四六頁。

第6章　魯迅と太宰治

(1)『太宰治全集　第12巻書簡』東京・筑摩書房、一九九八〜一九九九年。

(2)尾崎秀樹『旧植民地文学の研究』東京・勁草書房、一九七一年、六二〜七〇頁。

(3)大東亜会議については、前掲尾崎秀樹『旧植民地文学の研究』および深田祐介『黎明の世紀』(文芸春秋、一九九一年)を参照した。

(4)浦田義和『太宰治――制度・自由・悲劇』東京・法政大学出版局、一九八六年。川村湊「「惜別」論――「大東亜の親和」の幻」『国文学　解釈と教材の研究』三六(四)、一九九一年。

(5)竹内好『竹内好全集　第一巻「魯迅」筑摩書房、一九八〇年、一二、八一、九〇頁。

(6)『竹内好全集　第一巻』「『藤野先生』」一九四〜一九五頁。引用文中の「一般学生や、の中に雑って」は原文ママ。「一般学生や、その中に雑って」の印刷ミスであろう。

(7)実際にその後の調査研究で、当時の仙台医専では別の教授が細菌学の授業を担当し、幻灯を使っていたことが確認されている。仙台における魯迅の記録を調べる会編『仙台における魯迅の記録』平凡社、一九七八年。

(8)『竹内好全集　第二巻』「花鳥風月」三二六頁。

(9)梁啓超「祈戦死」「中国魂安在乎」の両篇は、共に一八九九年一二月二三日『清議報』第三三冊に掲載された。夏暁虹編『梁啓超文選　上』中国広播電視出版社、一九九二年、二二〇〜二二二頁。

(10)「スパルタの魂」は『〇五版魯迅全集』第七巻「集外集拾遺」九〜二〇頁収録。

(11)泉彪之助「藤野厳九郎の蘭学の系譜と生地」「藤野厳九郎の学歴とその時代背景」ともに『日本医史学雑誌』第二九巻第四号および同第三〇巻第四号、一九八三・一九八四年。

(12)『竹内好全集　第一三巻』「太宰治のこと」六六〜六七頁。戦後、中国から復員した竹内好が『惜別』を読んだ事情を、竹内は「復員日記」(『竹内好全集　第一五巻』)で次のように記している。

小野君に太宰治の『惜別』を借りる。昨年九月、朝日新聞社の印行なり。後書に、小田嶽夫の『魯迅伝』と並べて

『魯迅』のことが書いてある。秋の霜のように厳しい、とあり、且つその跋で（つまり武田の文章）、著者が太宰の愛読者だと知って赤面し、且つ感憤した由を書いてある。内容は、仙台時代の魯迅をその交際のあった一日本人老医師の思い出の形で書いているが、太宰のものとしては低調。『新ハムレット』のように渾然としていない。魯迅観も一向に鋭くない。いや味が多い。つまらぬ作品で失望する。

竹内に『惜別』を貸した「小野君」とは中国文学研究会の仲間だった小野忍（一九〇六～八〇）のことで、当時は國學院大學に勤務しており、一九五二年に東大文化研究所専任講師に就任、五五年同文学部中文科助教授、五八年同教授となった。

(13)『太宰治全集　第8巻』「惜別」二〇六、二七七頁。

(14)北岡正子「摩羅詩力説材源考」（『野草』第九～五六号、一九七二～九五年。中国語訳、北京師範大学出版社、一九八三年）。中島長文『ふくろうの声――魯迅の近代』平凡社、二〇〇一年。

(15)小田嶽夫「「惜別」準備の頃」『太宰治全集月報7』一九五七年、一三九頁。

(16)『太宰治全集　第8巻』「惜別」二八一頁。

(17)「摩羅詩力説」は『〇五版魯迅全集』第一巻「墳」六五～一二〇頁に収録。

(18)竹内好「メモ二則――太宰治その他」『ユリイカ』一九七五年三・四月合併号「太宰治特集号」。『竹内好全集　第一三巻』所収。

(19)竹内好「魯迅」『竹内好全集　第一巻』一四五頁。

(20)竹内好「魯迅」『竹内好全集　第一巻』一四八頁。

(21)長堀祐造『魯迅とトロツキー――中国における『文学と革命』』平凡社、二〇一一年。

(22)『太宰治全集　第8巻』「惜別」二〇六、二八二頁。

(23)『太宰治全集　第8巻』「惜別」二〇六頁。

(24)魯迅と美術、映画については参照拙著『魯迅事典』（三省堂、二〇〇二年）「第四部魯迅を読むキイワード（三）美術、（四）映画」。

(25) この点について詳しくは参照拙稿「魯迅「父の病気」再考——再出発としての中国伝統医学批判」(『日本中国学会創立五十年記念論文集』汲古書院、一九九八年、一〇七一～一〇八五頁)。

第7章　魯迅と松本清張

(1) 佐藤春夫、増田渉共訳『魯迅選集』岩波文庫、一九三五年、四三頁。
(2) 『角川版　昭和文学全集　第1巻(松本清張)』口絵、角川書店、一九六一年。
(3) 中国における国語教材としての魯迅「故郷」に関しては、拙著『魯迅「故郷」の読書史——近代中国の文学空間』(創文社、一九九七年)を参照。
(4) 横井孝「父系の指・母系の唇——松本清張の原形質をもとめて」『実践国文学』第七八号、二〇一〇年一〇月、六三頁。
(5) 横井孝「父系の指・母系の唇」『実践国文学』第七八号、五三頁。
(6) 松本清張『風雪』角川書店、一九五六年、二二〇頁。
(7) 松本清張「父系の指」は『新潮』一九五五年九月号、二〇五～二二六頁にわたり掲載された。初出誌版からの引用に関しては、掲載頁を略す。
(8) 松本清張『半生の記』河出書房、一九六六年。引用は同、新潮文庫、二〇〇八年、第三五刷、一一頁より。
(9) 松本清張『半生の記』一〇頁。
(10) 『文藝春秋』一九九一年二月号、四二〇頁。
(11) 松本清張『半生の記』一一頁。
(12) 佐藤春夫、増田渉共訳『魯迅選集』三六頁。
(13) 佐藤春夫、増田渉共訳『魯迅選集』四二頁。
(14) 佐藤春夫、増田渉共訳『魯迅選集』三八頁。

(15) 佐藤春夫、増田渉共訳『魯迅選集』四二頁。
(16) 松本清張『風雪』角川書店、一九五六年、一七七頁。
(17)「故郷」中国語原文の「迅哥児(迅坊っちゃん)」と「閏土哥(閏兄ちゃん)」を佐藤春夫はそれぞれ「迅ちゃん」「閏さん」と意訳している。「哥児(坊っちゃん)」と「哥(兄ちゃん)」との相違については、拙著『魯迅――東アジアを生きる文学』(岩波新書)一八二頁あるいは拙訳『故郷/阿Q正伝』(光文社古典新訳文庫)解説、三三五頁を参照。
(18)『松本清張全集 35』文藝春秋、一九七二年、五二六頁。
(19) 佐藤春夫、増田渉共訳『魯迅選集』四〇頁。
(20) 箭鳴「也談「故郷」的幾個問題――和李霽野同志商商権」『語言文学』(内蒙古師範学院)第三期。拙著『魯迅「故郷」の読書史』を参照。
(21)『松本清張全集 35』「あとがき」五二八頁。
(22)「腕時計を見た。四時五十分。/さだ子の夫が……帰つてくる六時前にはまだ二時間ある」が「帰ってくる六時前にはまだ一時間ほどある」と修正されている点が最大の修整といえよう。松本清張「張込み」は『小説新潮』一九五五年一二月号、一五六~一六六頁にわたり掲載された。初出誌版からの引用に関しては、掲載頁を略す。
(23) 佐藤春夫、増田渉共訳『魯迅選集』二三頁。
(24) 日本文学協会国語教育部会公開シンポジウム「魯迅「故郷」をめぐって」(二〇一一年五月一五日、会場・東京都立産業技術高等専門学校)における田中実「問題提起」。
補注:『清張日記』(日本放送出版協会、一九八四年)昭和二八年一二月の記載によれば、同月に九州小倉市の朝日新聞西部本社から東京本社に転勤となった清張は、一三日東京着後、「夜、東京荻窪の田中柳(亡父の弟の妻。その夫も亡し〔ママ〕)宅に泊ま」ったのち、田中の二女にして従妹の自宅に下宿し、四女にして同じく従妹で歌人の山川京子の紹介で考古学者の樋口清之や版画家の棟方志功らに会っている(九〇~九五頁)。「父系の指」末尾の「宗太は、九州に帰つたら、この親切な叔父の遺族に、はがき一枚出すことはないだらうと思ひ……」という一節は、フィクション性が高いといえよう。本注は、松本清張記念館学芸員の柳原暁子氏のご教示による。

第8章　魯迅と村上春樹

（1）魯迅「阿Q正伝」、藤井省三訳『故郷／阿Q正伝』光文社古典新訳文庫、二〇〇九年、九三頁。
（2）村上春樹『1Q84　BOOK1』新潮社、二〇〇九年、一一六頁。
（3）丸尾常喜『魯迅――「人」と「鬼」の葛藤』岩波書店、一九九三年。
（4）藤井省三『村上春樹のなかの中国』朝日新聞社、二〇〇七年。同書は台湾で中国語版が刊行されている（張明敏訳、台北・時報出版、二〇〇八年）。
（5）新島淳良『魯迅を読む』晶文社、一九七九年、二九五頁。
（6）新島淳良『阿Qのユートピア』晶文社、一九七八年、二七四頁。
（7）村上春樹『1Q84　BOOK1』一〇三、一六九頁。
（8）『読売新聞』二〇〇九年六月一七日「『1Q84』への30年・中」。
（9）詳しくは参照拙稿「莫言が描く中国の村の希望と絶望――「花束を抱く女」等の帰郷物語と魯迅および『アンナ・カレーニナ』」『文學界』二〇一四年五月号、二三二〜二七六頁。
（10）陳燕琪「老舎『微神』とダンテ『神曲』」『東方学』第一一八輯、二〇〇九年七月。
（11）『1Q84　BOOK2』四〇〜四三頁。
（12）『1Q84　BOOK3』一二、一九〇頁。
（13）『1Q84　BOOK3』二五〇、二七八頁。
（14）次のサイトの「福助ロゴマークの遍歴」を開くと、一九八四年を挟む昭和四〇年（一九六五）と平成四年（一九九二）のロゴマークも展示されており、両者には大きな変化はない。http://www.fukuske.com/museum/logo/（2015-1-10 検索）。

(15) 小山鉄郎『村上春樹を読みつくす』講談社現代新書、二〇一〇年、一〇七～一〇八頁。

(16) 『1Q84 BOOK3』三七五～三七七頁。

あとがき

私の初めての本の名は『ロシアの影――夏目漱石と魯迅』（平凡社）、三〇年前の刊行だ。日本と中国の二人の作家におけるロシア作家アンドレーエフの受容を比較するものだった。その後の私は魯迅と日本および東アジアとの関わりを考えながら、鄭義・莫言から安妮宝貝（Annie Baby）・韓寒までの同時代中国文学を読み、劉吶鷗から李昂までの台湾文学、也斯から董啓章までの香港文学、そして女優阮玲玉（ロアン・リンユイ）から監督ジャ・ジャンクー（賈樟柯）までの中国映画を学んできた。

昨年、学会誌の依頼で久しぶりに漱石と魯迅との影響関係を、坊っちゃん・阿Qの系譜という視点から考えてみた――清《きよ》と呉媽《ウー・マー》という「下女」の系譜を補助線として引きながら。それをきっかけに、魯迅と日本文学とに関する拙稿を一冊にまとめてみることにした。魯迅が漱石や鷗外、芥川に深い共感を抱くいっぽうで、太宰治や松本清張、村上春樹らが魯迅に、あるいは傾倒し、あるいは反発した結果、どのような東アジア文学の風景が想像されてきたのか――そんな文化地図を編んでみたいと思ったのだ。

第1章「夏目漱石と魯迅――『坊っちゃん』「阿Q正伝」の国民性批判の系譜」の第1、第3、第4の各節は、『ロシアの影』を書き直したものなので、旧著の読者は第2節の牧巻次郎講演「満州問題」や第5節の「夜の支那人」事件から読み始めて下さるとよいかもしれない。第4章「芥川龍之介2――

魯迅と「さまよえるユダヤ人」伝説および芥川龍之介の死」も、三〇年近く前に発表したものであり、第5章「魯迅と佐藤春夫——両作家の相互翻訳と交遊」と共に大幅に加筆修整している。その他の章は初出時の原型をほぼ留めている。

思えば、小野忍、丸山昇、伊藤虎丸の三人の恩師が鬼籍に入って久しい。そのいっぽうで、戸川芳郎、田仲一成の両先生が健在で、今もご鞭撻くださることに、深謝申しあげたい。東アジア各地の研究仲間にも、多くを負っている。

それでも本書は、四〇年来最初の読者だった亡き妻万里子に捧げたい。

藤井省三

二〇一五年五月三〇日

初出一覧

第一章　「夏目漱石『坊つちゃん』から魯迅「阿Q正伝」への展開——牧巻次郎「満州問題」・「夜の支那人」事件と「幻灯事件」との照合および「清」と「呉媽《ウーマー》」という女性像の系譜」（『日本中国学会報』第六六集、二〇一四年一〇月）は、本章を約六割削減した短縮版である。

第二章　「魯迅恋愛小説における空白の意匠——「愛と死（原題：傷逝）」と森鷗外「舞姫」との比較研究」『東方学』東方学会、一二五輯、二〇一三年一月。

第三章　「芥川龍之介「毛利先生」と魯迅「孔乙己」——大正時代の英語教師と清末読書人とをめぐる回想の物語」日本語版未発表、中国語版『上海魯迅研究』上海魯迅紀念館編、二〇一〇年二月。

第四章　第一～六節「魯迅と「さまよえるユダヤ人伝説——一九二〇年代中葉における贖罪の哲学」『月刊百科』平凡社、一九八六年一一、一二月。第七節「魯迅と芥川龍之介——「さまよえるユダヤ人」伝説をめぐって」『しにか』大修館書店、二巻九号、一九九一年九月。

第五章　「佐藤春夫と岩波文庫『魯迅選集』」『アジア遊学』勉成出版、二〇〇一年三月。

第六章　「太宰治の「惜別」と竹内好の『魯迅』」『国文学　解釈と教材の研究』学燈社、二〇〇二年一二月。

第七章　「松本清張の私小説と魯迅「故郷」——「父系の指」から「張込み」への展開をめぐって」『文學界』文藝春秋、六六巻第六号、二〇一二年六月。

第八章　まず『文學界』（文藝春秋、二〇〇九年八月）に「『1Q84』のなかの「阿Q」の影——魯迅と村上春樹」を発表したのち、これに大幅に加筆し、題名も「青豆と「阿Q正伝」の亡霊たち——村上春樹『1Q84』の中の魯迅および中国の影」に改めた論文を、ジェイ・ルービン教授らとの共著『1Q84スタディーズBOOK1』（若草書房、二〇〇九年）に寄稿した。また『1Q84』BOOK3刊行後には再び大幅に加筆して中国語版「村上春樹《1Q84》中《阿Q正伝》的亡霊們」（董炳月訳）を作成して、共著『経典与現実：紀念魯迅誕辰一三〇周年国際学術研討会論文集』（劉孟達主編、杭州・西泠印社出版社、二〇一一年）に寄稿した。この中国語版論文の原文をさらに加筆修整したものが、本章である。

鲁迅と日本文学
漱石・鷗外から清張・春樹まで

2015年8月18日　初　版
2019年5月29日　3　刷

［検印廃止］

著　者　藤井省三《ふじいしょうぞう》

発行所　一般財団法人　東京大学出版会
代表者　吉見俊哉
153-0041　東京都目黒区駒場4-5-29
http://www.utp.or.jp/
電話　03-6407-1069　Fax 03-6407-1991
振替　00160-6-59964

組　版　有限会社プログレス
印刷所　株式会社ヒライ
製本所　牧製本印刷株式会社

ISBN 978-4-13-083066-9　Printed in Japan

著者略歴

藤井 省三（ふじい しょうぞう）

1952年　東京に生まれる

1982年東京大学大学院人文系研究科博士課程修了，1985年桜美林大学文学部助教授，1988年東京大学文学部助教授，1994年同教授，2018年東大名誉教授を経て

現　在　名古屋外国語大学教授，文学博士（1991年東京大学より授与）

専　攻　中国語圏の文学と映画

主要著書

『エロシェンコの都市物語』（みすず書房，1989年）

『魯迅「故郷」の読書史』（創文社，1997年）

『台湾文学この百年』（東方書店，1998年）

『魯迅事典』（三省堂，2002年）

『中国映画――百年を描く，百年を読む』（岩波書店，2002年）

『村上春樹のなかの中国』（朝日新聞社，2007年）

『中国語圏文学史』（東京大学出版会，2011年）ほか

『魯迅と紹興酒』（東方書店，2018年）ほか

主要訳書

クリストファー・ニュー『上海』（監修，平凡社，1991年）

李昂『夫殺し』（宝島社，1993年），『自伝の小説』（国書刊行会，2004年）

莫言『酒国』（岩波書店，1996年）

鄭義『神樹』（朝日新聞社，1999年）

魯迅『故郷／阿Q正伝』（光文社，2009年），『酒楼にて／非攻』（光文社，2010年）

董啓章『地図集』（中島京子共訳，河出書房新社，2012年）ほか

人名・作品名索引

配列は日本語読みの五十音順.

あ行

か行

さ行

た行

な行

は行

ま行

や行

ら行

わ行